**DEDICATED
TO PROF. ALAN SOKAL**

献给
阿兰·索卡尔教授

剑桥倚天屠龙史

2018修订珍藏版

The Cambridge History of Chinese Kongfu Circle during the Yuan Dynasty

新垣平 著

北方联合出版传媒(集团)股份有限公司
万卷出版公司

© 新垣平 2018

图书在版编目（CIP）数据

剑桥倚天屠龙史：2018修订珍藏版 / 新垣平著 . -- 沈阳 : 万卷出版公司, 2018.10

ISBN 978-7-5470-4905-1

Ⅰ . ①剑… Ⅱ . ①新… Ⅲ . ①金庸—侠义小说—小说研究 Ⅳ . ① I207.425

中国版本图书馆CIP数据核字(2018)第090305号

出 版 发 行：	北方联合出版传媒（集团）股份有限公司 万卷出版公司 （地址：沈阳市和平区十一纬路25号　邮编：110003）
印 刷 者：	北京欣睿虹彩印刷有限公司
经 销 商：	全国新华书店
幅 面 尺 寸：	880mm×1230mm
字　　　 数：	183千字
印　　　 张：	9.5
出 版 时 间：	2018年10月第2版
印 刷 时 间：	2018年10月第1次印刷
责 任 编 辑：	张冬梅
特 约 编 辑：	孙彩亮
封 面 设 计：	乔智炜　鲁　娟
书　　　 号：	ISBN 978-7-5470-4905-1
定　　　 价：	58.00元

联 系 电 话：024-23284667
传　　　 真：024-23284521
E - m a i l：vpc_tougao@163.com

常年法律顾问：李　福　版权所有　侵权必究　举报电话：024-23284090
如有印装质量问题，请与印刷厂联系。联系电话：010-57749752

CONTENTS

The Preface by Mark Beyond ／马伯庸的序言
The Preface by Liushenleilei ／六神磊磊的序言
The Preface by Wanglianhua ／王怜花的序言

1 ······ Preface ／序 言

7 ······ Part I The Cambridge History Of Chinese Kongfu Circle During The Yuan Dynasty
／倚天屠龙史

9 ······ Chapter I Introduction ／绪 论

12 ······ Chapter II The Political Map of Kongfu Circle in Late Southern Sung
／南宋后期的武术界政治地图

20 ······ Chapter III The Formation of Politics of Kongfu Schools
／武术门派政治的形成

32 ······ Chapter IV Chinese Manichaeism during Sung and Early Yuan Period
／宋代和元代初期的明教

39 ······ Chapter V The Revival of Chinese Manichaeism and the Split of Kongfu Circle
／明教的复兴与武术界的分裂

50 ······ Chapter VI Chinese Manichaeism: The Beginning of the Sede Vacante
／明教宗座空位期的开始

58 ······ Chapter VII Politics in Middle Yuan Dynasty and The Rise of the Prince of Ruyang
／元朝中期政治与汝阳王的崛起

65 …… CHAPTER VIII	REFORMS AND SCISSIONS IN CHINESE MANICHAEISM ／明教的宗教改革与分裂	
75 …… CHAPTER IX	THE RISE OF WUTANG AND ITS CONFLICTS WITH SHAOLIN ／武当的崛起及其与少林的冲突	
81 …… CHAPTER X	THE 1336 EVENT AND ITS INFLUENCE ON THE WUTANG SCHOOL ／1336年事件及其对武当派的影响	
92 …… CHAPTER XI	CHANG WUCHI'S EARLY ACTIVITIES ／张无忌的早期活动	
99 …… CHAPTER XII	PREPARATIONS FOR THE BATTLE OF VERTEX LUCIS ／光明顶战役的准备	
106 …… CHAPTER XIII	THE GREAT CAMPAIGN OF VERTEX LUCIS ／伟大的光明顶战役	
117 …… CHAPTER XIV	THE INAUGURATION OF CHANG WUCHI AND THE NEW ORDER ／张无忌的就职与新秩序	
132 …… CHAPTER XV	THE RESCUE OF SIX KONGFU SCHOOLS AND CONFLICTS WITH PERSIANS ／对六大门派的营救及与波斯人的冲突	
140 …… CHAPTER XVI	THE END OF CHANG WUCHI'S REIGN AND THE RISE OF ZHU YUANZHANG ／张无忌统治的终结和朱元璋的崛起	
158 …… CHAPTER XVII	THE SECOND SPLIT OF CHINESE MANICHAEISM AND CIVIL WARS ／明教的再度分裂和内战	

- 166 CHAPTER XVIII FROM CHINESE MANICHAEISM TO THE GREAT MING EMPIRE
／从明教到大明帝国
- 175 PART II THE CAMBRIDGE HISTORY OF CHINESE KONGFU CIRCLE DURING THE NORTHERN SUNG DYNASTY
／剑桥天龙八部史
- 177 BACKGROUND
／背 景
- 180 THE FORMATION OF THE SUNG DYNASTY IN THE INTERNATIONAL SITUATION AND THE MARTIAL ARTS WORLD AXIS
／宋代国际形势与武术世界轴心的形成
- 189 UNORTHODOX FORCES OF THE MARTIAL ARTS WORLD
／武术世界的非正统势力
- 192 MURONG FAMILY AND THE RISE OF QIAO FENG
／慕容家族与乔峰的崛起
- 196 QIAO FENG'S UPS AND DOWNS AND THE BATTLE OF SHAOLIN
／乔峰的起落与少林寺之役
- 202 RIVERS AND LAKES IN THE SHAOLIN TEMPLE AFTER THE BATTLE OF PATTERN
／少林寺战役之后的江湖格局
- 207 EPILOGUE
／后 记

209 ····· BEYOND BORDERS EXPLAIN THE SCHOOL TOWARDS THE CONVERSION OF THE HISTORICAL DISCOURSE
／后记 超越边界 朝向历史话语的转换性解释学

215 ····· REPRINTED EPILOGUE
／再版后记

217 ····· APPENDIX
／附 录

219 ····· APPENDIX I CHRONOLOGY
／大事年表

222 ····· APPENDIX II MINGJIAO CHRONICLES LEADER LIST
／明教历代教主列表

223 ····· APPENDIX III DIALOGUE: CHI MASTER: THE PLAGIARIST IN THE HISTORY OF CHINA?
／张三丰：中国历史上最大的剽窃者？

230 ····· APPENDIX IV XIE XUN IDEOLOGICAL BIOGRAPHY
／谢逊思想传记

233 ····· APPENDIX V THE MING HISTORY: WEI YIXIAO
／《明史·韦一笑传》

236 ····· APPENDIX VI URGED INTO THE TABLE
／劝进表

238 ····· APPENDIX VII HEAVENLY SWORD DYNASTIES
／倚天丛考

281 ····· REFERENCES
／基本参考文献

THE PREFACE BY MARK BEYOND

马伯庸的序言

1944年6月16日，一个阳光明媚的下午，三十一名法国人被德军里昂占领军押到位于里昂郊区的一片空旷麦田里。为首的是一名身材矮小的老年男子，他神情憔悴，满面胡须，一边行进一边剧烈地咳嗽。即使是刚从医学院刚刚毕业的见习医生也能够轻而易举地诊断出来，他罹患的是严重的支气管肺炎。这些法国人被要求一字排开，德军军官看了看表，恰好是三点三十分,于是下达了处决的命令,随即这些法国人全部被处决。事后，验尸官在填写表格时，在老人的遗照旁写下 MB 两个字母，代表了他的名字——莫里斯·布朗夏。

事实上莫里斯·布朗夏只是一个化名，他的本名叫作马克·布洛克（Marc Bloc），法籍犹太人，二十世纪法国最伟大的历史学家、年鉴学派创始人。1944年3月8日他在里昂被捕，被指控为法国联合抵抗运动在里昂的负责人、游击队"自由射手"首领。特别值得一提的是，破获这一起抵抗运动案件的不是德国盖世太保，而是法国警察。

布洛克曾经在他的著作《历史学家的技艺》里直言不讳地说："各时代的统一性是如此紧密，古今之间的关系是双向的。对现实的曲解必定源自于对历史的无知，而对现实一无所知的人，要了解历史也必定是徒劳无功的。"换句话说，如果要对历史做精密解剖并得出某种结论的话，研究者势必对当前社会有着独到、犀利的见解。一个好的历史学家，首先应该是一个好的现实观察者，甚至是践行者。布洛克本人身体力行地为自己这句话做出了诠释。

我想，新垣博士《剑桥倚天屠龙记史》的成功，亦当源自于此。

众所周知，中国古代江湖社会拥有错综复杂的关系，它是无数个小团体、小阶层乃至小社会所构成的一个整体。他们彼此之间互相渗透、互相交错，甚至互为因果。根据统计，有记录在案的武学技术大约有三到四千，失传的大约是其四倍，这些技术分别属于不同门派和个人，经常有同一人具备了数项技术，也可能一项技术被数人获得，专利迁移的情况时有发生，再考虑到武学技术在传承期间也会发生版本变化与内容畸变，使得它们的传承谱系十分复杂，形成了武侠世界的大数据（Big Data）。这些大数据几乎不可能被逐一观察，甚至很难被检索。这就是我们所谓的"材料之壁"（The Wall of Materials），历史和地质层次一样，是一个不断累积的过程，时间持续越久，数据累积得越多，形成的史料记录浩如烟海，时至今日，这种累积量已经超越了人类处理机能的极限，历史学家的苦恼不再是资料缺乏无从下笔，而在于材料太多无从甄选——这绝非几个天才就能解决的。

所幸新垣博士具备了一种特殊的才能——历史学家所应该具备的才能——他并没有试图挑战这些混杂纷乱的记录，而是营造出一个合适的环境，让它们自己为自己证言（Speak itself）。

本书的研究方法论并未局限在武功技术的传承或针对江湖特定门派的人文观察，而是用一种经过精心调整过的现代性视角加以过滤，使整个元末明初的中国江湖社会呈现出一种比传统历史叙事更具活力的特色。大量曾经被忽略、被废弃的历史细节在共时性的滤镜过滤之下，全部鲜活起来。读者在阅读时能够强烈地感觉到，这是一个正在发生的江湖世界，它与读者身处的现实社会从各个维度都发生着联系，彼此呼应，宛如一个无法割裂的整体。阅读与事件同时发生，现实社会与历史之间产生同质性的共鸣。读者既可以凭藉现代体验对元末江湖进行实时观察，亦可以随时抽取一则历史切片与现实进行比较思考。要知道，一切历史都应该是当代史，倘若我们在学习历史时无法对自己理解现有社会有所裨益，那么这样的历史将是虚无的。

特别要强调的是,这种方法论并非沉迷于一片树叶而忽略整片森林,它注重整体甚于细节,一切史料都被放置在一个大的视野下,让它们随着历史进程自行找对自己的位置,强调的是材料在历史环境下的流动性。这就像我们在观察琵琶湖白鲫鱼的洄游时,正确的方式是放置大量鱼种在水中,观察它们的生长轨迹,而不是把鲫鱼放在实验室里解剖。在本书中,作者对共时性和流动性的运用已经炉火纯青。传统史学家所津津乐道的倚天剑、屠龙刀的传承,或者说《九阴真经》《武穆遗书》的下落问题,在本书中退居次要地位。作者从一个更高的角度,考察了张无忌的个人经历、元末剧烈的社会转型以及江湖门派正魔对立三条主线,将个人时间、社会时间和地理时间三个维度构成了三个同心圆,它们独立旋转,但遵循着一定规律,彼此响应。而读者亦可通过作者卓越的现实之眼对整个古代朝廷江湖的二元体制社会有着具有意义的理解。

但是本文同样存在着结构性的疏失。比如作者对于研究江湖社会的另外一位大师熊先生的引述不足,甚至可以说是刻意忽略了。熊先生(Mr. Ancient Dragon)和查博士并称为中国古代江湖隐秘社会的两名最著名的记录者,他们的视角和笔触均各有特长。查博士更接近于一名传统的唯物主义历史文本记录者,而熊先生更热衷于将历史真实隐藏于后,把哲学与精神推至前台。他相信一切问题都源自于哲学的困惑,因此一切武学与门派都应该强调特定的精神,然后靠精神去推动变化,更接近唯心主义范畴。熊先生的著作包括《古龙与哲学家的飞刀》(Ancient Dragon and the Philosopher' Flying Dagger)、《古龙与菲尼克斯陆的社团》(Ancient Dragon and The Order of Phoenix Lu)、《古龙与半血鹦鹉》(Ancient Dragon and the Half-Blood Parrot)等等。如果作者能够将熊先生的江湖社会做进一步探讨的话,相信会得出更为严谨的结论。

一本正经，一腔赤诚

六神磊磊

任我行曾经说过，他佩服的人有三个半。在解读金庸的人里，我佩服的也有三个半，新垣平博士是其中一个。

目前有一句流行语叫"装外宾"，比如你惊讶同胞不排队、开车乱加塞，别人就会调侃你"装什么外宾"。新垣平则靠着解构金庸小说，完成了一次开辟性的、极为杰出的"装外宾"。

他完全运用另一套所谓"剑桥式"的话语，用一个纯"外宾"的知识结构和储备，把金庸作品"玩"了一把，张无忌变成了摩西，"神雕侠侣"变成了"神圣的雕之罗曼史"，让人目瞪口呆，又忍俊不禁。

一个最最好玩的学者和"理性人"会是什么样子？就是新垣平这个样子。语言、技巧是可以模仿的，但是新垣平很难效仿。他不止是玩了一把文字游戏而已，他还是一个观察家，对社会、体制、规则、人性都洞若观火，哪怕是胡扯，也往往发人深思。

这不是一本可以策划的书。它只能来自于一次异想天开的自嗨，一场文字高手的疯狂的炫技，一个高智商人士的灵感迸发。它的产生，一方面是金庸影响力达到今天这个程度的必然，另一方面也是偶然的机缘。

当然，也幸亏是金庸的小说，才经得起这样的"搅"和摩擦。毕竟经典的一个必要特征，就是经得起反复解读。

我一直觉得，写作的人都是有表情的，有的书是哭着写出来的，有的是笑着写的。金庸自己虽然号称"笑书神侠"，但其实经常哭着写。

他在自传小说《月云》里讲，当写到张无忌与小昭被迫分手时，竟哭出声来。有时候还边写边生气，比如写到恶霸凤天南欺负人时，热血沸腾，大怒拍桌,把手掌也拍痛了。

而新垣平写《剑桥倚天屠龙史》,尽管面孔一力严肃,话风唯恐不正经,但如果我猜得不错的话,他应该是笑着写完的。他为自己的"一本正经"而笑,为不时迸发的灵感而笑,为自己温和又刁钻的讽刺而笑,为了期待中的读者瞠目结舌的反应而笑。

不过,在他"一本正经"的好笑背后,我还看到了另一样东西,那就是一腔赤诚,对金庸作品的满满的爱。我特别理解这种爱。以我对金庸老爷子的肤浅了解,他本人未必会喜欢这种调侃,万一持剑来寻,我愿挡在新垣平面前,大吼:"你先撤,我掩护!"

江湖：冷兵器时代的青春、革命、爱情

蔡恒平（王怜花）

> 我没有开始，这和什么都不相似
> 幸运的是，这是一个前提
> 我发现结束，像发现我成为一个人
> 或动物都很难一样，轻而易举
>
> 永远处于结束状态
> 比起生存、历史、面具、呼声
> 比起青春、革命、爱情这新的三位一体
> 比起上述哪一个，我都更有理由占有结束
> ——臧棣《夏天的自画像》

臧棣教授写于1991年夏天的这首诗，是关于冷兵器时代的另一个世界——江湖——的起源和结束的隐秘书写。学术界公认臧棣教授是文学领域的大师，却很少有人知道他在业余时间也是江湖学的高手——除了他的同学王怜花，《江湖外史》的作者。事实上，臧棣教授喜欢以诗的方式展示他在江湖学方面的研究成果，比如，2013年他发布的《皆寂寞丛书·纪念古龙》就是关于江湖经典文献作者之一熊耀华爵士 [Sir gulong] 的最新评价。

出版于2002年的《江湖外史》主要讨论江湖世界的青春和爱情，10年后，关于江湖世界的革命方面的研究出现了里程碑——新垣平博士的

《剑桥倚天屠龙史》[修订版]于2012年出版。2012年是传说中的大年——大洪水和新诺亚方舟——按照电影《2012》的说法,该方舟在制造大国中国的四川省秘密建造,船票早已分完。事实上,那一年四川没有接到这个大单,倒是四川的邻居重庆在成都搞出一摊后来被证明关乎本朝国运的大事[详见《王教头风雪美领馆》]。

江湖经典文献作者查良镛爵士[Sir jinyong]和熊耀华爵士[Sir gulong]的江湖世界包罗万象,江湖学研究也和其他学科一样有着各种流派。索引派关注黄裳是谁?前朝太监是不是郑和?阿飞是沈浪和白飞飞的私生子吗等论题;新批评派喜欢研究谁的武功更高,是独孤求败还是东方不败?北冥神功和吸星大法的本质区别是什么?为什么排名第三的小李飞刀战胜排名第二的龙凤环;年鉴学派着力于探求蒙元入侵前夜中国江湖的日常生活、圣火令和玄铁令时代的冶炼技术、西门吹雪及其万梅山庄的财务来源等;女权主义的代表作则是《自宫:东方不败、岳不群、林平之、劳德诺的高峰体验》《不伦之恋:黄蓉与杨过》《苏菲亚女摄政王与韦小宝爵爷的床笫战争》——据作者称,该论文的灵感来自托尔斯泰伯爵的一个金句"床笫的不幸胜过战争的不幸"。

新垣平博士的《剑桥倚天屠龙史》专注于研究波斯拜火教[摩尼教]的一个远东支部——明教——在中华[其时为蒙古帝国的东部地区]大地发动革命并最终成功取得政权的生动实践。因为是研究世界革命的一个地方案例,因此研究方路径之一自然是对标共产国际及其远东支部的经验教训。从书中的以下这些段落,读者自可心领神会。

整个南宋时期[1127-1279],明教的信奉者在东南地区发动过若干次暴动,但均因未得到国内各阶层的同情而很快归于失败,原因是很明显的:在女真入侵者和汉族之间的民族矛盾上升为中国境内最主要矛盾的时代,明教的原教旨主义者仍然坚持无视民族界限的对汉族政权的不妥协方针，不能不说是一种不合时宜的错误。这一错误路线和波斯总教对世界形势的教条看法有关。在阿拉伯人和基督教十字军在中东陷入反复鏖战，金国和南宋都奄奄一息，而蒙古人趁机兴起的时代，波斯总教的领导认为古老的旧世界已经彻底腐朽，发动世界范围内的革命，迎接明王到来的时机已经成熟。在波斯总教的强制命令下，一代代的中国明教教主开始了形如飞蛾扑火的暴动，最后除了憎恨和蔑视外一物所获。"播下的是龙种，收获的是跳蚤"。

1287年冬天开始的钟明亮起义是这一时期声势最为浩大的反抗运动。明教教主钟明亮召集了十万人的军队……以汀州为中心，在周边方圆数百里的地区展开了活跃的游击作战……在长达三年的时间里，帝国军队对这个狂妄的挑战者进行了四次围剿，但均以失败告终……在这一关键时刻，钟明亮于1290年的离奇暴毙成为历史的一大悬案……有学者怀疑，钟明亮之死是明教内部大清洗的结果：在钟明亮死前不久，曾在波斯总教学习系统神学的二十八个特派使者，以"真正的明尊弟子"自居，取代了钟明亮的位置。在钟明亮死后，忠于他的许多骨干分子被肃清，以王鸣为首的二十八个"真正的明尊弟子"一度掌握了实权……不久，腾出手来的蒙古军队发动了第五次围剿……明教的三万精锐部队浴血混战，终于成功实现了奇迹般的突围，展开了一次惊心动魄的大转移。这次史诗般的逃亡历时一年多，行程为两万六千华里［约合6000英里］……一年后，长途跋涉的明军——此时只剩下了三千多人——到达了远在西藏和新疆边境的昆仑山地区，将携带的"圣火"点燃在海拔6880米的布格达板峰上，并将其命名为"光明顶"［Vertex Lucis］……在艰难的跋涉中，明教发生了分裂，并且圣物"圣火令"遗失了……它们在明教中的地位相当于基督教中的"都灵裹尸布"……虽然明教的官方说法将向西部的大迁移描述为一次伟大的浪漫远征，但在1292年的光明顶上，一切更像一场可耻的失败。

在13世纪末到14世纪初的三十多年中，西亚方面的形势也发生了重大的变化，经过多年的生死斗争，波斯总教的新领导人已经放弃了世界革命的口号，而与伊利汗国握手言和。一份新近发现的档案显示，作为交换条件之一，波斯总教被要求向中国明教施压，命其向蒙元统治者俯首称臣。

新垣平博士的研究第一次披露了明教总部西迁昆仑光明顶的真实背景[教条主义害死人]，考证出了光明顶在布格达板峰，从而终结了关于圣地所在的长期纠纷，标出了传说中的"山沟沟里的马克思主义"的前置定语的准确位置图，特别是根据新材料证实了"统一战线"形成的国际背景和真实原因。

由于研究的对象是宗教组织，因此新垣平博士的另一个研究路径自然是对标人类有史以来最大的组织——基督教会——的成功经验。新垣平博士的研究表明，在当时的历史条件下，到底谁是弥赛亚，这是革命的首要问题，因为革命需要一个"克里斯玛"领袖。张无忌的神迹证实了他就是弥赛亚，就是明尊的道成肉身。

摩尼教从一诞生就充满了弥赛亚主义的狂热。当张无忌这颗新星飞速升起时，这种情绪在远东世界又达到了极为炽热的状态。仅仅是张无忌独自一人战胜了数百名强敌而挽救了危急中的明教这一事实，就已经使得信徒们无法不相信他是真正的光明之子，甚至明尊本人的转世。他将带领明教徒去征服黑暗势力所笼罩的整个世界。张无忌展现的神奇力量所激发的宗教信仰，可以在某种程度上解释此后十多年中明教徒前赴后继地浴血奋战，终于缔造出一个伟大国家的心理动因。另一方面，为了意识形态的需要，人们也有意无意地将张无忌的事迹进一步放大为不可思议的神迹。

革命从战略防御转向战略进攻的转折点是蝴蝶谷公会及其会议决议

《蝴蝶谷信经》，其重要性，堪比尼西亚公会及《尼西亚信经》+ 中共七大及其决议。

全国各地重要的祭司、长老及护教军官约一千人参加了会议。这一会议具有宗教上和政治上的双重重要性。会议发布了后来被奉为最高权威的《蝴蝶谷信经》，解决了一系列神学问题。明尊、弥勒、天鹰是三位一体，化成肉身降世为人类赎罪，即张无忌本人。张无忌为了拯救犯罪的世人而降生，他在光明顶被"天之剑"所杀死，被埋在地下三天后又复活 [这显然来自于张无忌躲在地官养伤的事迹]，从此将驱除一切黑暗力量，在大地上做王一千年，缔造人间天国。这种宗教意义的政治后果就是，明教空前成功地树立了以张无忌为中心的最高权威。张无忌的权威为衰颓的明教注入了崭新的精神动力并指向弥赛亚主义的价值目标，使得明教得以排除过去种种看似不可克服的阻碍并重新组合各派系的政治资源，在总部的指导下发动全国范围内的反元军事形动。

根据经典文献作者查良镛爵士 [Sir jinyong] 的记录，蝴蝶谷公会胜利闭幕时与会代表集体高唱波斯语《国际歌》[歌词大意：焚我残躯，熊熊圣火，生亦何欢，死亦何苦？为善除恶，唯光明故，喜乐悲愁，皆归尘土，怜我世人，忧患实多]。查良镛爵士 [Sir jinyong] 还用抒情的手法记录了与会代表们会后惜别时感人的一幕：

那"怜我世人，忧患实多，怜我世人，忧患实多"的歌声，飘扬在蝴蝶谷中。群豪白衣如雪，一个个走到张无忌面前，躬身行礼，昂首而出，再不回顾。张无忌想起如许大好男儿，此后一二十年中，行将鲜血洒遍中原大地，忍不住热泪盈眶。

由于历史条件的局限，江湖经典文献作者对革命进程的真实背景有所取舍，不能像青春叙事、爱情叙事那样毫无顾忌。新垣平博士的研究令人信服地解释了中国明教革命成功的奥秘，奠定了他在江湖学研究领域的大师级地位。此外，新垣平博士根据新近出土的《巴比伦古卷》成功地把古波斯语《张无忌登顶宝训》翻译成汉语，办成了他的导师史密斯教授多年想办而没有办成的事。

你们受到六大派和丐帮的残害，你们又岂没有残害过他们呢？……放下你们的仇恨，就可以做你们明尊的儿子，因为他叫日头照好人，也照歹人；降雨给义人，也降给不义的人……他们聚集的时候，问张无忌说："教主啊，你复兴大汉就在这个时候？"张无忌对他们说："明尊凭着自己的权柄所定的时候、日期，不是你们可以知道的。但圣火降临在你们身上，你们就必得着能力；并要在大都、中原全境和西域，直到地极，作我的见证。"

张无忌《登顶宝训》汉译的重要性，堪比希腊语旧约《七十士译本》、英语圣经钦定本和汉语圣经和合本。

关于革命的结局——朱元璋窃取革命果实——学术界没有不同的意见，根据历史经验，革命果实总是要被窃取。但是关于绍敏女公爵的下场，学术界和新垣平博士有不同的看法。根据最新发现的《波斯人信札》的另一版本，绍敏女公爵最终来到波斯总部，出任圣处女小昭的特别助理；而根据已故阿根廷大师博尔赫斯的研究，维多利亚时代的英国人爱德华·菲茨杰拉德可能是11世纪波斯人欧玛尔·海亚姆的轮回转世，前者在编译后者的诗集《鲁拜集》时改写了几首诗，含蓄地抒写了赵敏和小昭的亲密关系，这几首诗"以黎明、玫瑰、夜莺的形象开始，以夜晚和坟墓的形象结尾"。此外，据信，《蒙古帝国的兴亡》的作者、京都大学杉山正明教授考证出僧格林沁亲王正是赵敏和张无忌的后人，如果情况属实，那么历史的轮回确实吊诡——正是这位僧格林沁亲王的惨败标志着冷兵器时代江湖的结束——之后的江湖是神枪手的时代，再之后的江湖是黑客的时代。这些有趣的细节，我们期待新垣平博士在《剑桥倚天屠龙史》下次再版时予以分解。

2018.7.22.
温榆河畔

Preface

序言[01]

在 2008 年夏季举行的北京奥运会上，中国大陆以绝对优势占据了金牌榜第一的位置。这一令人印象深刻的事件虽然常常被充满敌意的西方媒体解释为一系列弄虚作假的表象，或者专制体制的畸形产物，并且和纳粹德国或者苏联曾经的辉煌相比，却无法遮掩这样一个基本的事实：有史以来第一次——无论从古希腊的奥林匹克运动算起，还是从现代奥林匹克的复兴算起——一个非西方的国家，一个非白人的国家，具体来说是一个黄种人的国家，战胜了一切西方的体育大国，站在了奥林匹克运动会的榜首。诚然，在过去几十年中，诸如日本和韩国这样的东亚国家也曾获得瞩目的成就，而中国的排名自从 1984 年的洛杉矶奥运会以来一直稳步上升，使得这一胜利变得易于为人接受。但中国攀升到金牌榜首位这一点仍然具有非凡的意义，从某种角度上来说，它颠覆了整个奥林匹克运动得以成立的基础：自古希腊以来，我们西方人对自己身体素质超越其他"蛮族"的绝对自信。诚然，在某些田径项目上，我们有时不得不承认非洲人种的优势，而在某些灵巧的项目上又不得不让位于东

---

01 【译者按】本文是 Sean 教授为《剑桥简明金庸武侠史》所作的序言，征得 Sean 教授同意后，移于此处，以冀帮助说明 Sean 教授的学术工作的宗旨。

方人。但是从整体的身体素质来看，从头脑的卓越和体力的强健之间的完美结合来看，我们常常在潜意识中认为，只有西方人，才是真正的，或至少是标准的"人"，而东方人不论体力上还是智力上都较之逊色。而中国人的胜利无疑给了这种偏见以致命的打击。

然而这一胜利或许并不应该令我们过于惊讶，如果我们对中华民族的历史和社会多一些了解的话。譬如说，在一切举行过奥运会的城市中，北京是历史最古老的城市之一。它在公元前11世纪就已经建城，仅可能比雅典稍迟，甚至超过我们所引以为傲的罗马。虽然北京在公元12世纪才正式成为帝国的首都，但在此之前的两千年中，它一直是东北亚最重要的城市之一。多少个世纪以来，南方的农耕民族、西北的草原民族和东北的渔猎民族在此进行过无数场惊心动魄的碰撞和角逐。它既是中华帝国征服北方少数民族的桥头堡，也是鲜卑人、契丹人和女真人南下进军的中转站，即使在它成为首都之后，这一命运也没有改变。事实上，北京的历史，正是中国历史的缩影。这一历史并不是西方人刻板印象中的柔和、文弱的一潭死水，而是充满了血与火的暴力的较量。理解这一点对我们的研究来说至关重要。

历经数千年战争考验的，并且输入了大量草原蛮族之血液的中华民族，其代表形象与其说是柔弱的文人，不如说是孔武有力的赳赳武夫。当1792年访问清朝的乔治·马戛尔尼子爵（George Macartney）抵达中国的港口时，他就已经惊奇地发现了中国人的刚健有力：

男子多雄伟有力，四肢筋肉突起，无委靡不振之相。余逐处留意观之，不觉朗诵诗人莎士比亚《暴风雨》中之句曰："观此纭纭众生兮，叹造物之神奇,朕人类之美且大兮,吾乐乎新世界之自居。"

而中国工匠乃能以其臂力与其活泼之精神,合力升之,直行不息,而观其神情又异常欣喜,初不若有人驱之迫之者。此或中国政体之完备,及人民天赋之独厚使然,非他国所能及也。[02]

这些赞美的话语无论对今天的中国人还是西方人都是陌生的,因为在不到半个世纪之后的1840年,不列颠帝国就和中华帝国进行了史上第一次贸易战争——它以"鸦片战争(Opium War)"之名为人所知——并且前者用自己远为先进的军事技术击败了后者。不到二十年,不列颠和法兰西又发动了第二次鸦片战争(1856—1860),并且攻占了中国的首都,也就是2008年奥运会的举办地北京。在此后接近一个世纪里,中国遭遇了一连串可怕的军事失败,其声望也跌到了历史的低谷。诚然,这些失败基本上是由和西方在技术上的巨大差距所导致的,但这确立了中国人在西方公众心目中孱弱无能的形象,并且由于鸦片等毒品的泛滥以及割地赔款所导致的贫困而得到强化。即使在共产党夺取了中国政权,并在1950—1953年的朝鲜战争中成功地击退了美国领导的"联合国军"后,中国人的胜利也常常被描绘为"人海战术"的结果,与西方人独立自由的骑士精神形成了鲜明的反差。

在20世纪70年代李小龙(Bruce Lee)成为西方人所熟知的功夫明星之后,"中国功夫"在欧洲和北美掀起了热潮,这种情况才得到了部分

---

[02] 【译者按】此处用刘半农《乾隆英使觐见记》之译文。

的改观。然而即使想象力最发达的西方人也只能将此归诸少数人才知晓的神秘的东方法术。西方人所难以设想的，是在一个充满活力的民族中一个延续至少十多个世纪的功夫世界，在任何一个世纪都由数百个流派的数以万计的武术家组成。他们曾经召开过许多届不逊色于奥运会的武术大会，发动过比黑手党的家族之战大得多的战争，将自己的宫殿设在天山或昆仑山之巅，探索过从阿留申群岛到撒马尔罕，从西伯利亚到婆罗洲的广袤领域；他们曾经迫使南中国海上数十个岛屿和东南亚的各大割据势力承认他们的宗主权，也曾击败过哥萨克的骑兵、西班牙的海盗和荷兰人的火枪；他们曾经在契丹人和西藏人的宫廷中居于高位，令蒙古人和满族人领导的政府为之恐惧，甚至创建了中国历史上一个光辉灿烂的帝国。通过种种方式，他们不止一次地改变了中国和世界的历史，并参与塑造了现代世界的面貌。

这是一个真正意义上的"失落的世界"。这个世界在西方历史最黑暗的时代发端，又在西方人全面胜利的时代由于热兵器的普及和军事技术的发展陷入极度衰落，最终被遗忘殆尽。20世纪的武术大师们，如西方人所相对熟知的霍元甲和李小龙，不过是这个消逝的世界最后的余音。直到最近的时代，这个古老的世界仍然不为西方人所知，甚至——由于传统的儒家文化和士大夫政府的压抑——在很大程度上不为中国人自己所知。笔名为金庸的查良镛博士在20世纪50年代以后，曾经着手撰写这个世界的历史，然而在写出了十五部断代史后他不得不中止了这个任务。因为年代的久远，已经无法收集到足够的资料，以便将这些断片联缀成一个整体。然而他毕竟揭开了冰山的一角，让现代的中国人和西方人得以窥见一个久已中断的传统，一个残酷、血腥而又充满魅力的世界。

在最近十几年中，至少在历史学界和汉学界，对中国武术世界的兴趣明显增加了，越来越多的研究成果与学术著作出现了。而通过《卧虎藏龙》这样的著名电影，西方公众对这方面的话题也开始具有了兴趣。一些历史研究者也在这些方面提出了有趣的理论：譬如，美国明尼苏达州保罗·卡利斯特学院教授威泽弗德（Jack Weatherford），在其影响力广泛的著作《成吉思汗与今日世界之形成》中提出，成吉思汗之所以能征服世界是因为训练了一批擅长点穴术的武术家，因此在战争中无所不利；而英国前海军军官孟席斯（Gavin Menzies）在《1421：中国发现世界》中认为，郑和是失传的古代武术经典之一《葵花宝典》的作者，他和他的同僚凭借惊人的武术造诣征服了美洲的土著人。这些说法引起了广泛的兴趣和争议。

在北京奥运会之后，遏制"黄祸"的呼声再次响起。是否古老的武术世界的某一部分已经在中国政府的控制下了呢？中国人是否可能会再度复兴他们的武术传统，去征服世界呢？这些荒诞不经的想法引发了许多想象力丰富的阴谋理论。在2001年，一支被称为"少林队"的足球队获得了中超联赛的冠军，但在第二年这支队伍就离奇解散和消失。一些西方作者声称，这些武术造诣不凡的队员被招纳进了秘密的特种部队，而为了麻痹西方人，中国政府刻意保留着他们不堪一击的国家足球队去饱受羞辱；而原定在奥运会开幕式上表演的少林功夫被临时撤下，换上了看上去更温和的太极拳，更加深了人们的这一看法。一些作者甚至歪曲地援引本人的著作，声称中国运动员刘翔是得到了清代的失传武术"神行百变"才能够在雅典奥运会上摘取金牌，而后出于和古巴的秘密协定，将这一技术转让给古巴运动员罗伯斯，并安排刘翔退赛！还有一种说法是，美国中央情报局窃取了灵蛇岛一份水功修炼方法，并将其用于对游泳运动员菲尔普斯的训练上，为此菲尔普斯还学了两年中文。如果说在以前人们不承认中国武术世界的存在是一个极端，那么现在的这些说法又走向了另一个极端，引起了西方公众不必要的恐慌。

笔者认为，哪怕即使仅仅为了澄清这些偏见起见，也有必要撰写一部武术世界的历史，介绍其渊源、历史和机制。况且近年来历史学的进展和新资料的发现，已经使得撰写这一部历史不仅成为可能，而且必要。在本书中，不可避免仍会有许多空白和猜测，一些具体的细节也无法进一步加以探讨。笔者诚挚地希望，在不久的将来，历史学家们能够填补这些空白和纠正这些失误，以一部更为全面、翔实的《剑桥金庸武侠史》来取代目前呈献给读者的这部或许过于"简明"的历史。

在撰写本书的过程中，笔者要将诚挚的谢意献给以下几位：首先要感谢的是查良镛先生本人，在他于剑桥攻读历史学博士期间，我曾经多次和他在波光粼粼的剑河（River Cam）边散步，探讨中国武侠史中的种种细节，没有他的热心帮助，或许这部书的完成是永远不可能的。其次要感谢的，是我的导师史密斯教授，作为英国和西方世界武侠史学的开创者之一，是他亲自将我领进了武侠史研究的奇妙领域，并在我五年的博士生涯中给了我无微不至的关心和指点。我的另一位老师——已故的牛津大学约翰生教授，虽然我在许多学术观点上都有矛盾，却通过他尖锐的批评促进了笔者的学术成熟，愿他在天国得到平安！我的学生和朋友新垣平先生在古代汉语和中国文化方面给了我许多有益的帮助，并且亲自将我的几部书翻译成中文，对此我深表感激。最后要感谢的是我在香港的中国籍妻子宋珏女士，谢谢你多年来给我的爱与支持，这是我所不配享有的。

Part I
The Cambridge History of Chinese Kongfu Circle During the Yuan Dynasty
(1195—1368)

倚天屠龙史

(1195—1368)

CHAPTER I

INTRODUCTION
绪 论

13世纪见证了蒙古民族在亚洲腹地的兴起,这是人类历史上最重大的事件之一。而这一事件最重要的,或许也是唯一的关键词就是"征服(conquest)"。在三个世纪的时间内,成吉思汗及其儿孙们的征服战争几乎覆盖了整个欧亚大陆,从日本海到地中海,从北冰洋到扬子江,都臣服于黄金家族的斡尔朵(ordo)[01]之下。一千万平方英里以上的庞大帝国被建立起来,这一辉煌纪录迄今尚没有任何国家能够打破。1279年,蒙古帝国的海军在南中国海上摧毁了南宋王朝最后残存的抵抗力量,从而完成了对中国本土的征服。这是中国历史上第一次被异族完全征服,并且这一异族几乎毫不掩饰地蔑视中国人所珍视的文化、思想和制度。在征服者震撼整个世界的暴力面前,这些古老的圣贤之道显得格外孱弱而不堪一击。

然而对于征服者来说,弱小的中国人手中仍然有他们所忌惮的神秘

---

01 【译者注】"斡尔朵"是游牧民族或高级贵族的营帐,也用以指代其统治机构。

力量，即被称为"武功"的高深格斗术（martial arts），我们西方人习惯称之为"功夫"（Kongfu）。这种格斗技术尽管在战场上看起来不如蒙古人的马术和箭术有效，但在个人的格斗中却可以发挥惊人的威力，并且曾经不止一次地改变了历史进程。

人们不会忘记的是，正是在武术大师郭靖的主持下，襄阳要塞的防守才维持了十多年，而蒙古帝国的最高统治者蒙哥（Möngke），据说也在攻城作战中被郭靖的学生杨过所杀死；[02] 二十年后，帝国的丞相阿合马也被武术家王著和高和尚所刺杀。出于对汉人武术界的忌惮，忽必烈汗甚至没有深究此事。最近几十年来，历史学家们逐渐达成了这样的共识，蒙元帝国在中国统治的崩溃很大程度上应当归功于中国武术界（Kongfu Circle）的集体反叛。要勾勒出蒙元帝国的兴衰全貌而缺乏对武术界的了解，正如要研究中世纪欧洲的历史而不知道骑士阶层一样荒谬。

但是长期以来，在西方，许多第一流的蒙古学者并非汉学家，对于中国历史和文化的生疏局限了他们本应更为开阔的学术视野；而汉学家和东亚学者们对于民间传统也缺乏严肃的学术兴趣，从而使得这一领域迄今为止尚未被充分探索。因此我们不得不面对这样一个尴尬的状况，在拉施特（Rashidal-DinRadlAllah）的《史集》（Jāmi'al-tawārīkh）、宋濂的《元史》以及佚名的《黄金史纲》中已经约略提及的若干历史现象，竟然被从格鲁塞（René Grousset）到符拉基米尔佐夫（Vladimirtsov），从柯立夫（Francis W. Cleaves）到傅海波（Herbert Franke），从箭内亘到陈垣，从韩儒林到萧启庆等许多杰出的蒙元史学家所忽略或曲解。对于元代中国武术界发

---

02 《神圣的雕之罗曼史》（Romance of the Divine Condor）（第二次修订版，北京：三联书店，1994）。

展及其与政治史的关系的学术研究，至今仍付之阙如。只有查良镛博士在《天之剑与龙之刀》（The Heaven Sword and Dragon Saber）[03]一书中进行过极其富有想象力的探讨。但查良镛博士的研究在很大程度上，仍然被作为"通俗历史作家"的揣测而被学术界所忽略。而其为了通俗化而进行的故事性描述，也在无意中成为进一步研究元代武术界内部结构和运动的阻碍。

本书的目的就在于填补这一空白。本书将依据历史记载以及新发现的史料，特别是查良镛博士的研究，勾勒出元代中国武术界的内在结构和发展状况，并讨论其与宗教、政治、文化等各方面的关联。我们将把主要的注意力放在其对元朝末期政治变动和军事冲突的影响上。不用说，这仅仅是一个初步的探索，我们热切地期望：在不久的将来，会有更多的研究成果来补充和纠正其中的内容。

03　即《倚天屠龙记》，金庸著作的英文译名与中文原名略有不同。译者尽量按英文翻出，以保留其原汁原味。

CHAPTER II

THE POLITICAL MAP OF KONGFU CIRCLE IN LATE SOUTHERN SUNG
(1195—1279)

南宋后期的武术界政治地图
(1195—1279)

尽管形态和结构上有很大变化，但元代武术界既然是从其在宋金时代的前身演变而来，因此，首先有必要对后者略加概述。

自从宋代的平民从中古时期的贵族依附关系中解放出来之后，[01] 中华帝国的武术家阶层就成了被称为"江湖"（river and lake）的独特社会领域的主宰。[02] "江湖"来自公元前3世纪的哲学家庄周的一个比喻："（对于鱼来说）与其（在土坑里）用唾沫相互湿润，不如在江和湖中相互忘却。"[03] 毫无疑问，这是对于自由的隐喻。我们必须明确，"江和湖"是缺

01　见内藤湖南《概括的唐宋时代观》，初刊于《历史与地理》第9卷第5号（唐宋时代研究号），1922年5月，1～12页；再收于《内藤湖南全集》第8卷中之《东洋文化史研究》，1969，111～119页。
02　参见陈山《中国武侠史》（上海三联书店，1992），第四章。
03　《庄子·大宗师》。

乏海洋文明的中国文化中和坚实的陆地以及"故土"相对立的概念，它们构成中国的内河航运体系以及广义的交通运输体系。像鱼一样在江湖中生存者，必然首先是摆脱了对土地依附关系的自由人。

广义的江湖世界包括一切不臣服于帝国的政治秩序而自由流动的因素：商贾、歌伎、镖行、戏班、流民、乞丐、僧人、盗贼以及武术家们。对于这个复杂、微妙而又时时变动的社会关系领域，中华帝国的暴力机器无疑显得过于庞大和笨拙。由于技术水平的限制，帝国军队不可能像现代国家那样对这个领域实行全面控制，甚至单纯的监视都力不从心。在江湖世界中流动的商贾和脚贩们不能像生活在现代社会一样，指望得到警察的保护，而窥伺政权的反叛者、危险宗教的信奉者以及危害人们日常生活的罪犯们却往往如鱼得水，得以在此躲避政府的通缉。

因此，在这个类似自然状态的环境中，被称为武功的格斗术得到了长足的发展：谁有更高的武术造诣，谁就更能够慑服他人，谁就能在江湖世界的活动中获得更多的尊重和更大的利益。我们必须记住：是弱肉强食的丛林法则而非锄强扶弱的骑士精神构成了这个世界的基本原则。毫不奇怪，这个领域的特殊机制使得按照武术的高低和有无形成了自发的等级秩序。武术家阶层所组成的"武术森林"备受尊崇，成为江湖秩序中最主要的主导力量，而最强大的大师们总是在食物链的顶端作为最高的捕食者，他们有能力杀戮任何藐视他们权威的江湖公民。出于对武术大师的爱戴、畏惧和谄媚，许多本来并不畏惧政府军的武术师也拜倒在他们的脚下，甘愿服从他们的号令。这使得一个著名武术家能够通过特殊的权力组织形式——门派、帮会和异端宗教等——指挥远比他自身的超人力量强大百倍的势力。这些特殊形式中就蕴涵着足以和帝国抗争的潜能。当然，在帝国强盛的时代，武术界只能满足于对江湖的统治，而对皇帝的权威保持表面上的服从。但当风起云涌、帝国走向衰落之际，武术界就会趁机而动，利用江湖网络而控制土地本身，投身于夺取最高政权的军事冒险活动中。

在从12世纪末直到蒙元征服中国东部之前的大半个世纪之中，武术界中出现了被称为"华山剑术研讨会"的武术比赛，在名义上，这是高级武术家之间的学术交流活动。与现代的各种体育比赛不同，这种武术比赛并非人人可以参加，参与者仅限于公认的最优秀的武术家（据相关记载，在1259年的第三次剑术研讨会中，有一些不知名的武师试图参与，被与会者们粗暴地赶走）[04]。这种专横是有原因的。如果用现在的体育比赛模式去理解剑术研讨会，将是一个巨大的时代错误。例如，第三次剑术研讨会没有进行任何武术比试就确定了五大武术家的地位和称号。事实上，每一次研讨会都反映出武术界和江湖世界中最新的权力分配关系。在第一次剑术研讨会中，以"五绝"（Five Champions）为名号的武术大师名单实际上映射出武林中权力秩序的现实逻辑。在某种意义上，我们可以称之为江湖世界的《威斯特伐利亚条约》（Peace of Westphalia），[05] 正是剑术研讨会的存在确定了此后大半个世纪的武林秩序。

据《射雕的英雄：一部传记》（The Condor-Shooting Heroes: A Biography）记载，第一次华山剑术研讨会在1195年举行。发动这次比赛的缘由是争夺一部被称为《九阴真经》（Canonica Vera Enneadae）的

---

04 见《神圣的雕之罗曼史》，第四十章。
05 【译者注】《威斯特伐利亚条约》是德国"三十年战争"结束时签订的一系列条约，标志着第一个近代国际关系体系的诞生。

武术典籍，作者据认为是著名的道家学者黄裳。其表面的理由是，《九阴真经》中包含能大幅度提高武术能力的秘密技术，因而几乎为每一个习武者所觊觎。

无可否认，参与论剑的武术家都在某种程度上醉心于《九阴真经》优美、深奥的武术理论，但实际上争夺这部典籍却有更为现实的原因。正如现代世界的军事技术一样，一部精湛的武术著作将会大大提高研读者的格斗能力，从而对现存的武林秩序构成威胁，为此，必须对这一危险倾向予以限制。争夺《九阴真经》的目的本质上可以视为武林现存秩序防止这一危险技术扩散的措施，事实证明这一措施是卓有成效的。这一实质意义也可以从如下事实中看出：华山剑术研讨会的胜利者王喆就几乎没有读过该书，更没有练习其中的武术。武术大师郭靖后来对此有准确的评论："他要得到经书，也不是为了要练其中的功夫，却是想救普天下的英雄豪杰，叫他们免得互相斫杀，大家不得好死。"[06] 在此意义上，"五绝"们对《九阴真经》的争夺可以视为对武林秩序的确认和维护。

第一次华山剑术研讨会的主要成果在于缔造了第一个有秩序的武林体系。与会的五方面代表分别被冠以"东西南北中"的称号，这一点昭示了他们按照不同方位，瓜分江湖世界的势力范围：

"东方的异教徒"（The Eastern Heretic）黄药师，是东海的岛屿和中国东南地区的主宰；

"西方的毒蛇"（The Western Viper）欧阳锋则是西域地区以及河西走廊的霸主；

---

06 《射雕的英雄：一部传记》，第十六章。

"南方的皇帝"（The Southern Emperor）段智兴是大理国的皇帝，他的家族自从10世纪以来就世代统治着今天的云南省地区，其势力范围亦扩张到了南宋境内的贵州、湖南；

"北方的乞丐"（The Northern Beggar）洪七则是北方"乞丐黑手党"[07]（Mafia of Beggars）的领袖，势力范围涵盖了中国北部地区以及部分南部地区。

最后是第一届剑术研讨会的最终胜利者——"中央的先知"王喆，一个道教的改革派的创始人。王喆的根据地是陕西南部的终南山，他的教派全真教（All Truth Religion）主要在中国腹地活动。但作为至高无上的武术大师，王喆对于其他各个区域都有号召力和约束力，虽然有时只是形式上的。在华山剑术研讨会后，王喆曾率领他的代表团对大理国进行过一次访问，在访问期间他的副手周伯通奸污了段智兴的一位妾室。显然由于王喆的特权地位，大理国方面敢怒而不敢言，只能掩盖这一丑闻。

这一武林体系的特殊性可以从如下事实中得到辨认：构成这一体系的基础，乃是武术家的个人力量，而非如后来的武林体系那样，奠基于个别武术家所隶属的武术门派。诸如少林、武当、峨嵋争锋的门派政治，要到一个半世纪后才会出现。这一时代虽然已经有武术门派的出现和繁荣，但大多数情况下都只是作为武术家个人的附庸，而非独立的政治运作单位。黄药师——这位天才武术大师因为信奉激进的社会原子主义而提出对儒家价值观的质疑而闻名——他的悲剧是一个典型的例子：

---

[07] "乞丐黑手党"是一个由社会底层人员组成的传统反政府组织，当满族人于12世纪上半叶控制中国北部后，则转变为民族主义的独立武装组织。有关这一组织在元代以前的活动状况，参见谭松林主编的《中国秘密社会》，第一卷（福州：福建人民出版社，2002）。

他在一次盛怒中打断了自己所有学生的腿并把他们赶走，从而自己扼杀了自己刚刚缔造的门派。同样的事情，几乎不可能发生在那些历史悠久的门派中。在那些地方，制度的约束总是大于领导人个人的意志。以明朝时期的雪山派为例，当掌门人白自在陷入癫狂而残酷地对待自己的学生时，他们毫不犹豫地禁锢并废黜了这位大师。[08]

在"五绝"中，唯一建立了正式门派组织的是王喆，这位道教中的马丁·路德建立了被称为"全真教"的道教派别。他的七个门徒也都是著名的武术家，在两代人的时间里保持了全真派的威望不退。但是下几代的继承人们逐渐混淆了宗教派别和武术门派之间的区别，将主要兴趣转移到宗教方面，导致了这一门派的急剧衰落。[09] 使得全真派能在长时间内持续保持其威望的，是王喆的学生和朋友周伯通，他是一个具有武术天才的先天愚痴，智力约相当于十岁的儿童。为了利用周伯通的天才，王喆设法令他皈依自己的宗教并保护自己的门徒，尽管他对此很不情愿。在第三次华山剑术研讨会中周伯通正式继承了王喆的位置，被称为"中央的调皮儿童"。然而显而易见，促使其当选的主要是他的智力鲁钝，成为各方面都能够接受的形式首领。这个半侮辱性的名号也显示出，人们并非真心尊崇这位大师。在周伯通死后，全真派也迅速衰落。

洪七是著名的"乞丐黑手党"的领袖，在中国北方，这一组织从12世纪中期起，就成为反抗来自中国东北和蒙古地区的侵略者统治的最大

---

08 见《骑士的旅行》（北京：三联书店，1994）。
09 参见陈垣《南宋初河北新道教考》（北京：中华书局，1962）；陈学霖和威廉.T. 德巴里（de Bary）主编《元代思想：蒙古统治下的中国思想和宗教》（Yuan Thought: Chinese Thought and Religion under the Mongols）（纽约：哥伦比亚大学出版社，1982）。

地下抵抗组织。这一组织本身并非武术门派，但却吸收了很多优秀的武术家。虽然内部有保守派和改革派的激烈斗争，但从12世纪中叶到13世纪中叶的一百年中，这一组织始终是武术界的最大势力之一。

另外，段智兴虽然是大理国的君主，但是段氏皇族传统上仍然被视为中国武术界的一部分。在南宋时期，由于贸易的发达，云贵高原同中原汉地之间形成了统一市场，无疑更增进了这一趋势。[10] 在蒙古军队占领大理后，段智兴的流亡政府不得不迁移到了南宋境内，和南宋的爱国者联合起来，继续从事希望渺茫的抵抗运动。因为其政权的沦亡，段智兴在南方的领导地位也受到了严重的威胁。裘千仞，或"漂浮在水面上的钢铁手掌（Iron Palms Floating on Water）"依靠其帮会势力，大幅侵占了段智兴在中国南部的势力范围。不过裘千仞的新兴帮会遭到了段智兴和洪七的压制，最后他们联合起来，威逼裘千仞成为僧侣，屈服在段智兴的权威下。

从1220年的第二次剑术研讨会开始，东西南北的地域划分已经明显与江湖世界的现状相脱节。在第二次剑术研讨会中夺冠的欧阳锋，当时已经成为间歇性精神分裂症患者，不再代表任何势力，此后长期在中国本土流浪。而段智兴也早已出家为僧侣，并未真正参与这次峰会。很明显，这一次剑术研讨会的意义，在于确认和巩固旧秩序的合理性，为此即使割裂称号与实际的关系也在所不惜。

此后，武术界的老人政治维持了近四十年。在1259年的第三次剑术研讨会中，由于洪七和欧阳锋的逝世，他们名义上的传人"北方的骑士"

---

10 参见斯波义信《宋代商业史研究》（风间书房，1968），第三章"宋代全国市场的形成"。

（The Northern Knight）郭靖和"西方的狂人"（The Western Crank）杨过替代了他们的位置，但是已经和地域无关。事实上，此时西和北两个地区已经完全被蒙古帝国所占领，"五绝"的影响力日渐衰退，甚至全真教也开始紧张地向汗八里的蒙古朝廷靠拢。被称为"北方的骑士"的郭靖一直在防守中部地区的襄阳，而"西方的狂人"杨过很快退出了社会生活。更不用说，上文提到的周伯通不过是一个天真的傀儡。"新五绝"的名号很大程度上不过是对昔日光环的怀旧，并不能掩盖旧秩序日薄西山的惨淡状况。

随着13世纪70年代蒙古军队的南下，蒙古人对南宋的最后征服开始了。在守卫襄阳的战役中，南宋最优秀的武术大师郭靖很可能被意大利人马可·波罗（Marco Polo）制造的新型投石机打死[11]——这一悲惨的事件也预示了武术将在几百年后被火器压倒的不幸宿命。丐帮和大理流亡政府也各有许多武术家被杀。而在此之前很久，衰落的全真派已经被迫向蒙古朝廷效忠。在随后几年的军事行动中，武术界残余的抵抗力量跟随文天祥、张世杰等南宋抵抗派将领坚持战斗，直到1279年的崖山海战才被消灭，死者达十万人之多。[12] 到此为止，中国武术界的各派势力基本被肃清，劫后逃生的少数武术家也隐匿不出。因此，在13世纪80年代初期的中原武术界，出现了同一个半世纪之前相似的巨大权力真空。这本来对于新征服中国的蒙古统治者来说是有利的局面，但是在帝国的新主人还没有学会如何控制这个全新领域之前，已经有其他的势力趁机崛起而试图掌握大权了。

---

11 马可·波罗曾经吹嘘过，他制造的大炮"杀死了一位著名的南蛮子将军"，但关于此人是否是郭靖还有争议。参见《马可·波罗游记》（Il Milione），第二卷。
12 见《宋史》第四十七卷。

Chapter III
The Formation of Politics of Kongfu Schools
(1279—1330)

武术门派政治的形成
(1279—1330)

　　正如在其他许多文化领域中一样，蒙古人对中国的占领也带来了武术界水平的大幅下滑，这一点的原因是显而易见的：许多大有希望的中青年武术家在残酷的战争中阵亡，导致了武术界的代际断层，而随着老一辈武术大师的逝去，若干威力强大的绝技也湮没无闻。一个明确无疑的事实是，在半个多世纪的时间内，绝少再出现"五绝"层次的大师级人物。这一悲惨境况不仅标志着武术界的长期衰落，也推动了武术界结构的深刻变革：个人的力量下降后，门派的重要性就日渐凸显出来。门派不仅仅是武术本身的标志或武术传承的形式，它本身（eo ipso）就成为武术家联合的最重要组织。在具体讨论元代门派的形成之前，让我们在此先对这一组织的一般发生学原理略加考察。

门派首先具有武术传承的意义：在绝大多数情况下，武术必须通过教学活动才能传授给他人。学生从教师那里学习到精湛的格斗技术，作为自卫及谋生的手段，特别在动乱的时代，其带来的收益远远大于对其他文化知识的学习，因此自然为许多人所趋之若鹜。

但另一方面，从教师的角度来看，与其他学术的传授不同，教授学生武术是一项危险的工作。天资聪颖的学生经过认真修习，武术不难凌驾于较平庸的老师之上，当与老师发生争执，或者觊觎老师的秘密书籍或财产时，不难利用学到的武术击败甚至杀死自己的启蒙者。因此，不难理解为什么杀害自己的老师会被武术界视为最大的禁忌和罪恶。而教师也被默认拥有对学生的人身支配权。在儒家文化的支持下，教师被称为"师父"（teacher-father），亦即具有与父亲相等的地位——在中国，正如在西方中世纪一样，父亲拥有随意处置自己子女的家长权。

但是在这种束缚关系下，天平又会向另一头倾斜，学生在教师的至高权威下丧失了基本的人身自由和安全。例如前面所提到的，黄药师的弟子就可以随意为他所杀死或致残。这种黑格尔式的正反辩证运动最后导致作为"合题"的"门派"的出现：学生和教师都是门派的一部分，也都必须受门规家法的制约。学生不允许反叛老师，但是老师也不允许随意杀戮欺凌学生，双方都必须忠于更高的门派。而门派进行内部管理的执行人员就是"掌门人（The Gate-Holder）"，掌门人虽然拥有极高的权威，但是同样受门规的制约。[01]

门派的出现，导致个人对门派形成了单一的人身依附关系，最终使

---

01 陈山在《中国武侠史》中讨论过这一问题，见《中国武侠史》，191～194页。

得本来单纯的武术传授的形式变成了一个拥有共同利益的武术家集团。每一个武术家都有在政治上效忠、从经济上供奉，并且在危急时支援自己门派的义务，同时也有享受门派的武力保护和武术教授的权利。因此，一个人理论上能够学习多种武术，但只能效忠于一个门派。当然，如果不加入某个门派，能够获得该门派武术传授的机会微乎其微。这一制度事实上的结果，就是武术教学上的严格限制，以及某种武术"知识产权"意识的萌芽。和通常的诠释相反，我们认为这不是武术繁荣的象征，而是元代以后武术衰落的重要原因。

我们可以用"囚徒悖论"来解释这一趋势：每一个门派都有各自的利益，因此虽然不介意去学习其他门派的武术，但是却绝不希望自己的武术被其他门派得知。这样必然使其成员积极窥伺其他门派的武术而防范自己的武术被偷学，这会导致恶性循环，使得各门派相互提防，防范进一步严密。而各门派之间的对立，又会导致武术家技能的单一化，格斗水平日益下滑。这样一来，个人的力量日渐下降，使得对门派的依赖性更为增强，令个人与其门派之间的联系更加紧密。而这无疑会进一步加剧门派之间对立的趋势。

从以武术家个人为本位，到以门派为本位，这一历史趋势经过了长达数个世纪的演变，但是正如上文所表明的，关键性转折就发生在13世纪下半叶的宋元交替时期。两个不同的历史阶段由此被区分开来了。

最早出现在武林世界中的新势力是1283年成立的峨嵋派，这一门派的创始人是郭靖的女儿郭襄。她的父母和姐姐、兄弟在1273年以来的一系列军事冲突中陆续丧生，唯独她本人幸免于难。为亲人复仇的渴望成为郭襄投身抵抗运动的最大动力，而她在60年代的游历则为她提供了江湖世界中广泛的人际关系网络，加上作为郭靖和黄蓉女儿的极具号召力的独特身份，使得她足以组织起一支令人生畏的地下抵抗力量。1282年底，她策划了一项雄心勃勃的计划，试图对汗八里发动奇袭，救出被俘虏的宋朝末代皇帝赵㬎和丞相文天祥，但是这一计划被元朝政府及时发现。文天祥被处死，而赵㬎被送往西藏，并被迫成为一名正式的喇嘛教僧侣。这一事件以及不久前发生的阿合马被刺杀事件令忽必烈汗下决心对武林势力开始新一轮的清剿。[02]最后，郭襄及其支持者被迫退向四川盆地。第二年，郭襄不得不出家成为一名佛教修女，当然，这只是对其领导的地下抵抗运动的掩饰，郭襄及其弟子们的民族主义热情同佛教的虚无主义可谓南辕北辙。由于郭襄本身为女性，她的门派大多数成员为妇女，这些妇女大都在蒙宋战争中失去了亲人或丈夫，因此和她们的领导人一样充满了复仇的渴望。

终其一生，郭襄都致力于推翻蒙古征服者的统治，并不懈地寻找"西方的狂人"杨过——此人可能是唯一在13世纪80年代之后仍然幸存的"五绝"人物，并由于其曾杀死蒙哥汗的骄人战绩被汉人抵抗者奉为精神领袖。但"狂人"似乎对抵抗运动已经绝望，在襄阳沦陷后再也没有出现过，只有零星的小道消息表明他仍然活着并隐居在偏远地区的深山中。无论如何，郭襄从未能找到他。八十年后，他的后代又重新出现在江湖世界。[03]杨过的行踪已经成为永远的历史谜团。

昆仑派是另一个在13世纪末崛起的武术门派，这一门派的历史可以

---

02 参见罗沙比（Morris Rossabi）《忽必烈汗：他的生活与时代》（Khubilai Khan: His Life and Times），伯克利与洛杉矶，加利福尼亚大学出版社，1988。
03 《天之剑与龙之刀》，第三十九章。

上溯到北宋和西夏时期,但是其早期发展由于史料的匮乏仍然不得而知。由于其位于中国新疆和西藏高原交界的昆仑山脉,与中原本土的往来较少,长期以来,昆仑派一直缺乏发展的空间。对昆仑派来说,幸运的是,蒙古人对欧亚大陆的空前征服带来了中西方商路的畅通,也使得本来位于帝国边陲的昆仑山一跃而成为中西方交通的枢纽所在。与此同时,许多中原地区的汉人为了逃避战祸和征服者的压迫逃到昆仑山中,为昆仑派带来了可贵的人力资源。

从13世纪70年代开始,被称为"昆仑山的三位一体"(Trinity in Kunlun)的著名武术家何足道成为昆仑派的掌门人,他充分利用了蒙元入侵带来的机遇,使得昆仑派开始了空前的发展。在短时间内,这一门派不但填补了"西方的毒蛇"的白驼山势力衰落以来西北地区武术界的空白,而且积极向东部进军,参与了中原地区对蒙古人的抵抗事业。据称这和何足道和郭襄的交往有关。关于何足道和郭襄之间的罗曼史有很多美丽的传说,但唯一可信的记载是他们曾经于1262年在少林寺有过一次短暂的邂逅。[04] 昆仑派声称郭襄在其剃度前夕秘密访问了昆仑山,并在被称为"三圣坳"的秘密花园和何足道进行了会晤,但其真实性相当可疑。

这一时期还目睹了华山与崆峒两个门派的崛起。与峨嵋派和昆仑派相似,这两派也都是吸收汉人抵抗力量的精华而成。"华山派"的命名显然是为了缅怀"华山剑术研讨会"时代的光荣。几百年后的一系列著名武术家如风清扬、令狐冲、穆人清、袁承志等都隶属于华山派。武术史学家们对华山派的起源一直很感兴趣,但是并没有达成一致的意见。

---

04 《天之剑与龙之刀》,第一、二章。

目前一个流行的假说认为,华山派属于全真教的旁支,其创始人是王喆的弟子郝大通。事实上,郝大通曾经在华山居住,并创建了全真教的一个支脉,也被称为"华山派"。而华山派的武术传统无疑是属于道家的,似乎和全真教之间有着千丝万缕的联系。在全真教和蒙古政府妥协以及没落后,华山派的迅速兴起或许并非是偶然的巧合。我们认为,这可能是以郝大通的弟子为代表的全真教鹰派人士和旧教派决裂后所创立的新的秘密组织。

另外,刺杀元朝阿合马丞相的王著和高和尚可能是崆峒派的成员。这一门派的起源已经无从得知,但其崛起的迅速显然同样要归功于南宋覆灭带来的江湖势力大洗牌。

在元朝前期的多次汉人武装反抗中,背后都有着各大门派的推动。在原来南宋统治地区,几乎每年都有两百次以上的暴动。这些事件至少有三分之一以上同武林势力有着千丝万缕的联系。例如1282年海沙派掌门人陈良臣在广东发动的盐贩暴动,1284年巨鲸帮在舟山群岛发动的王仙人起义,1285年峨嵋派和昆仑派在四川发动的赵和尚起义,等等。与此同时,明教也在浙江和福建地区发动了大规模的武装起义(详见下章)。[05]

本章最后要叙述的是元代武林中最具影响力的两大武术集团:少林和武当。这两个主要势力的矛盾与冲突将对14世纪的武术界走向产生决定性的作用。

少林派是一个佛教武术门派,因其根据地为嵩山少林寺而得名。它诞生于公元6世纪,是中国历史上最悠久的武术门派,在许多世纪中,都是

05　见杨讷、陈高华主编《元代农民战争史料汇编》上编,北京:中华书局,1985。

武术界无所争议的最高领导者。但由于南宋初年的内乱和分裂,这一门派陷入了长达一个世纪的衰落,以致未能参与12世纪和13世纪的三次华山剑术研讨会。

在道教的全真教崛起后,少林派无论从意识形态上还是从势力范围上都受到沉重的打击。在少林派和全真教的武术械斗中,少林僧侣常常败北,并且在中原地区,大量托庇于少林派的佛寺被全真教霸占为道观。但悖论的是,恰恰是这一极度衰落的状况使得这一中国历史上的最大门派在12世纪以来的若干次政权交替过程中得以置身事外,保存了大部分的实力。在北方被蒙古人征服后,蒙古朝廷对佛教的日渐尊崇使少林寺免受了军队的洗劫,甚至还一度得到蒙古王公的宠幸。1258年,少林寺心禅堂的高僧福裕在蒙哥汗的御前比武大会上挫败全真教的掌教张志敬,依靠蒙古政府的支持收回了被全真教霸占的大部分权益,让全真教从此一蹶不振。[06]

可能正是由于少林已经秘密向蒙古政府投诚,当郭襄在1262年访问少林寺时,虽然身为郭靖的女儿,但仍然受到了少林方面极其粗暴无礼的对待。虽然传统上身为中国武术界的一部分,少林寺不愿意和南宋武术界断绝往来,但明哲保身的少林僧侣们无疑在设法和宋朝的势力拉开距离,以免引起蒙古宫廷的不快。

但不久后,汉传佛教在蒙古人中的优势地位就被更加富有吸引力的藏传佛教、伊斯兰教和基督教所压倒,八思巴法王等人受到的尊崇令少林高僧望尘莫及。在宫廷中竞争无望的少林寺开始回过头来,设法重新争取百

---

06 《元代思想:蒙古统治下的中国思想和宗教》,第354页。

废待兴的中原武术界。持消极保守态度的方丈天鸣和主张倒向汗八里的无相禅师先后倒台，支持汉人抵抗运动的无色禅师得以掌握大权，此人曾参与杨过领导下的汉人游击战争，在襄阳会战中对蒙古军团进行过大胆的军事突袭。[07] 无色掌管下的少林迅速向汉人的抵抗组织靠拢，这一转型十分成功。

在13世纪50年代，一部埋没多年的高级武术教程《九阳真经》（Canonicus Verus Enneadi）被意外地发现了。这部书的来源十分奇特：与西方人对独立著作的推崇不同，中国人习惯于在对经典的注释中表达自己的思想见解。[08] 可能在11世纪末，一个无名的少林寺僧侣在佛教经典《楞伽经》的一部梵文抄本——该抄本据说是几个世纪前达摩祖师从印度带来的原版——中以注解的形式记下了自己的武术理论。有学者认为，这位僧侣就是曾经调停过北宋时代最大江湖纷争的神秘人物"匿名的年老僧侣"或"少林的清洁工"（参看本书的姊妹篇：《剑桥简明金庸武侠史》）。《九阳真经》也是伪托达摩的大名而著。

令人遗憾的是，正如中世纪欧洲修道院的僧侣早已忘记了希腊文一样，少林僧侣也早已失去了阅读梵文的能力。这部伪托的巨著在少林寺的图书馆中收藏多年，而从未被发现。直到13世纪50年代，图书管理员觉远才在整理图书馆时发现了这部著作，并无意中学到了其中的高深的武术理论。

几年后，蒙古宫廷的御用武师潇湘子和尹克西在访问少林寺的时候

---

07 《神圣的雕之罗曼史》，第三十六章。
08 譬如，朱熹的儒学著作《四书集注》就是其中的代表，以对古老的儒家典籍的注释的形式，表达了自己新的形而上学学说。

将其盗走，但是其中部分内容流传了下来。觉远在临终前曾经在一次讲座中讲授过这部经典，峨嵋派创始人郭襄和武当派创始人张君宝，以及少林的无色禅师均旁听了部分经文内容。不久后，无色在吸收《九阳真经》的基础上，创造了"少林九阳功"的高超武术——少林派得以复兴也部分仰仗于此。在13世纪80年代，无色禅师成为少林的新一任方丈，并领导少林走向了武林中的领袖地位——在这个时期的江湖地图中，再也没有任何力量能够与之竞争。到了14世纪初，长期的衰落已经成为往事，少林寺再度在武术界中受到旧时代的尊敬。但是很快，少林就会为自己找到一个足以并驾齐驱的强敌——武当，而少林自身的武术培养机制就成了自己的掘墓人。

众所周知，武当的创始人张君宝本来是少林寺的学徒，作为觉远的唯一追随者，他秘密地获得了《九阳真经》的传授——他从这部经典中获益的程度有多深，始终是一个谜团（参看附录三）——从而使自己的格斗能力远远跃居同辈人之上。1262年，他在一次武术交流活动中，意外地令昆仑派武术大师何足道铩羽而归，而后者令少林派中最杰出的武术家也感到畏惧。[09]

正如在中国的陈旧官僚体制中常见的那样，张君宝过分优异的表现引起了少林派尸位素餐的领导层的不安，他们要求审核张君宝学习武术的资格。而当他们发现张君宝事实上并未在正式的武术学习班注册之后，立即愤怒地要求惩治这个等级制度的破坏者。张君宝不得不逃出少林，隐藏在神农架的荒山中，以躲避试图铲除他的少林僧侣。张君宝在神农

---

09 《天之剑与龙之刀》，第二章。

架中蓬头垢面的形象可能成为后世关于神农架野人传说的来源之一。[10]

为了隐瞒自己的身份，张君宝不久就成为一名正式的道教徒，并改名为张三丰。他一度托庇于早已衰落的全真派门下，并从中学到了一些道家武术理论，以伪装自己的武术。尽管张三丰宣称自己发明的武术属于道教体系，但仍然有无数人怀疑他实际上剽窃了少林寺的许多格斗技巧。毫无疑问，少林派的成员们对此尤其感到愤怒。

但张三丰精明的头脑首先表现在商业经营方面，他宣称自己所居住的荒山武当山是道教所信奉的大神"真武大帝"的居所，能够庇护虔诚的信徒，以此在附近乡村中聚敛了大量的金钱，为自己修建了寺庙和修院。这些乡村正在元军的蹂躏下痛苦呻吟，张三丰提供的武术保护为村民提供了安全和希望，前者也成为他们所信奉的神明，这是后世关于张三丰一系列神奇传说的来源。

尽管张三丰的武术造诣进步神速，但在四十岁以前，他仅满足于神农架附近的势力范围，并未参与更广泛区域的政治活动和军事斗争。没有迹象表明他曾经参加过襄阳战役，尽管这一要塞离他的山头并不远。在文天祥被处决前夕，张三丰曾被邀请参加救援活动，但他以"武功未成"为理由拒绝了，虽然他在二十年前就击退过何足道这样的名家。他的精明与谨慎不仅使得他熬过了蒙元血洗武林的艰难时刻，也为中国武术界保留了一个硕果仅存的武术大师。

13世纪80年代以后，随着元朝统治的巩固，社会局势也逐渐趋于稳定。在这一时期，张三丰开始了他长期引人注目的社会活动。由于年轻

---

10 以下关于张三丰的论述请参看 Jean-Pierre Sean：《张三丰与〈九阳真经〉：一项批判性研究》（Sanfung Chang et Ennead-Yang Canon: unetude critique）（巴黎，法兰西大学出版社，2006）。

一代的武术家几乎在改朝换代的大乱中被摧残殆尽，张三丰这样的天才人物更加显得鹤立鸡群。在几十年内，张三丰就树立了他在武术界至高无上的声望，这是当年王喆和郭靖这样的大师也望尘莫及的。然而我们不应当忘记，这一崇高的荣誉却是建立在武术界精英尽丧的空白之上的。

与他的前辈，另一位卓越的道教武术家王喆不同，张三丰既不关心对异族政权的反抗，对道教的神学理论研究也缺乏兴趣。长期以来，张三丰虽然在武术界建立了无可挑战的权威，但是一直避免引起政府的注意，其反抗活动仅限于对小股元兵的骚扰——如果有的话，而其对于道教的兴趣也主要在于内丹理论对武术的影响上。作为武术大师，张三丰更关心的是自己的武术传承。或许是预见到了门派政治即将形成的大趋势，张三丰在六十岁的时候决心缔造他自己的门派。经过长期准备，张三丰在 14 世纪初开始招收少量的门徒，事实上，在他漫长的一生中，招收的门徒不过七人而已。但这些门徒都具有惊人的武术天赋，二三十年后，他们将陆续成为武术界的顶梁柱。

武当派崛起的速度是惊人的。在 14 世纪 20 年代，这一新兴门派已经成为和少林齐名的大门派——正如牛津和剑桥或者哈佛和耶鲁一样——这一并驾齐驱的局面在以后的六百年中都不会改变。但是我们必须注意：虽然在武术界的地位上 (de jure) 武当派已经可以和少林相比，但事实上 (de facto)，至少在整个元代，武当尚不具有和少林相当的实力，武当派的崇高声望很大程度上仅仅归功于张三丰个人的威名。只有到了明王朝初期，这一形势才发生了决定性的变化。我们将在第九章、第十章及第十六章中讨论武当派在元末内战中是如何一步步赢得对少林的优势的。

在 14 世纪 30 年代，六大派并立的格局已经初步形成。位于第一梯队的是武当和少林，而峨嵋和昆仑紧随其后，较弱的华山和崆峒则属于第三等级。中衰的"乞丐黑手党"仍然人多势众，但是已经无法主导武林大势。而其他许多帮会、镖局等江湖势力实际上也直接、间接在各派的控制之下。例如，鄱阳帮的帮主就是崆峒派的门徒，而龙门镖局的都大锦则来自少林派并接受其保护。这样一来，在"五绝"体系崩溃后半个世纪，经过翻天覆地的重新洗牌，另一个与之迥异的武林体系形成了。这个新体系虽然只维持了大约三十年，但是从中产生出来的少林——武当权力平衡体系却主宰了整整六个世纪。

CHAPTER IV
CHINESE MANICHAEISM DURING SUNG AND EARLY YUAN PERIOD
(1120—1291)

宋代和元代初期的明教

(1120—1291)

与欧洲和西亚所发生的不同,在中华帝国的历史上,从未有过真正意义上的宗教战争。"三教合一"(Three Religions in the One)是中国历史上对于佛教、道教和儒教这三大宗教之间关系最主流的看法。在此意义上,历史学家们常常为我们描绘出一幅各大宗教共存的和谐画面。[01]这虽然在很人程度上是正确的,但是却忽视了若干宗教及其变种常常被用于政治反叛的事实。不应当忘记,作为三大宗教之一的道教在最初即是2世纪末的内战中由农民起义者们所发明的意识形态。[02]在这片东方的土地上,

---

01 譬如,参见钱穆《中国文化史导论》(北京:商务印书馆,1994)。
02 参见崔瑞德、鲁惟一主编《剑桥中国秦汉史》(剑桥大学出版社,1986),第十六章第二节"汉代末期中国民间的道教"。

天国的秩序与人间的秩序也注定要发生不可避免的冲突。

3世纪诞生在巴比伦的摩尼教（Manichaeism），因为曾影响了圣奥古斯丁（St. Augustine）的思想而为西方的读者所知晓。但这一信仰在西方世界的流传若与其在东亚的发展相比，不免又相形见绌。在7世纪末传入中国后，摩尼教很快就成了起义者手中的工具。由于信仰光明与黑暗两大势力的斗争，摩尼教徒往往将现实的政治秩序视为黑暗力量的代表，而奋起反抗。而"光明之王"即将出世的弥赛亚主义，也给了摩尼教徒前赴后继的动力。[03]

但是如果把中国摩尼教徒的活动视为单纯宗教狂热影响下的结果，恐怕过分高估了中国人的宗教热情。事实上，许多摩尼教徒无法区分在自己的宗教和祆教或佛教间有何本质区别。在此，宗教教义不过给世俗的政治诉求披上了一层信仰的外衣。

在蒙元征服中原之前，摩尼教是中国历代王朝所严令禁止的对象，因此其在中国只有局部的影响。在汉语中，摩尼教的称呼近似"魔教（Cult of Devil）"，在中国人心目中造成了恐怖和邪恶的印象。摩尼教试图改称"明教"（字面的意思是光明的宗教）以改变自身的形象，但是并没有明显的效果。

在很长一段时间内，中国明教是世界摩尼教运动的一部分，必须接受来自波斯的总教会的命令，在后者的指导下发动宗教革命以迎接"光明之王"的到来。1120年，在教主方腊的率领下，明教徒在浙江地区发

---

03 以下关于摩尼教的论述，可参见陈垣"摩尼教入中国考"，《陈垣学术论文集》第一辑（北京：中华书局，1980），329～374页；林悟殊，《摩尼教及其东渐》（北京：中华书局，1987）。

动过一次影响较大的暴动,被称为方腊起义。"北方的骑士"郭靖的祖先、武术家郭盛参加了镇压起义的政府军队,在战斗中被明教徒所杀死。《九阴真经》的作者、武术大师黄裳也参与了对明教的镇压,并在格斗中单枪匹马地重创了明教的领导层。方腊在与黄裳的格斗中身负重伤,在逃跑过程中被少林派弟子鲁智深所擒获。[04] 不久,这位教主被送到首都处死。这一史实显示出,12世纪初期的明教也只是中国南方的一个小教派,和蒙元时期的明教覆盖全国范围内的影响力不可同日而语,后者已经经历了彻底的新生。

整个南宋时期(1127—1279),明教的信奉者们在东南地区发动过若干次暴动,但均因未得到国内各阶层的同情而很快归于失败。原因是很明显的:在女真入侵者和汉族之间的民族矛盾上升为中国境内最主要矛盾的时代,明教的原教旨主义者仍然坚持无视民族界限的对汉族政权的不妥协方针,不能不说是一种不合时宜的错误。

这一错误路线和波斯总教对世界形势的教条看法有关。在阿拉伯人和基督教十字军在中东陷入反复鏖战,金国和南宋都奄奄一息,而蒙古人趁机兴起的时代,波斯总教的领导人认为古老的旧世界已经彻底腐朽,发动世界范围的革命,迎接明王到来的时机已然成熟。在波斯总教的强制命令下,一代代的中国明教教主开始了形如飞蛾扑火的暴动,最后除了憎恨和蔑视外一无所获。"播种的是龙种,收获的是跳蚤。"

蒙古人的到来给了这个奄奄一息的小宗教以意外的生机。由于明教极度宽大的宗教自由政策,在元朝初期,对明教的禁令被解除了,这一宗

---

04 《水浒传》,第九十九章。

教被允许自由传播。元朝的统治者不会想到，这个不起眼的教派将在半个多世纪后成为自己的掘墓人。

仇视异族统治的中国人很快就从这一藐视世俗统治的教派中发现了反抗的思想武器和从事地下活动的宗教掩饰，大批投身其中，因此明教徒开始以几何级数增长。在平定中国南部后，忽必烈开始开展对日本、越南和缅甸的大规模军事行动，赋税和劳役的大幅增加令民众的负担加重，而多数负担都落到刚刚征服的南宋地区，江南的局势更为岌岌可危。

1280年，在南宋沦陷后四年，明教教主杜可用在江西发动了一次浩大的起义，杜可用号称"天差变现火轮明王皇帝"。由于帝国军队迅速果断地围剿，这次起义遭到了惨败。[05] 此后，一系列小规模暴动持续威胁着中国南部的帝国统治。明教徒积极参与了1283年的黄华起义，这次起义是以恢复宋朝的统治为号召的，但并没有收到预期的效果——越来越少的人相信赵氏王朝还有复兴的可能。

1287年冬天开始的钟明亮起义是这一时期声势最为浩大的反抗运动。明教教主钟明亮招集了十万人的军队，在广东、江西和福建的交界处建立了根据地，以汀州为中心，在周边方圆数百里的地区展开了活跃的游击作战。[06] 这一起义的时间显然是经过精心选择的，此时的帝国政府正在全力扑灭女真和中亚诸藩王的联合叛乱。[07]

当钟明亮开始他的军事冒险后，广东董贤举，江西石元、谢主簿、刘六十、卢大老，福建泉州陈七师，兴化朱三十五等明教骨干分子也纷纷发

---

05 《元代农民战争史料汇编》上编，29～30页。
06 《元代农民战争史料汇编》上编，第62页以下。
07 见伯希和（Paul Pelliot）《马可·波罗游记注释》（Notes on Marco Polo）（巴黎，1963），第二卷，第788～789页。

动暴动，相互呼应。在长达三年的时间里，帝国军队对这个狂妄的挑战者进行了四次围剿，但都以失败告终。忽必烈对明教的力量过于轻视，也不能理解他的汉族臣民恭顺外表下的民族仇恨。他企图利用收编的南宋军队去对付明教徒，在消耗战中达到一石二鸟的效果。结果却适得其反，汉人的地方军阀都不愿意为中央政权卖命。一位将军在官方报告中称："（明教军）出没叵测，东击则西走，西击则东至，围攻则兵力不敷，岂可以寻常草寇视之哉？"[08] 帝国在中国南部的统治已呈土崩瓦解之势。

在这一关键时刻，钟明亮于1290年的离奇暴毙成为历史上的一大悬案。据当时的一条传闻，钟明亮是在练习波斯瑜伽术"天地转换法"的时候，因练习方法错误导致内分泌紊乱而引发猝死。[09] 但也有学者怀疑，钟明亮之死是明教内部大清洗的结果：在钟明亮死前不久，曾在波斯总教学习系统神学的二十八个特派使者，以"真正的明尊弟子"自居，取代了钟明亮的位子，并将其架空后排挤出权力中枢。因为精神压抑和神情恍惚，钟明亮才在练习瑜伽时出了问题。在钟明亮死后，忠于他的许多骨干分子被肃清。以王鸣为首的二十八个"真正的明尊弟子"一度掌握了实权。

钟明亮的死成全了他的名声。不久，因为黑龙江地区哈丹叛乱的平定，腾出手来的蒙古军队发动了第五次围剿，以堡垒战术将匪区层层围住，并缓慢推进。历经将近一年的围剿，到了1291年，似乎大局已经注定，明教的残存力量被团团围住。忽必烈调兵遣将，要在自己的生命结束前将这个心腹之患一劳永逸地清除。然而，中国武术再一次展现了它的神奇威力。在钟明亮的弟子石元担任新任教主后，明教的三万精锐军队浴

---

08 王恽：《秋涧先生大全文集》卷九二，四库全书本。
09 "汀寇钟明亮事略"，转引自《元代农民战争史料汇编》上编，第88页。

血奋战,终于成功实现了奇迹般的突围,展开了一次惊心动魄的大转移。

这次史诗般的逃亡历时一年多,行程为两万六千华里(约合6000英里),渡过了几十条湍急的大江,翻越了寒冷严酷的大雪山,经过了荒凉的草原和沼泽地区。其行动的规模、路程的遥远、环境的艰苦和意志的坚强在人类历史上罕有先例。元朝的军队一再追击拦截,然而在内部的派系斗争的制约下,始终不能达成协调一致的军事合围,因而总能让明军及时逃脱。一年后,长途跋涉的明军——此时只剩下三千多人——到达了远在西藏和新疆边境的昆仑山地区,将携带的"圣火"点燃在海拔6880米的布格达板峰上,并将其命名为"光明顶(Vertex Lucis)"。在此之后,光明顶熊熊燃烧的圣火成为每一个明教徒心中信仰的最高支撑。圣火不会熄灭、明教不可战胜的神话迅速传播开去。在这次远征中受到磨炼的一批青年战士,如阳顶天、殷天正等人,将成为明教在下一个世纪中兴的领导人物。

但是这次大迁徙也产生了一系列影响深远的不利后果,我们将在以下几章中逐一分析。目前要指出的只是其中一项:在艰难的跋涉中,明教发生了分裂,并且圣物"圣火令"遗失了。

圣火令是六块合金制成的金属牌,上面有一些古波斯武术的铭文,起源已经非常模糊,据说来自古老的祆教传统。它们在明教中的地位相当于基督教中的"都灵裹尸布",但却更为确凿。对于教主合法性地位而言,圣火令可以说类似于中国帝王的"传国玉玺"或者日本皇室的"三神器"。从理论上来说,谁掌握它就会被宣称继承了"正统"。

在明教逃亡的过程中,王鸣一直拖延着不肯交出圣火令。不久,当明教的队伍到达四川境内,一场蓄谋已久的分裂运动开始了。王鸣及其他"真正的明尊弟子"脱离了大部队，建立了所谓的"西路军"，并以圣火令为号召，宣称自己才是明教教主。然而在王鸣能够挑战石元的教主地位之前，这一支分裂的队伍却已经被趁机偷袭的蒙古骑兵所击败，被迫向新疆地区逃窜。王鸣丢失了军事底牌之后，短暂的分裂运动走向了彻底破产，圣火令也无助于改变他的劣势。不久，王鸣及其亲信逃回波斯，圣火令回到了波斯总教的手中。因此，在此后的半个世纪中，中国明教的教主多次派人去波斯总教交涉，希望能够迎回圣火令。但是总教方面却以历史问题未曾查清为理由而拒绝交还圣火令，作为对中国明教的钳制。[10]

圣火令的失落给明教教主的合法性和继承问题带来了严重的困扰。诚然，一个强势教主——如后来的阳顶天——的权力并不会因圣火令的失落而受到影响，但当他死后，由于缺乏圣火令的权威，在继承问题上就可能会产生严重的分歧而引起纷争，这一点可能进一步带来对于整个明教合法性的怀疑，从而对正统派的教义带来严峻的挑战，成为宗教改革的契机。我们将在第六章叙述这一隐患所带来的种种严重后果。

但在1292年，这一切问题还遥不可及，毕竟，历史长达六个世纪的中国明教获得了保全。自此以后，明教就将总部设在人迹罕至的昆仑山光明顶上，在那里他们不用再担心政府军队的围剿，因为一般的士兵想要活着到达这个高度都很困难。但是很快，就会有更加强悍的敌人出现，给他们带来致命的威胁。

---

10 《波斯摩尼教档案汇编》，第1243号。

Chapter V

The Revival of Chinese Manichaeism and the Split of Kongfu Circle
(1292—1326)

明教的复兴与武术界的分裂

(1292—1326)

虽然明教的官方说法将向西部的大举迁徙描述为一次伟大的浪漫远征，但在 1292 年的光明顶上，一切更像一场可耻的失败。在南中国这一明教几百年以来的根据地，这一信仰已经被全面肃清。明教的残兵败将们被赶到了中国边境最偏僻的角落，而到达那里的三千多名战士几乎无不伤痕累累，意志消沉。他们面对的，不仅有恶劣的自然环境，也有充满敌意的当地势力，例如根基牢固的当地武术门派昆仑派。当然，更直接的威胁仍然来自元廷。当得知明教的藏身之地后，忽必烈派遣镇守西部的将军玉昔帖木儿率大军进剿昆仑山，虽然政府军攻上光明顶的可能性不大，但仅仅是围困已经足以给明教造成断绝补给的困境。这一残存宗教势力的灭亡似乎只是时间问题。

但正在此时，忽必烈的死敌海都在中亚再次举起反叛的旗帜，给了明教以喘息的机会。由于西北叛王的进攻，元军不得不临时将围攻光明顶的军队调到千里之外的塔里木河流域，去抵抗反叛者的入侵，直到1304年双方签订停火协议为止。元军与西北叛军在中亚进行了十二年的拉锯战，无暇再顾及龟缩在昆仑山中的明教徒们。明教趁机坐收渔人之利，迅速恢复和巩固了自己的力量。一劳永逸地摧毁明教的最佳时机一去不复返了。

忽必烈死后，他的孙子铁穆耳或完泽笃可汗维持了十一年相对平静的统治。1307年，在铁穆耳驾崩后，帝国因帝位继承问题陷入了长期的中衰和不时的内战，在接下去的二十五年中，先后有八个皇帝登上帝国的最高宝座。此时，虽然中国文明对帝国统治中枢的渗透相当缓慢，但是各种高级的奢侈享乐却已经侵蚀了本来质朴的成吉思汗的子孙们。帝国的统治机构日益腐败，对其治下人民压榨的程度日益加深，但实际控制能力却不断减退。[01] 在此背景下，各个被统治民族的起义也此起彼伏。被列为最下等的南方汉人的抵抗运动在经过二十年的低迷时期后，再次逐步高涨起来。这对于武术界权力格局的结构性演变，起到了决定性的影响。

在绝大多数时代，流动的江湖世界和帝国统治权力之间有着深刻而尖锐的矛盾。我们在第一章中，曾经简要指出过这一矛盾的根源所在。在这里，我们只需要补充，这一矛盾并非必然爆发为激烈的冲突，当双方

01　关于这一时代背景，参见《剑桥中国辽西夏金元史》，第六章。

势力平衡的时候，往往会出现均势的局面——江湖世界的主导势力会在表面上承认皇帝的无上权威，而实则维持自己对江湖真正的统治；而官方也会满足于江湖人士不再"犯上作乱"的承诺。对中华帝国的政府来说，达到这一均势的底线是江湖势力必须放弃对政治权力的追求；而对后者来说，底线是官方必须保证自己的合法存在及基本势力范围不受侵犯——在某种意义上，二者是一回事。当然，零星的冲突是不可避免的，但是仍然可以保持在一定的限度内而维持大局的和平。

但是，如果说政府从上到下基本上可以被视为一个有序的整体，江湖世界却远非如此，这就是江湖之为江湖的特性所在：由于江湖世界的固有流动性，充满了各种不可操纵的因素，任何个人、门派、帮会和教门都难以控制整个江湖。在这个世界中，必然也有对现存政治势力存有极度仇恨的反叛者，他们不会理会主流势力同政府间的默契，而总是以推翻政府、建立新的政治秩序为奋斗的目标。因此，他们的威胁实际上是双重的：既是对政府的威胁，也是对江湖主导势力的威胁。首先，他们的行动会导致江湖同官方之间心照不宣的不成文协定被破坏，甚至会导致政府的报复，给整个江湖世界带来不可预测的威胁；其次，如果这些大胆的冒险家能够获得成功，结果将会是翻天覆地的政治大洗牌，对已经掌握大权的、不希望发生变动的既得利益集团来说，这可能使他们失去现有的一切。可想而知，保守的既得利益集团和激进的革命者之间的关系将会是相当紧张的。

对于既得利益集团来说，应付这种挑战的方式可以有两种。当仅仅是农民起义者造反作乱，或者是江湖豪杰反抗异族统治时，他们可以将这些人赞美为武林领袖、真正的英雄人物，在口头上给予他们支持，却不进行任何实际的声援，将他们推到前台去任由政府军剿灭。北宋时期的梁山起义是一个典型例子，当时有一百多名三流的武术家因为不满宋朝的腐败而聚集起来发动叛乱。[02] 少林、丐帮、逍遥派等武林的真正主宰将他们吹捧为"梁山好汉"，把他们说成是真正的武术大师，让他们去和政府军发生正面冲突，而掩盖自己的真正实力。最后，梁山的起义者在政府的压力面前全部投降，而既得利益集团主宰的武术界和江湖世界却并未受到严重损害。

另一个显著的例子是清代的天地会。由于打出了"驱除鞑虏"的旗号，获得了汉人的同情，因此天地会聚集了一批真正的高手，野心勃勃地从事推翻清政府的地下活动。天地会在江湖世界中享有崇高的声誉，但是却并没有得到多少实际的援助。17世纪后期的一份会议记录表明：当天地会筹划刺杀一位手握大权的将军吴三桂时，武当、少林等大门派都不愿意提供支援，[03] 甚至贩盐为生的三流帮派青帮也不真正服从他们的号令。[04] 天地会在得到光环的同时，也在无形中被孤立了。与之形成鲜明反差的是，当乾隆的元帅福康安代表清政府召开"全国掌门人会议"时，武林中主要门派的一百多名掌门人全部出席，以表示他们的顺服。[05]

第二种应对方式是这样的：当造反者举起异端宗教的旗帜时，保守势力就可以利用儒家意识形态的崇高旗号，要求消灭无视儒家伦理的"魔教"。事实上，真正的问题从来不在纯粹信仰的层面，而在于这种信仰可能带来的颠覆现存秩序的危险后果。明代的日月神教和清代的白莲教、

---

02 参见施耐庵《水浒传》。
03 《鹿鼎公爵传》，第八章。
04 同上书，第二章。
05 《飞翔狐狸的青年时代》，第十七章。

拜上帝教都是典型的例子。元代的明教之乱也属于这一范畴。无疑，明教的古怪信仰、戒条和仪式——食菜、裸葬、拜火、崇拜圣女等——加剧了武林人士和一般平民对其的厌恶，但是很难说这些内容比佛教或者伊斯兰教的种种要求更为古怪。这种根深蒂固的厌恶感本质上是一种政治性的态度。正如卡尔·马克思所嘲讽的那样，布尔乔亚一边"以互相诱奸妻子为最大的享乐"，一边义正词严地声讨共产主义者的"共妻制"，真正的理由不言而喻。[06]

如我们在上文所分析的，到了14世纪前期，中国武术界已经确立了以六大门派和丐帮为首的新秩序。尽管六大门派和丐帮都曾以反元的民族主义口号为号召，但随着郭襄、耶律齐等老一代宋朝遗民的先后去世，各门派新的领导人对汉族政权曾经的光荣已经记忆模糊。而当元帝国的统治日益巩固之际，赶走外来侵略者的希望也日益渺茫。这些变化使得他们更多地将注意力集中在维护自己地位和利益的方面。虽然绝大多数同胞的生活条件都很悲惨，但是至少各大门派的武术精英集团仍然同以前一样生活优裕、名声显赫，不受影响。不错，推翻外族暴政是名义上的最终目标，但只是遥远的前景，目前需要考虑的是如何为自己的门派增添荣耀和权势，至多是有限的、个别性的"行侠仗义"。于是，在种种响亮口号的掩盖下，一个新的既得利益集团形成了。这个集团必然与另一批不妥协的激进分子发生激烈的冲突，这些人大多数成了明教徒，因为只有明教此时仍然在坚持进行实际的反元暴动。而随着蒙元帝国统治的残暴和严苛，投入明教的流民和武术家也越来越多，使得其组织急剧

---

06 《共产党宣言》二。

膨胀，也具有了充分的与江湖主导势力相抗衡的实力。这是明教与江湖主导势力矛盾激化的根源所在。在此，整个江湖世界和武术界都发生了意味深长的重大分裂。

事实上，在迁移到光明顶之后不久，明教就和当地的主宰昆仑派发生了几次武装械斗。尽管明教的势力已经大大削弱，但仍然和次级的昆仑派势均力敌，昆仑方面并没有占到多少优势。而中原各大势力仍然认为明教微不足道，将此视为地方性的冲突而不屑参与。最后，精疲力竭的双方不得不妥协，划定了各自的势力范围，将昆仑山一分两半。几年后，明教教主石元去世，光明左使者衣琇继任教主（1298—1311年在位）。衣琇在位期间，明教在西北地区仍然处于蛰伏和恢复状态，并同波斯总教之间修复了关系。在14世纪初叶，随着明教实力的恢复，是否回到江南的明教故地去联系当地的残余势力的问题被提上议程。

此时的江南地区仍然笼罩在蒙古人的白色恐怖之下，当地坚持游击战的明教残部已经寥寥无几。大多数明教高层都主张放弃这一地区，几乎没有人愿意回去冒险。但一个年轻人殷天正（1280—1358）主动请缨，要求由他一试，获得了衣琇的首肯。殷天正的选择是正确的，其时帝国的控制已经逐渐松弛，他回到江南后，很快整合了当地的明教势力。为了麻痹元廷，殷天正发明了所谓"天鹰"的标志，以稍加变化的形式伪装其明教信仰的实质。在遮遮掩掩下，江南明教又开始了暗中的活动。但一个当时并没有引起注意的问题是，由于昆仑山和江南地区的距离遥远，在此长驻的殷天正成了这一地区明教势力的实际主宰者，这为二十多年后明教的分裂埋下了隐患。

衣琇在1311年的病逝，让众望所归的阳顶天（1270—1327）登上了教主之位。在14世纪前期，阳顶天被普遍认为是仅次于张三丰的武术大师，虽然二者从未有过较量的机会。与衣琇相对平庸的统治不同，阳顶天很快就野心勃勃地大规模扩充明教的组织。他创建了锐金、巨木、洪水、烈火、厚土五旗作为新的军事编制，并且策划发动了园明和尚起义及赵丑厮、郭菩萨谋反等几次大规模暴动。

出于对殷天正的猜疑，阳顶天即位不久，就将前者召回光明顶。殷天正及时表示了对阳顶天的忠心，令阳顶天感到满意。他赐给殷天正以"白眉毛的老鹰王"的头衔，命其继续统摄江南明教势力。殷天正是阳顶天亲封的第一个"护教法王"。进入14世纪20年代后，越来越多的人才加入明教。谢逊、韦一笑等武术家先后来投奔，并建立了许多功勋。阳顶天也分别封他们为"金绒毛的狮子王""绿翅膀的蝙蝠王"，与殷天正一起成了著名的"三大法王"。

阳顶天尤其重视投入明教的高级知识分子。正如许多外来的殖民统治一样，蒙古统治者对汉族知识分子充满了种族歧视，有一种说法是将其地位视同妓女和乞丐。虽然事实上知识分子仍然受到一定的优待，但显然无法和传统的中华帝国时期相比。帝国的大部分官员都并非通过科举考试而被任命，实际上在许多年中科举都被废除。经由科举选拔的官员，在比例上只有明朝的百分之十左右。即使在科举考试之中，汉人和蒙古人、色目人也是分开考试和录取，而后者的题目要容易得多。并且，通过了考试的汉族官员在升迁道路上也障碍重重。这些举措导致越来越多的儒生对仕途绝望，投入了反抗者的行列。[07]

07　参见《剑桥辽西夏金元史》，第九章。

杨逍（1301—1367）就是这些儒生的代表。他出生于一个破落知识分子家庭，因科举受歧视而投身明教。阳顶天对这个年轻人表示出非同寻常的喜爱，亲自传授给他过人的武术，并很快擢升其为光明左使者，地位甚至在三大法王之上，因此甚至有杨逍是阳顶天私生子的讹传。杨逍不仅是阳顶天的主要智囊，更成了明教最杰出的宗教学者，撰写了《明教流传中土记》等重要著作。

差不多与此同时，周颠、说不得、彭莹玉、冷谦、张中等人也先后投入明教，除周颠之外，其他人都有明显的知识分子背景。说不得是一个诙谐的僧侣，善于写禅诗；彭莹玉是一名宗教宣传家，缺乏理论成就，但善于演讲和煽动群众；冷谦是音乐家和画家，后来担任过明朝的宫廷乐师；张中（1294—？）号称"铁冠道人"，是一个深藏不露的谋略家，后来的著名传奇人物刘伯温就是他的学生。周颠是一个疯疯癫癫的智者，他的背景尚不清楚，有人认为他是"中央的调皮儿童"周伯通的后裔。

在14世纪20年代，这些人被封为"五散人"，成为阳顶天的高级顾问。同时，为了平衡各个系统的势力，阳顶天将另一名本拟册封为护教法王的武术家范遥提拔为光明右使者。范遥出自明教嫡系，武术高超，功勋显著且没有政治野心，同各方面的关系都很好，是担任这一职务的最佳人选。

1326年，发生了一系列影响深远的事件。首先是一名汉人和波斯人的混血少女黛绮丝（Diana Keys）从波斯总教来到光明顶。黛绮丝是一位波斯华侨的女儿，据说是遵从父命回归原籍。但人们所不知道的是，她真实的身份是波斯总教三个圣处女之一，也是总教派来监控中国明教活动的间谍。

在 13 世纪末到 14 世纪初的三十多年中，西亚方面的形势也发生了重大变化。经过多年的生死斗争，波斯总教的新领导人已经放弃了世界革命的口号，而与伊利汗国握手言和。一份新近发现的秘密档案显示，作为交换条件之一，波斯总教被要求向中国明教施压，命其向蒙元统治者俯首称臣。[08] 由于长期中断联系，波斯总教并没有把握能让中国明教服从命令，因此借护送黛绮丝来华，总教也派出了三名特使，向中国明教方面阐述其意图。当夜，阳顶天与三名特使进行了秘密会谈，并轻蔑地拒绝了臣服元朝的命令。翌日，三名特使在失望中离去，但将黛绮丝留在光明顶执行下一步的秘密计划。

黛绮丝的美貌很快在光明顶的青年革命家中引起了轰动。阳顶天虽然并不知道她的真实身份，但也对总教的意图产生了怀疑。他设法撮合黛绮丝和亲信范遥，试图通过婚姻的纽带让黛绮丝向自己靠拢。黛绮丝拒绝了范遥的追求，然而不久后，一名叫韩千叶的青年——他的父亲曾被阳顶天所击败——从南中国海的岛屿上来到光明顶，要求和阳顶天进行水下决斗。由于阳顶天不擅长游泳，在波斯湾长大的黛绮丝冒充阳顶天的女儿和韩千叶在光明顶的深潭中进行了搏斗，并取得了胜利。为了表彰她的功劳，阳顶天册封她为"紫衣服的龙女王"，居于四大法王之首。黛绮丝是一名优秀的武术家，但实际武术水准不能和其他的法王相比。除了她的特殊功勋外，阳顶天册封她这个高贵的头衔也可能是为了向总教示好。

不久，在黛绮丝与明教的仇敌韩千叶之间发生了一段意外的罗曼史。

---

08 《波斯摩尼教档案汇编》，第 1753 号。

这对明教的未婚男性来说不仅是沉重的打击，也是难堪的侮辱。虽然遭到了同僚们的强烈反对，但黛绮丝仍然选择了和韩千叶迅速结婚，这事实上形成了对波斯和中国明教的双重背叛。黛绮丝的浪漫行径令她进入权力中枢的希望完全破灭，在光明顶，她很快被孤立和边缘化，除了"龙女王"的虚衔外一无所有。

以上提及的这些明教骨干之间有着错综复杂的关系，他们之间的矛盾和分合将深刻影响14世纪中期的武林史，我们将在下一章加以论述。目前需要指出的是，在14世纪20年代中期的光明顶教廷，明教拥有比其他任何一个大门派都要多的一流武术家，唯有少林能在某种程度上与之抗衡。而对其他任何门派，明教都占有绝对的压倒优势。譬如，武当虽然拥有公认为武功全国第一的武术大师张三丰，但他的年轻学生们当时还都不堪一击。

明教实力的急剧膨胀破坏了原来的武林权力平衡，使得它与主流势力之间的矛盾更加激化。在这一时期，二者之间爆发了一系列的冲突。1324年，阳顶天以一人之力击败了少林派最强的三名高手，并将其中一人的眼睛打瞎；两年之后，杨逍轻松击败了峨嵋派最负盛名的武术家孤鸿子，后者不久就在羞辱中抑郁而终；大约在同一时期，杨逍也在一次狭路相逢的格斗中杀死了昆仑派掌门人白鹿子。每一战明教都取得了辉煌的胜利，但同时也把一个大门派推到了自己的对立面。

双方产生矛盾的本质在于：明教要实现推翻元帝国的梦想，就必须在江湖世界中大为扩张，而这一扩张必然会与现存秩序发生激烈冲突；对于既得利益集团的六大派及丐帮来说，维护自己在武林中的优势地位，比起推翻元政府的远大目标，是更为紧迫的任务。借用一个中国人所熟知的表述，可以说六大派的心目中，"攘外必先安内"，正如一名丐帮高级成员所坦言的："鞑子是要打的，却万万不能让魔教教主坐了龙廷！"[09] 在 14 世纪 20 年代，明教的壮大已经引起了主流势力的极度不安，如果不是阳顶天的猝死，以六大派和丐帮为首的主导集团围攻明教的战役可能会提前三十年爆发。

---

09 《天之剑与龙之刀》，第三十一章。

Chapter VI
Chinese Manichaeism: the Beginning of the Sede Vacante
(1327—1330)

明教宗座空位期的开始

(1327—1330)

1327年春,阳顶天的离奇失踪为明教十多年来的中兴画上了句号。这次突发事件源于一桩三十年后才被揭露的丑闻。阳顶天的第一任妻子在长征中牺牲,当他继任为教主后,就迎娶了一名出身武术家庭的年轻女孩作为新的妻子。而他所不知道的是,这个女孩同她的同班同学成昆当时正在秘密的恋爱中。

在婚后,阳顶天的妻子又恢复了和成昆的秘密往来。他们的通奸地点是在光明顶的地下宫殿中,这里比终年积雪的山巅要暖和得多,并且有一个出口通往山下。阳顶天有时也到那里修炼高深的武术。1327年,当阳顶天在地宫中练习波斯瑜伽术时,发现了妻子和成昆正在外面寻欢作乐。愤怒与兴奋的双重刺激导致他的练习发生了严重错误,在几分钟内便因植物神经紊乱而死。当背叛他的妻子发现这一点后，因为感到羞愧而自杀。成昆在痛苦和恐惧中仓皇逃走。不久，过分的精神压力导致成昆变成了一个偏执狂，他在潜意识中将一切悲剧归咎于明教的存在，以摆脱自己的道德责任，从此便处心积虑地策划着摧毁明教的计谋。这为后来的明教带来了致命的威胁。[01]

但即使没有成昆的存在，失去了阳顶天的明教处境也岌岌可危。明显的问题在于，他们缺乏一个众望所归的教主继承人，由此出现了长达三十年的宗座空位期（sede vacante）。事实上，阳顶天之死导致明教中的结构性隐患突然爆发，使得此时的任何人都难以得到教主之位。

这一隐患在于，明教的急剧扩张并未伴随着政治体制上的同步改革，导致其中枢的权力关系紊乱。明教的指挥系统本来相当简洁：教主在理论上拥有几乎不受制约的独裁权力，在教主之下设有两名"光明使者"作为副手，以及若干低级的附属职位（如天、地、风、雷四门），然后是五行旗等地方负责人及其副手。但随着武术高手们纷纷加盟，明教的组织日益扩大，如何安排他们的职位就成为一个棘手的问题。

阳顶天接纳这些来奔者的方式往往是加封"法王""散人"等头衔。所谓"护教法王"并非"光明使者"这样在宗教经典中有明确依据的固定职位，而仅仅是一个品阶，并非常设，人数也不确定。诸如"白眉毛的老鹰王"这样的称谓仅仅是个人性的称号，没有任何可继承性，与波斯总部的"十二宝树王"完全不同。[02] 在阳顶天统治初期，只有殷天正一个法王，后来随着谢逊、韦一笑、黛绮丝等武术家的加入，才不断有

---

01 《天之剑与龙之刀》，第十九章。
02 "十二宝树"是摩尼教经典的概念，参见《摩尼教及其东渐》"附录"，第 225～228 页。

新的法王被册封。既然并非固定的职位，那么法王们的权限实际上相当模糊，既可以是殷天正这样独当一面、总揽大权的实权人物，也可以是黛绮丝这样毫无实权的闲人。在职权上，他们无疑不能和光明使者相比，但在地位方面，却又隐然与之相等。至于"五散人"的功能和地位，则更加含混不清，他们既可以只是教主的私人秘书，也可以参与实际的政治决策，并没有明确的规定。由此我们可以看到，明教中枢在阳顶天统治时期的急剧扩张，结果就是权责划分的紊乱和内部矛盾的增加。

当然，只要阳顶天作为最高决策者的事实不改变，这一点也不会造成特别严重的后果。如果阳顶天的统治期能够再延长十年，这一系列问题也许都可以完满解决。但当阳顶天失踪后，这一隐患就成为突出的现实困境。各大势力并存，彼此互不相让，在一切问题上都争权夺利，无法取得一致意见，明教由此走向了漫长的瘫痪和分裂。这不禁令我们想起不久之前神圣罗马帝国的帝位空缺时期。[03]

明教瘫痪的第一个信号是黛绮丝的叛教。阳顶天的神秘失踪首先给这位来自波斯的妇女带来了灾难。由于她的新婚丈夫曾是阳顶天的敌人，而她也因为不受欢迎的婚姻被排挤出了权力中枢，她很自然地被列为第一位的嫌疑对象。不久之后，在因为求爱被拒绝而对黛绮丝夫妇充满仇恨的范遥的秘密调查下，黛绮丝试图窃取明教内部机密的行径被发现了。明教徒对她郁积的怒火终于找到了发泄口，要求对她严加惩罚，至少要

---

03 【译者按】1254年康拉德四世去世后，德意志和意大利陷入了混乱。荷兰伯爵威廉二世、西班牙卡斯蒂亚国王阿方索三世、英国康沃尔伯爵理查都曾被一部分诸侯推举为国王，但整个德意志没有一个统一的君主。而意大利则陷于法国安茹家族和西西里霍亨斯陶芬家族的混战之中。后来，德意志形成了七大选侯制度，德意志国王从此由七大选侯选举。

囚禁十年。但是黛绮丝并不服从对她的处罚，她扬言："如果阳教主不在这里，我就不需要服从任何人的命令。"[04]明教徒很快发现了他们的两难处境：尽管绝大多数人都希望严惩黛绮丝，但除了教主外，在法理上没有人具有惩治一个法王的权力。如果杨逍、殷天正或者韦一笑能够获得这一权力，那么显而易见，他们也会利用这样的权力去对付其他政敌，而这是其他人都不愿意看到的。并且，谢逊——作为黛绮丝唯一的朋友——及时地维护了黛绮丝，保证她与阳顶天的失踪无关。这给黛绮丝提供了口实，让她和丈夫能够在众目睽睽之下从光明顶出走，为明教的分裂开了先河。

黛绮丝本身缺乏实际权力，没有竞争教主之位的资格，但她的出走却也导致了另一位实力雄厚的竞争者退出角逐。如果回到1327年的光明顶，范遥可能是最适合继承教主之位的人选。他与杨逍同样居于教内的最高职位，有继位的资格，而与杨逍不同的是，他出身明教嫡系，虽然本身势力平平，但是与其他各派的关系都相当好，是各方面都能接受的人选。但范遥对阳顶天的忠实使他拒绝相信阳顶天已经死亡的猜测，黛绮丝的离去也让他心灰意懒，无意继续留在光明顶教廷。或许是为了找到失踪的阳顶天，或许是为了制造和黛绮丝再见面的机会，范遥不久后也离开了光明顶。他的离去导致杨逍、殷天正、韦一笑等派系之间缺乏了缓冲和调和的纽带，使得他们之间早已潜伏的矛盾迅速导向了难以挽回的公开冲突。

另一个教主的候选人"金绒毛的狮子王"谢逊在不久后也离开了光

---

04 《明教波斯文老档》，第二十八卷。

明顶。根据三十年后发现的阳顶天的政治遗嘱，谢逊本来是阳顶天内定的继位者。据中国学者落日刀考证，虽然资历尚浅，但谢逊得到了五行旗等地方领导人的支持，下层教众的支持率很高。[05] 他在1327年底离开光明顶，其表面理由是，因为阳顶天的失踪和高层斗争的日益明朗化已经在明教基层中引起了骚动和不安，需要一位重量级的领导人去加以安抚。也有学者推测，他可能是去争取五行旗使等地方领导人对自己继位的支持。而此时谢逊在老家的妻子已经临产，他也想顺路回家去探望家人。无论如何，这次离开光明顶一劳永逸地结束了他继位的可能，并导致了他下半生的悲惨命运。

谢逊的老师成昆，在目睹了阳顶天之死和爱人的自杀后，一度陷入了精神崩溃之中。第二年，当他大病初愈后，去探望自己唯一的亲人、他钟爱的学生谢逊，希望能从后者那里获得安慰。此时谢逊恰好已经回到家中，他的妻子刚刚为他生了一个儿子。谢逊向老师吐露了自己的身份，并且鼓动他加入明教，投身抵抗运动。这些狂热的宣传勾起了成昆痛苦的回忆，令他再度陷入了仇恨的情绪。在犹豫了几天后，成昆终于决定从背叛他的学生身上开始摧毁明教的事业。在一次家宴上，他奸污了谢逊的妻子，并杀死了谢逊的父母和儿子，只把谢逊留在了丧失一切亲人的痛苦中。成昆的目的是让谢逊陷入非理性的疯狂，最终他成功了。从此之后，不惜一切代价向老师复仇成了谢逊唯一的目标，而一切仁爱、宽容和政治抱负都已离他而去。[06]

---

05 落日刀：《明教各大政治势力执掌图》，收入《深度分析：武侠史中的隐匿政治斗争研究》，天涯出版社，2006年。
06 《天之剑与龙之刀》，第七章，参看附录四。

在以上人物离开教廷后，从 1328 年开始，光明顶的教廷就处于杨逍、殷天正和韦一笑"三巨头"的共同秉政和长期内讧之中，史称"前三头"时期。我们在下面分别论述这三个方面：

1. 杨逍

作为光明左使者，杨逍本来是教主之座的第一顺位继承人。如果没有教主的遗命，就由光明左使者自动继位。但问题在于，明教上下最初并没有人知道阳顶天已经死去，而只是认为他暂时失踪，并盼望他尽快归来。因此，在程序上，杨逍无法自动接掌教主的宝座。随着时间不断流逝，阳顶天始终没有再出现。人们意识到阳顶天很可能已经不在人世，但是并没有相关的规定来启动法理上的教主继承程序。

另外，杨逍继位的希望因为如下的事实而显得更加渺茫。作为一个唐璜式的风流人物，他虽然令不少女性神魂颠倒，却缺乏能慑服其竞争对手的政治魅力。他的文人习气同尚武的各法王、旗使都格格不入，即使是"五散人"等知识分子也看不惯他的骄傲——知识分子之间的相互轻视是有名的。可以说，杨逍的才干足以胜任一个基辛格（Henry Kissinger）式的高级智囊，却并不适合成为政治上的最高领袖。但是历史却把他放在了这样一种尴尬处境之中：在阳顶天失踪后，杨逍成为光明顶日常工作的主持者，这是作为光明左使者无可争议的权限。但是由杨逍直接发号施令，无疑更令他的政治对手们感到愤愤不平，而或明或暗地加以抵触，这使得他所能控制的实际范围十分有限。

2. 殷天正

除杨逍之外，距离教主宝座最近的就是"白眉毛的老鹰王"殷天正。作为当时明教领导层中资历最老的宿将，殷天正在衣琇时期就成为江南原明教势力的最高主管，将钟明亮时代的明教残部变成了自己的私家军团，拥有庞大地方势力的支持。然而也因为如此，殷天正并非阳顶天的嫡系，和阳顶天一手提拔的其他派系貌合神离。阳顶天不得不以"法王"的头衔笼络他，并设法将他留在光明顶，以防止他的地方势力过于膨胀。但是，通过驻扎在临安的亲信李天垣，殷天正仍然牢牢把握着江南明教的控制权。在阳顶天死后，已经无人可以制约殷天正，但他想登上教主之位，也难以得到其他派系的支持。

3. 韦一笑

在许多历史资料记载中，第四位法王韦一笑（1303—1388）常常留给人可怕的印象，"绿翅膀的蝙蝠王"这个古怪的称号更令人感到恐怖，但他本人却是个诙谐可爱的人物。他不但是一个杰出的武术家，也是一个全能的田径运动员，擅长短跑、跳高、跳远等多个项目（中国人称之为"轻功（Light Kongfu）"）。如果我们相信中国人的记载的话，那么他可能是世界上跑得最快和跳得最高、最远的人。事实上，他的真名叫作韦福娃，字一笑，以形容自己的开朗。他一直在中亚地区从事情报和特勤工作而很少进入中国本土，由于体能方面的过人禀赋，他在二十一岁的时候，就因功勋卓著被阳顶天封为"蝙蝠王"（Fu-Wang, Bat-King），采用这一称号的理由是其发音和他的名字"福娃"（Fu-Wa, Bon-Kid）十分相似。此外，与西方不同，在东方文化中，蝙蝠这种动物乃是幸福的象征，但韦一笑的一生注定无法得到幸福。[07]

虽然在青年时期就拥有了法王地位，但在诸法王之中，韦一笑仍然是除了黛绮丝外资历最浅、势力最单薄的一个，也鲜有表现出任何突出的政治才能。虽然如此，在阳顶天失踪后，韦一笑却意外地获得了"五散人"的支持而萌发了政治野心。五散人曾是阳顶天的智囊团，并没有固定的职权，除了担任阳顶天的高级顾问外，只是不定期地执行一些临时任务。在明教中枢，他们是较弱的一派，任何人都没有继承教主之位的可能，而所有人都面临着失去现有地位的危险，因此结成了紧密的政治同盟。为了在权力博弈中获得最大利益，他们选择了支持最弱小也最容易控制的韦一笑继位的策略。双方自然一拍即合。这一集团实力不能和杨逍、殷天正的系统比肩，但由于五散人广泛的关系网络，无论在中枢还是在地方都有一定的影响力。

事实上，正是这一第三派系的形成导致了明教的瘫痪，这是基于如下博弈学原理：如果只有两个竞争者，总有一方会是胜利者，即使通过最激烈的火并也足以决定胜负；但在三强并存、彼此互不联盟的局面下，任何一方面的实力都不占优势，主动进攻者会遭到另外两方面的共同反击，胜利希望几乎为零，因而也不会轻易发动挑战，最终导致三足鼎立的权力平衡。而在光明顶教廷中，这一僵局维持了近三年之久。

---

07 《明史·韦一笑传》，见附录五。

Chapter VII
Politics in Middle Yuan Dynasty and the Rise of the Prince of Ruyang
(1328—1335)

元朝中期政治与汝阳王的崛起

(1328—1335)

相当具有讽刺性的是,正当明教的内部斗争日益白热化之际,它的死敌、元帝国政府也面临着类似的危机。1328 年 7 月,在阳顶天死后一年,在 1323 年通过政变上台的泰定帝也孙铁木儿在上都(今内蒙古锡林郭勒盟正蓝旗)死去了,九岁的太子阿速吉八在上都继承帝位,制定了称为"天顺"的年号。与此同时,泰定帝的政敌们也趁机积极活动,钦察的燕帖木儿拥戴曲律汗(武宗)海山的儿子图帖睦尔在大都就职,年号是"天历"。帝国迅速分裂为两个充满敌意的政权。很快,一场大规模内战就开始了。

尽管上都集团拥有东北、陕西、四川、云南等省份的支持,在政治名义和军事实力上都有优势,对大都形成了包围圈,但正当上都军队攻破了长城的关口,并向大都挺进时,一支大都方面的偏师奇袭了防守空虚的上都。在正常情况下,大都方面成功的希望渺茫。但燕帖木儿打出了他的王牌———一支由著名蒙古武师包克图(蒙古语:鹿)、图里(蒙古语:鹤)以及一批少林支派的僧侣组成的雇佣军团投入战斗。他们击溃了数量在他们一百倍以上的敌人,进入了上都的皇宫并俘获了小皇帝本人,导致了上都军团的土崩瓦解。这场战争在历史上被称为"天历之战"。

不久,在札牙笃汗图帖睦尔和他的兄长和世㻋之间又发生了内讧。和世㻋本来是曲律汗合法的继承人,但被剥夺了继位权后又长期被排挤。他从巴尔喀什湖一带来到东部地区,受到了那里的蒙古王公的拥戴。在政治压力下,图帖睦尔也不得不表示要将皇位让给兄长。和世㻋在成吉思汗时代的旧都和林即位,历史上称为忽都笃汗(明宗),并在几个月后向大都进发。在朝见汗兄的名义下,图帖睦尔北上和和世㻋相会,让包克图等人化装成随从,并在1329年8月6日的宴会上突然发难,授意包可图杀死了他的兄长,随后对外宣称:忽都笃汗病死了。

就这样,图帖睦尔重新登上了皇位,即为历史上的札牙笃汗。即使在忽都笃汗死后,政治危机也持续了很长时间。当图帖睦尔回到大都后,包克图、图里等人"昼则率宿卫士以扈从,夜则躬擐甲胄,绕幄殿巡护",多次挫败了政敌的暗杀行动。[01]与此同时,在内战中留下来的四川和云南的叛乱势力仍然存在,并屡次发动叛乱,直到1332年,内乱才基本被镇压下去。[02]

这一系列震惊全国的政治剧变为明教推翻蒙古统治提供了难得的良

---

01 《元史》,第一百三十八卷。
02 参看《剑桥辽西夏金元史》第六章中相应的内容。

机,如果阳顶天仍然在位,很可能会利用这一机会发动声势浩大的汉族起义。但是明教此刻也和它的敌人一样,陷入内部的争斗而无法自拔,只有无所作为地眼睁睁看着大都的新主人一步步巩固他的统治,让宝贵的机会从自己的鼻子前面溜走。

札牙笃汗的统治在元代历史上是一个重大的转折点。他是一个汉文化的热心爱好者,在他的治理下,祭祀天地的儒家礼仪恢复了,对孔子的尊崇升级了,科举考试也一步步走上了正轨,他甚至还编撰了一部百科全书《经世大典》。随着色目人集团的垮台,泰定帝时期盛极一时的伊斯兰教势力也衰落了,此后再也没有恢复过。汉人的精英分子对这位年轻的皇帝充满期待。然而正当他想要将整个帝国改组为一个更为彻底的汉化王朝的时候,1332年9月,年仅二十九岁的札牙笃汗也死去了。人们给他的汉文庙号十分适合他的政治形象——"文宗"。

札牙笃汗死后,帝国政局再度陷入了重重危机。札牙笃汗的皇后或许出于内疚,或许出于迷信,坚持要让忽都笃汗的后裔继承皇位。首先即位的是忽都笃汗的小儿子懿璘质班,这个六岁的孩子当了一个多月的皇帝后就病死了。又经历了一番周折之后,忽都笃汗的长子、十三岁的妥懽帖睦尔成了大都的新主人。这个新皇帝的来历耐人寻味。

十多年前,当忽都笃汗被逐出帝国的政治中心后,曾经在西藏与汉地的边境地区漫游。在那里他娶了一个维吾尔女子,后者为他生了一个早产的儿子,这个孩子的来历引起了很多人的关注。札牙笃汗在一封诏书中宣称,哥哥在临终前告诉他:这个孩子并非他的亲生骨肉。因此,札牙笃汗剥夺了妥懽帖睦尔的一切继承权,将他流放到南中国海的边境。但幸运女神最终眷顾了妥懽帖睦尔,让他成了大元帝国的最后一位主人:

乌哈噶图汗。在中国，他以明王朝给他的称号"元顺帝"而被载于史册。

乌哈噶图汗的上台给昔日札牙笃汗的亲信们带来了威胁。他们知道，当他长大成人之后，就会彻查自己父亲被杀的内幕。果然，1340年乌哈噶图汗在一份诏书中宣称："文宗当躬迓之际，乃与其臣伊噜布哈、额勒雅、明埒栋阿、包克图、图里等谋为不轨，使我皇考饮恨上宾。归而再御宸极，又私图传子，乃构流言，嫁祸于必巴实皇后，谓朕非明宗之子。"[03] 但是包克图、图里等札牙笃汗的旧部早在几年前就已经藏匿于汝阳王阿鲁温的藩府之下，并且改易了汉名，他们在历史上以鹿杖客和鹤笔翁之名为世人所知。

汝阳王阿鲁温（1280—1345）并非黄金家族的直系后裔，而因为屡立军功被拔擢至此高位。14世纪30年代以降，他的藩府逐渐聚集了数量和质量上仅次于明教和少林的资深武术家。在这一时期他开始了一项野心勃勃的计划：在剿灭江湖世界政治异见分子的名义下，他向政府请求拨款以招揽肯为朝廷效力的武术家。这项计划得到了对汉人恨之入骨的丞相伯颜——此人在顺帝初年成为帝国的实际统治者——的首肯。但是历史学家们通常认为，阿鲁温的真实企图乃是看到了帝国逐渐没落的现状，趁机扩张自己的实力，最终凭借武力为自己打开通向帝位之路。

为了招揽武术家以控制江湖世界，阿鲁温必须对这一领域的情况了如指掌，在他背后最重要的幕僚正是我们已经熟悉的阴谋家成昆。此时，成昆的学生谢逊为了让成昆现身，正在中国各地以成昆的名义大开杀戒，却没有想到这正是成昆希望看到的结果。然而，此刻不便公开露面的成

---

03 《元史》，卷四十。

昆也面临着无处栖身的尴尬。并且成昆也明白，仅仅谢逊个人的倒行逆施距离摧毁明教的终极目标还差得很远，因此他来到汝阳王的幕府为阿鲁温出谋划策。这一合作虽然为时短暂却成果显著。他们共同制订了一个周详的计划：利用以六大门派为首的江湖主导势力同明教之间的矛盾，让他们彼此争斗，相互削弱之后，再一举摧毁这二者。在14世纪30年代，这一计划由于一系列意外而被迫中止实施。[04] 直到二十年后，当阿鲁温已经去世，而他的孙女、野心勃勃的敏敏特穆尔成为这些武术家的主管时，这个计划才终于付诸实施。这一计划的最终失败表明阿鲁温不是一个好的战略家，他没有注意到自己计划的根本缺陷。而令人惊讶的是，这个计划及其缺陷都只是成昆一个更大计划的一部分。在14世纪中期的江湖—政治博弈中，成昆是一个远比阿鲁温或者敏敏特穆尔更为高明的棋手。[05]

除了成昆、包克图和图里外，阿鲁温还招揽了金刚门的僧侣们。金刚门是一个神秘而低调的门派，他们的创始人是一个在12世纪从少林寺叛逃出去的叛徒"少林锅炉工"。他在中国内地已经无处容身，于是逃到了中亚，并凭借过人的武术为当地王公效力，站住了脚跟。大约在13世纪初他创建了金刚门。金刚门成立后，一直立足于中国西域地区，并消灭和吞并了当地的另一少林支派西域少林。有时候他们冒用后者的名义，这导致很多文献将二者混为一谈。

随着岁月的流逝，金刚门的僧侣们患上了精神上的思乡症，他们渴望回到自己门派的发源地少林寺，成为那里真正的主人。为此他们向金帐汗国的蒙古可汗们表示忠诚，在加入钦察军队后，他们因为表现出色被

---

04 参看本书第九章。
05 参看本书第十章。

燕帖木儿招募，来到大都，凭借过人的武术造诣成为那里的骄子，并参与了1328年的军事行动。在14世纪30年代伯颜秉政后，钦察军队归于他的统领。燕帖木儿的嫡系势力受到排挤，他们也脱离了皇家卫军，而托庇于汝阳王的帐下。

这一政治团体的最后一位重要成员是一个面目毁损的哑巴僧侣——"痛苦的行脚僧"。他是一个来自伊利汗国的武术大师，虽然是残疾人但受到特殊的尊敬。然而此人的真实身份却出乎所有人的意料——明教的光明右使者范遥。在正式的历史记载中，他被宣称因为发现了成昆的阴谋而不惜毁损自己的俊美面目，放弃自己的锦绣前途，打入汝阳王府作为间谍。可是这一切不过是白费力气，因为他成功地打入汝阳王府后就再也没有得到任何成昆的消息，从此他一直沉默地待在那里，直到1358年复归明教。

不过，事实的情况或许复杂得多。范遥宁愿私自毁容后打入汝阳王府而不是首先回光明顶报告，而之后二十多年中也从未和教廷有任何联系，其中的原因值得深究，很有可能是他苦恋黛绮丝失败后的自暴自弃。史密斯教授认为，这种自残行为更可能是出于一种犯罪后的内疚而渴望赎罪的心理。或许，他曾经对黛绮丝进行了性侵犯，而事后又感到极度的忏悔——上个世纪著名的全真教宗教家尹志平，在奸污了一位美貌的女武师"龙的小女儿"之后，也有类似的表现。或许这就是为什么范遥称呼自己为"痛苦的行脚僧"。

不过，考虑到黛绮丝女儿的年龄，我们要对这种理论作一些修正：范遥或许是为了对黛绮丝有所行动而有意毁容，以掩饰自己的身份。确凿无疑的是，他在1342年前后曾对黛绮丝夫妇下毒。我们在医学家胡青牛留下的档案中发现了这个病例。为什么他不用自己的精深武术击垮对方而要采取下毒的手段，颇为耐人寻味。我们可以认为，下毒——并且是慢性毒药——的手段更有利于范遥控制和威胁黛绮丝服从自己。同一般的暗中下毒不同，黛绮丝明显知道下毒者是一个来自中亚的哑巴僧侣。我们可以判断，黛绮丝与范遥之间一定有过重要的接触——虽然黛绮丝并不知道对方的身份。很有可能，在黛绮丝中毒之后，为了获得解药，不得不向范遥低头。当黛绮丝让范遥得到了他一直梦寐以求的东西之后，范遥给了她解药，但是分量却有意给得不够，以至于她的丈夫最后还是毒发身亡。

黛绮丝的女儿小昭恰好出生于这一时期，而在她出生后，黛绮丝就将她送到他人家里代养，隔几年才去探望一次（因此可以推断，小昭可能从未见过自己名义上的"父亲"韩千叶）。当小昭还未成年时，黛绮丝就逼迫她去光明顶为自己偷窃"天地转换法"的抄本。这些不近人情的举动，不禁令人怀疑这个孩子的生父究竟是谁。据历史记载，当范遥在1357年第一次见到小昭的时候，表现得异常惊愕，虽然他辩称说只是因为小昭的容貌酷似黛绮丝，但他的表情远远超出了看到一个老朋友应有的反应。[06]或许当时范遥已经猜到了这个孩子的真实身份。但是随着黛绮丝母女在当年年底突兀地从东海返回波斯，已经没有任何人能够揭开这个秘密。

---

06 《天之剑与龙之刀》，第二十八章。

CHAPTER VIII
REFORMS AND SCISSIONS IN CHINESE MANICHAEISM
(1330—1357)

明教的宗教改革与分裂

(1330—1357)

在这些暗流涌动、危机潜伏的岁月中，光明顶教廷的明争暗斗和大都朝廷的争权夺利同样惊心动魄。早在 1328—1332 年的内战时期，作为明教的"鹰派"领袖，殷天正就主张立即趁元朝的内乱主动发动攻击。这一建议得到了五行旗系统的支持。"鸽派"领袖杨逍则认为，虽然被内部的分裂所折磨，但元朝的军事实力并没有被严重削弱，如果不首先联络六大派等江湖主导势力组成反元联盟，任何单方面的军事冒险都很难成功。韦一笑和五散人则动摇于两派之间，但是越来越多地倒向了殷天正方面。

在战略分歧的背后有着宗教教义上的矛盾。对于殷天正等原教旨分子来说，现实世界已经无可救药，既然明王即将降临，那么唯一需要做的就是摧毁这个充满罪恶的世界，他们被称为"降临派"；另一批以杨逍为代表的温和人士则认为，明王降临只是一个政治寓言，并不会在现实世界发生，而终究需要靠人类本身的活动才能建立理想的社会，在此过程中，需要的是妥协的智慧，他们被称为"拯救派"。后者虽然在教内高层有很大的影响力，但前者的宗教热情无疑更能煽动底层教众。因此，1330年左右，在三年多的政治波澜之后，殷天正逐渐占据了上风。

为了摆脱政治窘境，杨逍不得不明确宣称自己无意成为教主，并致力于维持无教主的既定状态，以保持自己事实上的最高地位。为了达到这一点，他向全教公开了一直保持高度机密的圣火令已经失落的信息，宣称目前的不幸状况是光明之神对他们失落圣火令的惩罚，因此要恢复明教古老的传统，只有拥有圣火令才能继位。因为教廷一直向下层教众隐瞒圣火令已经消失的事实，这一事实的披露在明教徒中引起了巨大的骚动和不安。在这种情况下，殷天正继位的可能已经微乎其微。事实上，由于教众信仰的动摇，他自己的势力范围也面临着危机。

不过殷天正却能够为自己的权力诉求找到新的神学支持。他从摩尼教经典、摩尼本人的著作《生命福音书》（Living Gospel）中发现了这样的表述："当世界毁灭时，圣火将会变成圣鹰，成为光明之王的使者。"[01] 事实上，这正是他三十年前宣扬天鹰崇拜的理论依据。[02] 现在他从中发现了新的含义，并成为一条新的教义：圣火令的消失是因为它们已经变成了神圣的天鹰。而他进一步暗示，他本人就是天鹰的"道成肉身"。很难说他本人有多么信仰自己的教义，但无疑他的许多支持者对此深信不

---

01 阿斯姆森（Jes. Asmussen）《中波斯语及帕提亚语文本中的摩尼教代表文献》（Manichaean Literature, Representive Texts, Chiefly from Middle Persian and Parthian Writings, New York, 1975），86页。
02 参见本书第五章。

疑。现在，受到鼓励的殷天正开始向他的教友们推广这一新的教义，并引起了巨大的动荡。这一宗教改革运动为他招揽了许多支持者和更多的反对者，宗教上的分歧日益明朗，改革派和教廷已经无法共存。

谢逊此时一度回到光明顶，曾经和殷天正关系密切的他也因为无法接受殷天正的改革思想而与之决裂。在这种情况下，殷天正已经无法再回头，于是他宣布原来的明教已经被黑暗所腐蚀，不再能代表明尊。随即，他从西北部返回东南地区，成立了以他为教主的"天鹰教"（Heaveaglism），并宣称这才是"真正的"明教，事实上其更恰当的称呼应该是"明教天鹰宗"。

随着天鹰教的独立，明教第一次大分裂开始了。

浙江、江西行省的明教教众，长期以来就处于殷天正的势力范围之下，毫不奇怪他们在分裂中自觉地皈依在天鹰教的旗帜下。到1335年为止，天鹰教已经成为东南沿海最大的江湖势力。不可避免的是，在这一新生的阵痛中，天鹰教和昔日的教友们，特别是明教的五行旗系统结下了深仇大恨。

殷天正的离去并未给韦一笑集团带来多少利益，因为这使他们面临着和杨逍的直接冲突。为了应对圣火令问题的挑战，他们不得不在暗中筹建另一个改革派。受到殷天正的启发，韦一笑建议成立"福娃教"，由他任教主，让五散人改名为"五福娃"，戴上美丽的头饰，作为幸福的使者出现。这一荒诞的建议遭到了他更加深谋远虑的同僚的否定。五散人，特别是彭莹玉精心地将明王信仰和佛教教义结合起来，筹建了"弥勒宗"，这一派别常常被误认为是佛教的一个宗派。事实上，由于说不得、彭莹玉等人固有的佛教背景，很难说它本质上究竟是明教还是佛教。在弥勒宗中，圣火已经成为次要问题，由于明王和弥勒佛被视为同一个实体，他们就很容易将明教经文和佛教教义结合起来。我们将在下面看到，这样做并不是没有代价的。

无论如何，弥勒宗很快成了明教最成功的派别。与天鹰教古怪、晦涩的原教旨主义不同，弥勒宗作为融合佛道信仰的混合教派，更容易得到底层教众的理解和信奉，而相对宽松、开放的组织风格，也有利于招揽白莲教、弥勒教等同样信仰弥勒佛的教派，他们往往换一个招牌，就成了明教的成员。这样一来，说不得、彭莹玉等人就迅速为自己聚集了一支可观的力量。事实上，明教的主要支系就出自弥勒宗系统。五行旗上下就都被弥勒宗所渗透。众所周知，后来的明朝开国皇帝朱元璋，曾经也是一个弥勒宗的信徒。[03]

但在光明顶教廷，杨逍和他的属下仍然牢牢把持着权力，五散人始终无法插手。当弥勒宗日益发展壮大后，五散人决定抛开光明顶单独行动，并寄希望于形成领导明教革命的既成事实。1337年春，在几年的准备之后，他们发动了棒胡起义。棒胡的真名是胡闰儿，他是说不得的师兄，也是明教在河南地区的领袖人物，因为棒法高超而被称为棒胡。当时的一位江湖观察家称他"好使棒，棒长六七尺（约两米），进退技击如神"。[04] 为了在必要的时候推卸责任，韦一笑和五散人没有直接出面，而将其伪装为一次地方领导人自作主张的军事暴动。不久，棒胡便攻破归德府和鹿邑，点火烧毁了陈州城，并屯营于杏冈。与此同时，开州的辘轴李、陈州的棒

---

03 参见吴晗"明教与大明帝国"，《吴晗史学论著选集》（人民出版社，1986），第二卷，382～418页；《朱元璋传》（北京：人民出版社，1985），14～22页。
04 权衡：《庚申外史》卷上。

张等弥勒宗骨干分子也发动了暴动。感到震怒的帝国政府命令河南行省左丞庆图会合汝阳王阿鲁温一起讨伐。[05]

对阿鲁温来说,这是在朝廷面前表现自己的好机会,于是他调动了向他效忠的武术家们集体出动。对此一无所知的明教起义者完全没有估计到敌人会有如此强大的武术家阵容。五散人因为在外地策划其他的暴动而来不及赶回,甚至在汝阳王府卧底的范遥也因为弥勒宗是异端教派,不愿相助,甚至有意借帝国政府之手扑灭后者。事实上,范遥后来交代,他为了取信阿鲁温,曾在大都击毙三名改信弥勒宗的明教地方领导人。于是一切很快结束了。辘轴李和棒张分别被鹿杖客包克图和鹤笔翁图里击毙;而在鹿邑,棒胡被范遥亲自擒获,不久在大都被斩首。范遥用明教重要成员的生命换取了汝阳王的信任,而事后范遥对此讳莫如深,直到多年后才披露出来。[06] 不过,棒胡被捕是否应当归咎于范遥并不是决定性的,在帝国军队的大举围攻面前,棒胡和他的同党从一开始就没有脱逃的机会。

棒胡起义的悲惨失败不仅削弱了弥勒宗的影响力,也给杨逍向韦一笑、五散人发难创造了良机。在一次例行会议上,杨逍斥责棒胡擅自发动起义而没有向教廷报告,恼羞成怒的五散人却抨击杨逍不肯派精锐的"天地风雷"四个特种兵部队增援,导致起义军在孤立无援中被歼灭。最后,这场互不相让的口水仗终于演变为肉搏相见的殴斗。先发制人的杨逍一掌将张中的肩胛骨击碎,另一掌导致了韦一笑的内出血,首先解除了两

---

05 《元史》,第四十卷,"顺帝纪"二。
06 《天之剑与龙之刀》,第二十六章。

大武术家的战斗力，剩下的四散人就微不足道了。[07]此次斗殴后，韦一笑集团再也没有实力同杨逍对抗，被迫离开了光明顶，从此不能再支配教廷事务。不久后，心灰意懒的张中和冷谦隐居，尚未丧失宗教热情的彭莹玉、说不得及周颠开始在中国腹地四处传教，让奄奄一息的弥勒宗得以死灰复燃。

另外，韦一笑因为内出血过多一度性命垂危，虽然在名医胡青牛（棒胡的弟弟）的调治下脱离危险，但不久又诱发了再生障碍性贫血的重症。因为当时缺乏输血技术，韦一笑只能通过不断吸取人血的方式来补充血液。[08]这使得昔日快乐的"福娃"变成了冷酷的杀人狂。韦一笑羞于未能阻止伊斯兰到内地，从此长期定居在哈密力地区（今新疆哈密），经常绑架异教徒的伊斯兰教土著供他吸血。即使如此，他的疾病仍然不免阶段性发作，在病痛折磨下，这位当年夺目的政治新星从此淡出了政治舞台，甚至和支持自己的五散人也断绝了联系。

虽然殷天正、韦一笑等人先后被赶下了光明顶，但杨逍却并未成为最后的胜利者。在十年的时间内，随着核心一次又一次的分裂，各地的分支早已自行其是，光明顶已经成为仅具象征意义的"圣地"，而不再能履行领导者的职能。杨逍本人更成了孤家寡人。由于他一直坚持找到圣火令才能成为教主的规定，他自己显然也无法自封教主。1338年底，杨逍也带着手下的主要骨干离开了光明顶，仅仅留下了保证圣火能够持续不灭的十几名留守祭司。但是杨逍并未远离教廷，而是将他的班底搬到了十几英里外的坐忘峰——从那里能看到光明顶的圣火——以保证这块圣

---

07 同上书，第十九章。
08 另一种说法是因为他的心理障碍才导致了这种变态行为，参看附录五。

地不会被外敌或反对派所侵占。

如果杨逍将这次退让当作一次迂回策略，那么他不得不失望了。即使在他象征性地离开光明顶后，也没有有分量的人物向他劝进，反倒是有人劝说他将范遥找回来担任教主——这个不识相的建议者最后被杨逍派遣到西伯利亚去寻找范遥，从此再也没有出现。无论如何，几年后杨逍就彻底心灰意懒了，从此沉溺于肉欲的享乐中，据说他经常诱拐和禁锢妇女供自己玩乐。我们所知道的是，在14世纪40年代初期，他在四川西部邂逅了峨嵋派的女学生纪晓芙，以"武术交流"的名义将其骗走，随后强暴了这位不幸的少女并将其软禁。

不过在著名的斯德哥尔摩症候群的作用下，纪晓芙被杨逍劫持多日后，居然爱上了这位自己的劫持者，她秘密加入了明教，并在一年后心甘情愿地为杨逍生下了一个女儿。杨逍此外还有多少女人和私生子女一直是一个谜。不过，杨逍似乎再也没有找到纪晓芙那样理想的性伴侣，因此当1352年，他们的私生女儿前来投奔杨逍时，杨逍高兴地接纳了她。

1338—1357年的二十年间，由于明教的组织机构陷入彻底瘫痪，我们对其各分支的活动只能找到零星的记载。在14世纪30年代末到40年代，刚刚在东南沿海立足的天鹰教不幸因为王盘山事件（详见下章）陷入孤立，遭到了各大势力的围攻。与之相反，彭莹玉和说不得等人在中部地区的传教事业却成果丰硕，培养出了周子旺、徐寿辉、刘福通、韩山童等一批重要骨干，这些"魔王"的名字将在此后二十多年中变得家喻户晓。[09]

1348年，彭莹玉和师弟周子旺在江西袁州发动了一次重要起义，并

09　参见《明教与大明帝国》。

在其初期阶段取得了很大的军事胜利。与此同时,在浙江屡次遭到围攻,苟延残喘的殷天正已经无法再支撑下去,不得不认真考虑和弥勒宗联合作战的问题。他派手下的一名大祭司白龟寿去同彭莹玉联系。彭莹玉知道,如果能说服殷天正和自己联合,将是推动明教重新统一的珍贵契机,因此极力促成这一联合的实现。

双方试探的合作开始了。殷天正在浙江展开了一系列军事活动,以声援被围困的周子旺部。彭莹玉派人去光明顶和西域,请求杨逍和韦一笑捐弃前嫌,一起进行起义。但在他得到回音之前,起义已经再次被围剿的帝国军所扑灭。[10] 周子旺殉难,彭莹玉也在战斗中受伤,不得不同白龟寿一起东躲西藏。他们躲过了军队的搜捕,却被另一群反明教的武术家所发现。对彭莹玉来说,幸运的是在这群敌人中隐藏着一个秘密的明教徒——纪晓芙。虽然白龟寿被杀,彭莹玉也被刺瞎了一只眼睛,但在纪晓芙的帮助下,这位赫赫有名的明教革命家仍然逃过了死亡的威胁。[11] 但这次失败使得刚刚复兴的弥勒宗再次陷入失败的边缘,从此又沉寂了多年。

自从1348年的起义失败后,属于五散人系统的胡青牛一直居住在淮河北岸女山湖畔的蝴蝶谷,直到1351年神秘死亡。胡青牛是一个水平高超的医学家,在这段时间,他奉五散人之命,诊治了数不胜数的明教徒,无论是哪一个宗派,也不论他们拥戴谁为教主。五散人可能希望通过他达到明教以弥勒宗为核心的重新统一,但由于拒绝给叛教者疗伤,这位

---

10 《元代农民战争史料汇编》上编,204页。
11 《天之剑与龙之刀》,第十一章。

明教沙文主义者于 1351 年死在第一个出教的背叛者黛绮丝的手下。[12]

周子旺起义失败后的几年中,明教陷入了自阳顶天死后的最低谷,有组织的反抗行动几乎销声匿迹。但在 1357 年初,一位默默无名的青年戏剧性地成为教主后,全教的统一却在极短时间内实现了。在不到一年的时间内,明教以比历史上任何时期都更为强盛的声势,在全国范围内展开了革命,直到最后夺取全国的统治权。这个神奇的逆转令元史学家深感困惑。传统上,人们常常将这一切转变都归功于张无忌这个似乎从天而降的青年人,甚至许多人相信,他就是降临人世的明王或弥勒佛本人。

在中华人民共和国成立后,马克思主义史学家们拒绝这种唯心史观的解释,并认为张无忌的个人成就本质上源于元代末期日益激化、无法调和的阶级冲突以及元朝政府失败的货币政策。[13]这一解释无疑是正确的,但却没有涉及具体机制的问题。近年来,越来越多历史资料的发现,让我们得以从更加技术化的角度尝试解答这一历史谜团。虽然上层机构已经成为一盘散沙,但是中下层的明教徒在 50 年代的自发活动是非常活跃的,他们不断地将这一古老信仰以各种形式传播到全国各地。从这个角度来看,有史学家甚至大胆地断言,高层领导者的分裂和瘫痪使得明教基层摆脱了集权体制的束缚,从而焕发出更多的活力。[14]

当帝国的国家机器日益腐朽之际,弥勒宗及天鹰教等明教各系统播下的火种正在悄悄地蔓延开来。表面混乱下的潜在结构正在生成,只要有适当的时机,就可以正式浮出水面。张无忌的出现充其量只是让这场

---

12 同上书,第十三章。
13 参看韩儒林主编《元朝史》(北京:人民出版社,1986)下卷,89～92 页。
14 参见矢吹庆辉《摩尼教》(东京:岩波书店,昭和十一年),208 页。

化学反应更快到达临界点的催化剂。

这多少令我们想起最初几个世纪的基督教。当罗马的皇帝们一次又一次对基督教成功地进行"剿灭"时，他们不会想到自己的臣民正在以越来越快的速度皈依这一东方宗教。直到君士坦丁大帝发现支持他的军队中大多数人都是基督徒时，一个历史性的时刻终于到来：他自己也受洗成为一名基督徒。地下教会的领导人随即公开露面，成为帝国在精神上的统治者。在元代中国所发生的情况多少与之类似。

事实上，当时主要门派帮会的领导人比任何历史学家都要明白这一点：他们越来越感受到在底层民众中，"魔鬼"的势力不断膨胀，对自己形成了越来越难以忍受的威胁。于是，江湖主导势力在阳顶天时代没有实现的计划，在明教分裂初期也无意实行的计划，却在三十年后实现了，这就是1357年开展的围攻光明顶的军事行动。不过，在正面论述这一行动之前，让我们首先从各主要势力的内部关系入手，考察14世纪中期的江湖世界权力结构及其关系，这将使我们更为深刻地理解此后的一系列历史变迁。

CHAPTER IX

THE RISE OF WUTANG AND ITS CONFLICTS WITH SHAOLIN

(1320—1335)

武当的崛起及其与少林的冲突

(1320—1335)

在阳顶天时代,明教奇迹般的崛起吸引了绝大多数江湖观察家的注意力,让他们相对忽略了中国腹地的另一个武术团体从无到有、从默默无闻到闻名遐迩的飞速发展。事实上,武当派虽然从未有过明教那样显赫的声势,但却注定在历史上留下更为持久的名声。

一个现代武术史读者可能不会对《倚天屠龙史》中武当的重要地位感到奇怪,他已经熟悉了历史上著名的少林—武当二元体系,并将这当成是理所当然的事实。[01] 但是如果我们意识到,武当仅仅是在 14 世纪初

01　参见唐豪《少林武当考》(中央国术馆,1930)。

期才被创建——这在六大门派中是最晚的——而在其创建后三十年内就超越了其他各门派，成为同少林并列的最具声望的武术集团，就可以看出这一事实的令人惊奇之处。实际上，武当派的崛起时间可能要更加短促，张三丰仅仅在14世纪的最初十年才招收了宋远桥、俞莲舟等门徒，按照常理，第一批门徒独立执行任务的时期至少要等到1320年左右，而此时张三丰甚至还没有招收他最小的几个门徒。因此，武当派可以说是在十多年内就占据了整个江湖世界的第二把交椅，这一超常的速度历史上很难找到先例，甚至连13世纪的全真教也无法与之相比。

当然，作为这个时代最杰出的武术大师，张三丰对于武当的崛起具有举足轻重的意义，但是张三丰的威名不会自动转变为武当派的声誉。只有当他的弟子们也能够展示震慑武术界的惊人造诣时，武当派才算是在真正的意义上实现了崛起。这是在14世纪30年代完成的。

在14世纪30年代初期，当明教因为阳顶天的失踪而陷入瘫痪后，对江湖世界的压力骤然减小。但是刚刚松了一口气的江湖主导者们很快又要面对另一个令人惊愕的事实：张三丰的弟子们陆续出现了，他们年富力强，武术高超，热心公道，很快就成为许多地区江湖纷争的协调者和仲裁者，并编织起一套紧密而广泛的关系网络。在这一时期，至少已经有五名张三丰的门徒在以武当山为中心的各个省份频繁活动，在"行侠仗义"的光辉口号下拉拢或打压各派势力，使得武当派成为日益举足轻重的力量。而少林无疑对此感受最深。

对于少林寺来说，张三丰的存在始终是令人尴尬的事实。此人在13世纪60年代的叛逃以及二十年后的声名鹊起令少林处于一个尴尬的位置。尽管张三丰一直小心地和少林保持距离，但是他作为少林背叛者的身份却无法改变。人们在嘲讽少林寺在13世纪中期对张三丰的追捕是心胸狭窄、小题大做的同时，也奇怪为什么一个从未在少林取得正式学历，并中途辍学的学生的武术成就远比少林的优等生们出色。对此，少林方面的官方说法是，张三丰无耻地剽窃了少林寺的武术，并将其改头换面，以掩盖其不光彩的来历。当然，这个说法并非很能自圆其说（譬如，为什么张三丰改编的少林武术会比原来的更为先进）。不过，在将"偷师学艺"作为最大禁忌的武术家中，这一控诉已经足够有杀伤力了。但是少林寺也清楚地认识到，他们对惩戒这个叛徒无能为力。而事实上，没有人愿意和少林一起，发动一场讨伐张三丰的正义之战。相反，张三丰惊世骇俗的武术天才和圆熟老到的交际手腕正在为他赢得越来越多的支持者。

如果张三丰的成就仅仅限于他本人，少林寺或许还可以忍受。但随着时间的推移，一个事实已经确凿无疑：张三丰要将他的武术传下去，开创一个新的武术门派。在张三丰本人归隐武当山后多年，宋远桥、俞莲舟、俞岱岩们先后出场了，并取得了和四十年前他们的老师刚刚开始武术家的职业生涯时几乎同样轰动的效应。武当与少林两种武术的异同和高下、优劣成为江湖观察家们热心讨论的话题。虽然双方都有不少热心的拥护者，但超越一切少林武术家的张三丰的存在，使得舆论明显不利于少林方面。毫无疑问，武当不会只满足于作为少林的一个分支门派而存在，他们要争夺的是主导整个江湖世界的"光荣与梦想"。少林寺的领导者们不得不考虑如果武当长期存在下去对少林所造成的负面影响，那将是一个极其可怕的潜在敌人。他们渴望将这个假想敌扼杀于摇篮之中。

但对于少林寺来说，由于张三丰的强势存在和武当派严格遵守江湖道德规范的基本原则，他们既缺乏扼杀武当的能力，也缺乏相应的理由。

在14世纪20年代，少林寺的基本战略是发动对明教的讨伐，通过树立一个假想敌的方式，组成主导势力的联盟，让包括武当在内的其他所有门派通过联盟的方式服从自己，因此有了1324年的少林三大精英武术家围攻阳顶天之战。可惜，少林遭到了意外的惨败，因而对这一计划不得不暂时加以搁置。不过此后不久，成昆的加盟给少林注入了新的动力。

为蒙古人效力的成昆逐渐意识到，汝阳王府永远只能将身为汉人的自己当成工具，不可能真正信任自己，自己也很难爬到高位。在成功地策划了对付明教的计划之后，他开始转向少林方面发展。他向渡厄申请加入少林，这对于一个成名的武术家来说是很罕见的要求——这多少意味着他要放弃原来的门派和事业基础。不过对成昆而言，一旦明教被摧毁，少林就将成为江湖世界的最高领袖，此时四十出头的他还有充分的时间进入少林的领导层。何况，自从谢逊以他的名义犯下各种凶杀案之后，他已经很难再以原来的身份出现了。

摧毁明教的既定目标让成昆与少林的称霸计划不谋而合。成昆不仅对明教有着深刻、细致的了解，在武术界也有广泛的关系网络，这对少林来说十分有用。因此，成昆很快成为少林实际掌权者渡厄的重要智囊。当然，渡厄并不知道，成昆同时也是汝阳王藩府的座上之宾。

在1332年左右，在渡厄的安排下，成昆成为少林著名武术家空见（1280—1334）的弟子，法名圆真。空见比成昆年龄稍大，当年曾经直接从年迈的无色禅师那里学到了少林九阳功，是少林寺内定的未来方丈。这对奇怪的组合与其说是老师和学生的关系，不如说是一种默契的政治联合形式。[02] 无疑，当空见成为少林方丈后，身为他唯一门徒的成昆将会在少林寺出任重要职务。由于在以"圆"字开头的系列门徒中，成昆的武术造诣无人能及，因而几乎不可能有人挑战他的地位。

这一系列计划由于谢逊的疯狂举动而遭到破坏。事实上，谢逊的一系列暗杀活动早已被成昆和空见所掌握。但他们处于两难的处境之中：如果揭穿谢逊的身份，成昆奸杀徒妻的罪行也会暴露，而如果成昆变得臭名昭著，少林寺也将被卷入这一丑闻而担负连带责任；如果暗中除掉谢逊，又会使一系列凶杀案死无对证，最终仍然归咎于少林。因此，他们只能尴尬地看着谢逊继续杀害无辜的武术家及他们的亲属。但1334年，当谢逊计划暗杀张三丰的衣钵传人宋远桥时，他无疑走得太远了，少林必须出面了。

少林并非不愿意看到宋远桥的死——这将是对武当的重大打击，但是务实的空见很快意识到，这将导致张三丰本人的出面干涉。作为唯一的线索，张三丰会追查成昆的下落。成昆加入少林虽然是重大机密，但作为正式的少林弟子，仍然有若干线索可循。如果让张三丰知道成昆就在少林，并且间接地与自己学生之死有关，将导致两大门派的正面冲突。而这是尚未做好准备的少林绝不愿看到的。况且，如果一切都被揭露，主流舆论也会对少林不利。这里面的内幕甚至大于成昆屠杀谢逊家族的丑闻。

为此，空见不得不亲自出马去阻止谢逊，他在谢逊前往暗杀宋远桥的路上拦住了谢逊。空见并没有告诉谢逊成昆和自己的亲密关系，只是

---

02 参见本书附录六。

告诉对方，自己已经知道了双方的罪孽，并承诺为其调解。谢逊理所当然地要求成昆亲自出面向他解释。但是已经剃发为僧侣的成昆不便露面，否则他和少林的勾结就会暴露无遗。这当然不能让谢逊满意，于是双方决定按照武术界的方式解决问题。但是空见显然对自己的武术造诣过于自信了，他认为对方伤害不了他分毫，于是只挨打而不还手。

这番做作或许是因为空见敏锐地认识到，这位"狮子王"是明教的高层骨干，如果能驯服这头狮子，对于少林摧毁明教的大业必将有很大帮助。因此，当谢逊在绝望中试图自杀时他忘我地上前阻止，但他忘记了自己正处于格斗中，被谢逊乘机击中要害而很快死去了。[03] 据说成昆当时事实上在现场附近，但是他并没有出现。如果在这一事件中成昆确实在场的话，他可能将此视为激化明教与少林矛盾的良机而对空见不闻不问，任其死去。

不过如果成昆指望自己能继承空见的地位，那他恐怕不得不失望了。事实上，空见死后，继位呼声最高的是他的同学空闻，另外两名著名的少林武术精英空智和空性都支持这位师兄。一年后，空闻顺利地成为少林方丈，空智和空性也被提拔为首座。空闻集团有自己的施政纲领，而空见系统的成昆则被冷落。渡厄和渡难、渡劫的权力也受到削弱，他们决定退出决策圈，隐居起来钻研武术。进攻明教的计划也随之被搁置了。而这一系列突发事件让少林重新将目标对准了武当。

---

03 《天之剑与龙之刀》，第八章。

CHAPTER X
THE 1336 EVENT AND ITS INFLUENCE ON THE WUTANG SCHOOL
(1336—1347)

1336年事件及其对武当派的影响
(1336—1347)

少林的主攻方向转变源于1336年的一次偶然冲突。这次冲突是因为一把著名的兵器"龙之刀（Dragon Saber）"而起，这把刀堪称中国人的"朗吉努斯之枪（Lance of Longinus）"[01]，兵器中据说有着能够主宰世界的秘密。在传说中，这把刀是用天上的陨石所铸造，"西方的狂人"杨过就是用这把刀砍下了蒙哥汗的头颅。天上的魔石和皇帝鲜血的结合赋予了这把刀特殊的神力，这就是这把刀被命名为"屠龙"的由来。后来杨过将宝刀送给了郭靖，宝刀的魔力令襄阳城固若金汤，直到忽必烈派了一个神偷将其偷

---

01 【译者按】这是西方传说中刺过耶稣身体的长枪，因为沾有耶稣的宝血就拥有了征服世界的魔力，据说君士坦丁大帝、神圣罗马皇帝、希特勒等人先后拥有该枪。参见 Crowley, Cornelius Joseph. The Legend Of The Wanderings Of The Spear Of Longinus. Heartland Book, 1972。

走。宝刀在落到忽必烈手中后令他成了世界征服者，但在元朝的几次宫廷政变中又流落了出去。[02]另一种说法是，据说郭靖和黄蓉曾将宋朝名将岳飞的一部军事著作在铸造刀时放进了刀的内部，谁能够取出其中的著作，就能够利用其中的奥秘完成赶走蒙古人、恢复汉族政权的政治伟业。

从历史学家的角度看，这些荒诞不经的传说本身的真实性相当可疑，只是曲折地反映出当时汉人高涨的民族主义情绪。其中背离事实之处很多，譬如，蒙哥汗是被飞石所杀，和龙之刀毫无关系，又如，铸刀的过程需要数千度的高温，任何纸张布帛都不可能在这种条件下保存完整。事实上，这可能只是一把用某种特殊合金铸造的锋利武器（史载它非常沉重，无疑掺杂了一定的重金属的成分），因而为当时的武术家们所觊觎。但在争夺宝刀的过程中，越来越多的传说被附会上去，令许多著名的武术家和武术流派加入争夺战。而这一点又反过来令更多人相信宝刀中一定有秘密，否则为什么会有这么多人想要得到它呢？

不论我们对龙之刀中的秘密看法如何，一个不可忽视的事实是，在争夺这把宝刀的过程中，这把刀本身已经变成了一个象征符码，象征着"武术森林中最尊贵者"的身份，这和12世纪、13世纪的《九阴真经》相类似。当然，并非所有人获得宝刀都能获得至尊的地位，相反，他也可能因为宝刀而被杀死。但这一对宝刀的争夺过程事实上可以视为对武术界和江湖世界支配权之争夺的具体化形式。本书认为，龙之刀问题只有放在这一思路下才可能获得恰当的理解。

---

02 傅海波：《从部落领袖到世界皇帝和神：元代的正统观念》（From Tribal Chieftain to Universal Emperor and God: The Legitimation of the Yuan Dynasty），慕尼黑，拜仁科学院出版社，1978，521页。

1336年的春天,张三丰的第三个门徒俞岱岩在东海沿岸执行任务,这是武当派当时尚未充分渗透的地区。除了海沙派和巨鲸帮这样的地方势力外,此时少林、刚刚改组的明教天鹰宗以及隶属于元廷的金刚门也都在激烈争夺着这一地带的控制权。而正如上文所说的,这一控制权的重要象征就是龙之刀的归属。俞岱岩偶然地卷入了对龙之刀的争夺之战,为此他首先与金刚门,随后和天鹰宗发生了冲突。在冲突中,俞岱岩一度得到了这把宝刀,并想把它运回武当山交给师尊。这一点或许暗示出,武当并非表面上所表明的那样对龙之刀毫无觊觎。[03] 但是不久,殷天正的儿子和女儿就偷袭了俞岱岩,将其击伤并夺回了宝刀。但他们并不想触犯那位武当山上的宙斯,于是将俞岱岩送到一家运输保安公司——龙门公司——那里,委托他们将病人送回武当。

这个举动无疑是刻意安排的。龙门公司的经理都大锦(1290—1336)拥有特殊的身份,他是一名正式的少林俗家门徒,曾于1302—1311年间在少林寺学习武术,他的导师圆心是空智的弟子。他离开少林寺后,在临安从事运输保安业的工作并成为一个成功的商人,少林本身可能是龙门公司背后的最大股东。天鹰宗不惜出重金聘请少林人士出面护送俞岱岩,一方面是少林的名声有利于保护病人的安全,另一方面或许也是考虑到万一发生意外,可以将责任推卸给少林方面。

都大锦虽然远离少林派的权力核心,但却很清楚少林与武当之间的积怨,因而并不愿意承担这一任务,但对方提供的优厚酬劳却令他难以拒绝。虽然他按约定将俞岱岩送到了武当山上,但却想敷衍了事,在没

---

03 《天之剑与龙之刀》,第三章。

有弄清楚来人身份的情况下就贸然将俞岱岩交给几个号称是他的同学的人物，结果导致了俞岱岩落入金刚门之手，因为被拷问宝刀的下落而被严厉拷打到瘫痪的地步。

令问题进一步复杂化的，是殷天正的女儿殷素素为了保护俞岱岩也加入战团，结果被金刚门的武士们打伤后逃走。而因为金刚门在历史上是少林的分支，令殷素素误认为对方是少林弟子。从殷素素的角度看，她有理由相信，这是少林的一个绝大阴谋：都大锦不知通过何种手段，获知了俞岱岩的身份，并通知了少林本寺。少林或者为了得到俞岱岩所知道的机密，或者为了铲除武当的一员干将，与都大锦串通起来进行了一场表演，将俞岱岩掳走。这个致命的误会导致了日后的一系列重大事件，甚至改变了自此以后的整个中国历史。

与此同时，张三丰和他的其他弟子们也从一枚被捏扁的中国金币上发现了凶手的少林派背景。在张三丰看来，此事证实了他多年以来的担心：少林派开始向武当挑战了。这一时期，武当虽然在武术水准上已经赶上并超过少林，但综合实力还远不如对方。张三丰当然并不希望双方有任何正面冲突，为此，他派宋远桥、张松溪和殷梨亭赶赴少林与空闻会面，一方面争取和平的希望，另一方面将事情公开化，也让少林不得不有所顾忌。同时，俞莲舟、张翠山和莫声谷三人赴江南以"保护都大锦家人"的名义——显然是为了向少林方面表示善意——调查俞岱岩受伤的真相。[04]

另外，我们得知，返回临安途中的都大锦也感到了事态的严重——少林派的人重伤了武当弟子，这可能引起两派之间的火拼——因而以飞

---

04 《天之剑与龙之刀》，第四章。

鸽传书向师父圆心报告,并请求本寺的保护。圆心立刻向空闻方丈汇报,空闻随即派了几名干练的弟子和师弟前往临安,以监控事态的发展。稍早一些时候,殷素素也负伤回到临安,并向父亲殷天正报告事态的进展。因此在1336年4月底,这三方面的势力在临安会合了。

在龙门镖局事件中,天鹰教的视角一直是一个被忽略的方面,但可能这才是决定性的因素。与传统的解释不同,殷素素的行动并非只是她的个人决定,她的父亲在其中可能起了重大的作用。让我们对此略加诠释。

从殷天正的视角来看,从都大锦护送俞岱岩返回武当,到少林对俞岱岩的劫持,乃至最近少林武术僧侣的纷纷南下,构成了一根清晰的因果链条:少林已经知道屠龙刀落入了自己手中,并已经准备好了对付自己。这对于刚刚从明教母体中脱离的天鹰教来说,是一个空前严峻的危机。为此,天鹰教的决策者们开始考虑这样的应对策略:设法利用此事挑起本来已经关系紧张的少林和武当之间的正面冲突,这样不但可以缓解目前的困境,甚至大大有利于自己的扩张。因此,很可能是在殷天正的亲自主持下,1336年中国历四月三十日,令整个江湖世界震惊的龙门公司大屠杀发生了。

当前往临安的俞莲舟和莫声谷进入江西境内时,已经被当地的天鹰教情报组织所发现。殷天正授意他们制造事端,让二人滞留在江西。而稍后出发的张翠山也在天鹰教的密切监控下抵达临安。无疑,将张翠山和他的同事们分割开来有利于天鹰教下一步的行动。当张翠山在四月三十日傍晚到达临安时,殷素素在父亲的授意下换上和张翠山同样的衣服,并利用了张翠山初到临安的时间差抢在他之前半小时赶到龙门镖局。在殷天正的暗中主持下,殷素素将将都大锦和他的家人、部下、仆人共七十一人全部杀害，并杀死了三个少林僧侣，但却有意放走了另外几个少林僧侣，让他们去和稍后赶到的张翠山碰面。结果自然是悲剧性的，不幸的张翠山被一致指认为是凶手。

有理由认为，假扮张翠山进行屠杀只是天鹰教计划的第一步。张翠山完全可以为自己辩护，而舆论界也很难相信张三丰的门徒会做出这样可怕的血腥之举。如果真相被调查出来，结果将是天鹰教的灭顶之灾。一劳永逸解决问题的方法，当然是令张翠山永远消失。于是殷素素首先以和张翠山一模一样的装束引起他的注意，并约他第二天见面。在这次短暂的会面中，张翠山明显为她的美貌所倾倒，这使得天鹰教的决策者们开始倾向于采用第二方案：利用殷素素拉张翠山下水，这甚至比让他消失对天鹰教更为有利。

当殷素素与张翠山在一艘船上会面时，她成功地利用绘画和书法引起了张翠山的兴趣。而实施对张翠山挑逗的关键步骤在于苦肉计。殷素素有意保留了在她手臂上的两枚染毒铁片（这一点本身是值得怀疑的，如果这是金刚门所造成的伤害，为什么殷素素回到临安后不先去寻找她的父亲寻求救治呢），并裸露出手臂引起张翠山的怜爱之情。在此必须指出，在古代中国，妇女裸露手臂几乎是和裸体一样的禁忌，因此也构成强烈的性挑逗。[05] 她向张翠山承认了自己杀人的事实，却推诿说是为了寻找疗治伤处的药物而被迫进行的。当张翠山因此责备她时，她便做出伤害自己的动作。以这样简单的方式，她获取了张翠山的同情。此时，天鹰教已经知道了这位武当的知名武术家不过是一个意志软弱而又血气方刚

---

05 参见刘达临《中国古代性文化》（银川：宁夏人民出版社，1993），596页。

的普通青年，殷素素的计划大获成功。

对于殷天正来说不利的是，殷素素和张翠山并未像他预期的那样在品尝禁果后成为夫妇，从而成为他和武当之间建立密切联系的纽带，而是意外失踪了。天鹰教笼络武当派的计划不幸落空。在武当派的其余人马赶到临安后，不可避免地与少林就龙门公司事件发生了严重的摩擦。但是仅此而已，既然当事人张翠山已经失踪，人们就无法得知真相。而武当也认为俞岱岩的残废和少林有关，这起事件结果变成了双方无止无休的口水战。

在少林方面，很难说他们究竟有几分真正相信龙门公司屠杀案的凶手是张翠山，但是空闻方丈发现，这是一个向武当施压的绝佳契机。虽然没有确凿证据向武当进行直接的武力报复，少林却尽了一切可能迫使武当低头。除了亲自站出来指控张翠山外，少林还发动了听命于它的几家大运输保安公司，以行业联合协会的名义要武当给出交代，并在江湖世界中大肆宣扬"武当派屠杀了龙门公司，如果我们不反抗，下一个就是你"的夸张论调，令本已初见端倪的"武当威胁论"更加沸沸扬扬。虽然武当方面也尽可能地利用俞岱岩的被害事件反击少林，但是因为指控无法落实到具体的个人而显得苍白无力，在强大的舆论压力面前不得不一步步退缩。

诚如当时的一位江湖观察家所说："他们[指少林]并不关心在龙门公司发生了什么，事实上，他们中的很多人甚至不知道龙门公司在哪里……他们只是反复告诉你，张三丰是一个独裁者，武当七侠都是他的刽子手，武当在临安屠杀了很多人，激起无知者的义愤去抵制武当，而真相被隐蔽了。譬如，有谁能够知道恰恰是少林庇护了屠杀谢逊满门的凶手成昆呢？有谁知道龙门公司挂着少林的旗号在临安的横行不法呢？他们垄断了话语权，并过滤了一切信息，只告诉你他们想让你知道的，这就是他们的公道和慈悲！这一切又是为了什么呢？在我看来，这不过是武当近年来的迅速崛起引起了他们的恐惧和敌视而已。"[06]

在这种被煽动起来的敌意下，武当昔日对江湖世界的一切援助，都被解释为为了控制武术界的狡猾手腕，武当的付出不但没有得到感激，反而更加激起了憎恨。少林、昆仑、华山、崆峒及丐帮等主流势力一度结成了非正式的反武当同盟，联合起来对武当进行施压。但濒于孤立无援的武当却找到了一个坚定的盟友——峨嵋派。

在13世纪末，峨嵋曾经是和少林并立的一流门派，由于其开创者郭襄作为郭靖女儿的特殊身份，在她身上寄托了驱除野蛮人、恢复中国故土的崇高理想。[07]但当郭襄死后，昔日的革命精神已经难以再维持下去，峨嵋的理想主义色彩随即淡漠，并不可避免地陷入了衰落。在风陵和灭绝两代领导人在位期间，峨嵋逐渐转型为一个普通的武术门派。越来越多的人离开了峨嵋，更多的人在此之前已经死去。在灭绝于1325年继承掌门之位后，峨嵋的成员几乎只剩下她和师姐孤鸿子两人。据说，孤鸿子爱上了明教光明左使者杨逍，并以"比武"为名义，将郭襄留下来的宝剑"天之剑"带走，去送给杨逍，却为杨逍所拒绝。孤鸿子因无颜再回峨嵋而自杀。[08]

尽管灭绝从14世纪20年代开始就广收弟子，但到了40年代初，处于复兴中的峨嵋仍然只是一个由不到三十人组成的小门派，其中真正战

---

06 司徒千钟：《醉言录》，续修《四库全书》刊本。
07 参见本书第三章。
08 《天之剑与龙之刀》，第二十七章。

斗力突出的武术家只有灭绝一人，在六大派中最为弱小。为了站稳脚跟，灭绝急需找到一个盟友。由于张三丰和郭襄在南宋时期的历史渊源，武当在创派时还得到过峨嵋的帮助，几十年后的峨嵋和武当很自然地再次走到了一起。灭绝看透了这场反武当风潮虚张声势的本质：只要张三丰还活着，就没有人敢真的向武当动手。而只要再过几年，蓬勃发展中的武当就会强大到无人可以撼动的程度。她决心将赌注押在武当一边。1340年，灭绝内定的继承人纪晓芙和武当七侠之中的殷梨亭订婚。这是一桩赤裸裸的政治婚姻，它向江湖世界表明了峨嵋支持武当的立场。反武当同盟的叫嚣不得不收敛了一些。

这次对武当的冷战持续了十年之久，到了1347年，少林终于等到了彻底摧毁武当的机会：失踪的张翠山和殷素素传奇般地从海外归来——并且带回来一个儿子。更离奇的是，张翠山在这十年中一直和"狮子王"谢逊在一起，却始终不透露谢逊的下落，而此时谢逊作为连环谋杀案真凶的身份已经被揭露。很自然地，种种谣言开始流传开来：据说张翠山已经秘密加入明教并成为其护教法王，据说张翠山一直在日本的天鹰教分部和倭寇勾结准备大举进攻中原，据说那个孩子其实是谢逊的亲生儿子……龙门镖局的屠杀、谢逊的连环谋杀，以及屠龙刀的下落，一切罪名和危险都落到张翠山和武当的头上。

张翠山夫妇在俞莲舟的护送下返回武当，途中多次遭到各江湖势力的袭击。巫山帮、三江帮、五凤刀的暴徒不断生事，甚至一向和武当关系亲善的峨嵋派也一反常态，派人中途截击，让武当丢尽了脸面。[09] 武当

---

09 《天之剑与龙之刀》，第九章。

本来希望能在预定夏天召开的黄鹤楼会议中澄清误会，重塑自己的形象，但是少林不会给它这个机会。

看到自己挑唆的几个帮派的骚扰没有起到明显效果，嵩山方面最终决定亲自动手。在四月初八张三丰一百岁生日那天，以祝贺生日为名，空闻、空智、空性三巨头带领九个最精锐的武僧作为第一梯队，来到武当山上，而山下还聚集着数百名武僧分成三队待命。另外，昆仑、崆峒及数十个其他帮派的精英武术家们也在其领导人的带领下一起来到武当，对武当派形成了压倒性的数量优势。意味深长的是，一向声援武当的峨嵋奇怪地只派来了几个次要人物，事实上是在少林的强大压力下，间接表明了不再支持武当的立场。武当派难以得到任何外援，这个在世界上存在了三十年的兴旺门派似乎注定要在这一天覆灭。

为确保摧毁武当计划的成功实施，少林制定了详细的战术。一旦谈判破裂，就由空闻、空智、空性三人围攻最为棘手的张三丰，而改名为圆真的成昆则率领其余八名少林精锐武僧聚歼张三丰的弟子们。考虑到成昆这张秘密王牌，少林认为自己胜券在握。武当后来声称，自己拥有被称为"天神的七等分"的超人战术，足以反制少林的挑战。事实上，这一点也被成昆料到，他指使包克图绑架了张翠山的儿子张无忌躲在一边。如果少林战事不利，就抛出这张底牌以扰乱对方的情绪。另外，据一份数十年后泄露的文件，空闻方丈和昆仑派领导人"钢琴先生（Mr. Piano）"何太冲已经有秘密协定：昆仑会在适合的时候出手，给予武当致命的打击。武当事实上毫无胜算。

退一步说，即使武当能够在战斗中获胜，面对的也是毫无希望的局面。死伤只能导致更大的仇恨，他们将在江湖世界被彻底孤立。没有帮会会接纳他们培养的学生,没有武馆会请他们的成员做教练,没有运输保安公司会托庇在他们名下,没有豪门大族的子弟会加入他们的学派,以成为武当的毕业生而自豪。而这一切首先和最终意味着没有经济收入。[10] 因此张三丰的徒子徒孙们只能去打家劫舍,或者和天鹰教这样的恐怖势力联合,成为主流世界所鄙视的邪恶轴心的一部分。无论哪一种,前景都十分暗淡。

但是令人意想不到的是,张翠山的自杀拯救了武当。当他发现自己的妻子曾经伤害过俞岱岩时,因为极度羞愧而自杀。而殷素素也跟随着丈夫结束了自己的生命。张三丰默许了这一切,他的确做出过救援的动作,然而或许有意放慢了速度,眼睁睁地看着几英尺外的爱徒割断了自己的喉咙。与此形成鲜明对比的是,仅仅是下一秒钟,他就以不可思议的高速穿过大厅,用一个手势就制伏了在门外窥伺的包克图。这一点常常被人所诟病。

无论从哪个方面看,张翠山夫妇的死对武当来说都是最好的选择。他们以无可置疑的方式表达了忏悔,并保全了自己的名声,也让对武当道德水准的诽谤不攻自破。武当在世界面前表明自己是一个负责任的大派,少林和其他门派没有任何理由再进行挑衅,只得失望地离去。张三丰丢卒保车的危机公关令武当安然渡过了这次可能是这一门派历史上最严重的公关危机。

---

10 参见拙作《剑桥简明金庸武侠史》中对武术界经济收入问题的论述。

CHAPTER XI
CHANG WUCHI'S EARLY ACTIVITIES
(1347—1356)

张无忌的早期活动
(1347—1356)

Ultima Cumaei venit iam carminis aetas,

magnus ab integro saeclorum nascitur ordo.

iam redit et Virgo, redeunt Saturnia regna,

iam nova progenies caelo demittitur alto.

tu modo nascenti puero, quo ferrea primum

desinet ac toto surget gens aurea mundo,

casta fave Lucina; tuus iam regnat Apollo.

P. Vergili Maronis Ecloga Quarta

译文如下:

库玛的歌谣中预言的最后日子现在已经到来,而诸世纪的伟大循环也将要重新开始。圣女归来,回归到农神的统治,新的人类也要应天命而降世。黑铁时代,在那个孩子出生时,将要终结,而黄金的新人也要兴起。圣洁的露希娜,唯有请你爱护他。这是你的阿波罗在君临天下。

——维吉尔《牧歌》第四首

诚然,张翠山的自杀保全了武当作为正统门派的地位,但在此后几年中,武当派的生存环境仍然不容乐观。仅仅是武当派的重要成员被迫在少林、昆仑人士面前自杀,就足以造成持久的裂痕。几乎整个江湖世界都在等着武当的报复或反击,紧张的关系长时间内都无法得到缓和。对武当来说更为糟糕的是,殷天正充分利用了这一机会,他一边向武当派表明共同进退的立场,一边宣称要给女儿女婿报仇,吞并了几个在武当山上参与逼迫张翠山夫妇的小帮派。这当然更加引起了江湖世界的恐惧,种种谣言再次不胫而走,反武当的情绪在一度平静后不久,再一次被煽动起来。武当的孤立到了如此程度,以致张三丰在1347年后曾多次给灭绝写信,对方竟然一反常态地不予理睬。[01] 不久之后,纪晓芙和杨逍的桃色新闻被发现了,灭绝处死了纪晓芙,而纪晓芙和殷梨亭的婚约也随之取消,这更加速了武当和峨嵋联盟关系的名存实亡。

张三丰以一个伟大政治家的魄力应对这一切。他首先严词拒绝了天鹰教的联盟请求,将对方的使者驱逐下山,甚至默许学生莫声谷殴打了对方一顿,以此在明面上重申了和邪教势不两立的立场。[02] 武当派对张翠山事件出台的官方版本是:这是魔教挑拨正统门派自相残杀的阴谋,因

---

01 《天之剑与龙之刀》,第十章。
02 同上。

此一切罪责都归到天鹰教头上。

更加值得注意的是，1349年，张三丰不顾弟子的反对，亲自带张无忌来到少林寺，卑躬屈膝地请求用武当武术交换少林的九阳功。这与其说是请求武术指导，不如说是给了少林一个明确信号：武当已经向少林低头，表示臣服。少林的领导人傲慢地拒绝了张三丰的请求，给了他一生中最大的羞辱。但或许这正是张三丰想达到的效果：认为迫使张三丰低头的少林从此不再把武当看成主要的对手，中国人称之为"韬光养晦"。令少林更加如释重负的是张三丰在年底就辞去了掌门之位，从此闭关不出。张三丰很可能有意给外界这样的印象：张翠山的死及张无忌的绝症给了他很大的打击，他的生命已经走到了尽头。

与此同时，张三丰悄悄开始了一个野心勃勃的计划，他不但要反败为胜，彻底压倒少林，而且要为武当实现无上的光荣与梦想。张三丰意识到，这是他最后的机会。幸运的是，他的寿命不可思议的长，让他有足够的时间去实现这一计划。当二十年后中国的新皇帝拜倒在他面前时，这个计划虽然经过了多次重大改变，仍然可以说得到了充分实现。这或许是自诸葛亮的"隆中计划"以来中国历史上最伟大的大战略，而和前者一样，它也决定性地改变了中国历史。

这一切开始于1349年张三丰和一个年轻人常遇春的相遇。据历史记载，张三丰在从少林返回武当的路上搭救了后来明朝的开国元勋常遇春——当时只是周子旺的一个卫兵，在周子旺覆灭后被帝国军队所追捕。张三丰很喜欢这个年轻人，提出让他托庇在武当的名下，这是一个弥足珍贵的机会。令张三丰惊讶的是，常遇春坚定地谢绝了他的邀请，声称不愿背叛自己的信仰。常遇春的态度让张三丰认识到，明教在占人口绝对多数的下层阶级中的影响力远比自己想象的大，并正在以惊人的速度传播开来。[03] 对于底层人民来说，这一信仰不是消磨时光的精神寄托，而是反抗压迫的力量源泉。无论张三丰内心如何评价明教信仰，他都不得不承认其惊人的力量。

而随着明教的扩展，精英和民众之间的分裂也到了无以复加的地步。当武术界成名的精英们主张理性和忍耐，奉行儒家迂腐的仁义礼智的价值观并企图以此教化民众，他们所不齿的愤怒青年们正在以高涨的民族主义热情捍卫心目中的"圣火"，抵制着烧杀抢掠的番僧和颐指气使的色目人。张三丰认识到，这股蓬勃的民族主义力量虽然目前仍然被主流势力的话语权所压制，但很快就会冲破重重封锁表现出来，它将推翻整个江湖秩序乃至改变中国政治。主流势力单纯的压制策略是不可行的，更好的办法是去理解这样的呼声，去与之相结合并加以改造。张三丰很快认识到自己的徒孙张无忌的潜在价值：作为张翠山和殷素素的儿子（以及谢逊的义子），他是沟通主流势力与魔教之间的一座桥梁。

在某种意义上，张无忌（1337—1358？）是一个美国人。事实上，他是有史以来第一个出生在美洲的华人。1336年，在王盘山的"龙之刀展示会"上，张翠山和殷素素被突然来到的谢逊挟持着乘船出海，在暴风雨中被黑潮（Kuroshio Current）裹挟，越过日本以东洋面，带到白令海上。[04] 张翠山和殷素素为了求生，设法打瞎了谢逊的眼睛，最终辗转来到阿留申群岛中的卡纳加岛（Kanaga Island）。第二年张无忌就出生在这里。卡纳加岛是一个活火山岛，面积约为369平方千米，今天属于美国的阿

03　参见本书第八章。
04　【译者按】黑潮为西太平洋最大的洋流，从菲律宾流到北极海域。

拉斯加州。张翠山夫妇因为目睹了冰雪茫茫中的火山喷发的奇景而称之为"冰与火之岛（Island of Ice and Fire）"。在他们登上这座岛屿后四百多年的1778年，英国航海家詹姆斯·库克（James Cook）才再一次发现了它。后来的探险家们发现这个岛上虽然无人居住，但是曾有人类活动的痕迹。美国学者李露晔（Louis Levathes）在专著《当中国统治海洋》（When China Ruled the Seas）中引用了中国史书的记载，证明了卡纳加岛正是中国史书中称为"冰与火之岛"的岛屿，中国人最早到达这里，而中国历史上一位著名的革命家就出生在这座岛屿上。[05]2007年，在张无忌出生670周年之际，中美两国共同在卡纳加岛上树立了张无忌的塑像和纪念碑。

在张翠山夫妇到达卡纳加岛后不久，"狮子王"谢逊也尾随而来。在恶劣的自然环境之中，三人最终达成了和解并成了朋友。1347年，张无忌十岁时，他随父母一起乘木筏从海外漂流回到中国，而目盲的谢逊则拒绝返回。张翠山夫妇在海上和俞莲舟邂逅后前往武当山。不久就发生了张翠山夫妇双双自杀的悲剧，而张无忌本人也被包克图挟持并打成重伤。张三丰出于对不能拯救自己爱徒的歉疚，悉心地治疗和照顾这个孩子，以至于甚至有张无忌将成为武当第三代掌门人的传言出现。这不但令整个江湖世界感到疑惧——殷素素在临终前，曾经在所有人面前嘱托张无忌向敌人复仇——而且引起了宋远桥、殷梨亭及其亲信的不满。

张翠山曾经是最受张三丰青睐的弟子，有证据表明，张三丰本来打算传位给他。在他失踪后，作为首徒的宋远桥成为事实上最大的受益者。在张翠山回归之前，他已经是武当内定的继承人，实际主持武当的日常

---

05 《当中国统治海洋》（When China Ruled the Seas: The Treasure Fleet of the Dragon Throne, 1336—1433），牛津，1997，34页。

事务，众多的弟子使他掌握了武当最大的派系。他显然不愿意看到这位师侄受到老师格外的宠爱而威胁到自己和自己儿子的地位。[06]另外，殷梨亭出于未婚妻为杨逍所夺的积怨，对这个同样出自明教的师侄也不无芥蒂。

随着张无忌的日益康复和成长，种种潜在的矛盾逐渐暴露出来。例如，张三丰为了治疗张无忌的痼疾，亲自传授给他武当九阳功，这几乎是成为武当掌门的象征。宋远桥对此十分不满：他的独子宋青书从未蒙张三丰亲授任何武术。

其他门派的压力和几个弟子或明或暗的抵触令张三丰不得不小心翼翼地处理这种微妙关系。最终，张三丰不得不做出了一个艰难的决定：以为张无忌寻医治病为名，他带着这个孩子离开武当山，最后托常遇春将他送到明教胡青牛的秘密诊所。正如上文所述，胡青牛此时正通过治病的形式，试图调和明教各大派别的争端。[07]张无忌的到来令武当和明教通过常遇春建立了间接联系。虽然在这一风雨飘摇的时期，武当必须与明教在表面上划清界限，但是张三丰有理由期望，自己所亲自培养的张无忌作为明教首脑的血亲，将在未来的明教发展中发挥重要作用——如果他能够活到那个时候的话。而武当如果能够通过张无忌对明教施加影响，也将会深刻地改变江湖政治格局。

但是事态并不总是能按照人们的预期那样发展，在武当毫不知情的情况下，胡青牛在两年后即1351年意外被杀，张无忌也由此失踪。此后他的踪迹时隐时现，直到1357年他在昆仑山下被峨嵋派的远征军团

---

06 参见本书附录七"武当七侠夺嫡考"。
07 参见本书第八章。

所发现，这六年内他的行踪始终是一个谜团。有证据表明，他曾经在1352年左右到过昆仑山上的红梅庄园，这是"南方的皇帝"段智兴的武术流派的一个余脉。但此后不久，他就和该庄园的主人朱长龄一起失踪。当他五年后出现时，已经完全康复，并且学到了极其高超的武术。虽然张无忌坚称自己是在昆仑山中找到了原本的《九阳真经》，但却始终不能拿出这一抄本作为证明。许多学者怀疑，他所学到的九阳功实际上来自张三丰的秘密传授。[08] 无论如何，我们不必持过分怀疑主义的立场。张无忌在昆仑山中隐居了数年，然后学会了——无论是通过张三丰之前的传授还是他确实在山中发现了原本的《九阳真经》——被称为"九阳神功"的高阶气功的完整版，这是比较可信的。因此，也可以说是张三丰原本的设想通过曲折的方式实现了。由于殷天正和他的儿子没有其他男性继承人，只要张无忌不死，对于天鹰教就具有号召力。而张无忌在恰当的时间和地点出现，所起到的作用甚至远超过张三丰本人的预期。

另外，在武当表面上屈服于少林之后，少林遂得以野心勃勃地开展下一步计划：通过征服明教而成为江湖世界的最高主宰。1357年开展的光明顶战役就是少林在多年策划后，联合其余五大门派而终于展开的军事行动。对这一重大事件我们将在以下两章中详细加以分析。

08　参见本书附录三。

CHAPTER XII
PREPARATIONS FOR THE BATTLE OF VERTEX LUCIS
(1356)

光明顶战役的准备
(1356)

在 14 世纪 50 年代，少林寺对光明顶进行攻击的动机和可行性都是非常明显的。少林方面没有理由不知道，在此前很久，光明顶除了杨逍统领的天、地、风、雷四门等微弱武装，已经没有多少防卫力量，仅仅是不灭的圣火对于明教系统仍然具有重大的象征意义。与此同时，明教的重心完全转移到了中国东南部，而实际的指挥中枢也由彭莹玉、说不得及一批中下层军官控制，光明顶早已沦为形式上的总部。六派联盟要完成摧毁光明顶的任务可谓轻而易举。唯一会因此垮台的只有驻守该处的杨逍派系，而这恰恰是明教其他各派所求之不得的。这是少林敢于发动光明顶战役的缘由。

并且，对少林来说更有吸引力的是：这场战役的胜利不但可以巩固少林对于其他五派的优势地位,而且还可以为建立以少林为首的更加广泛的武术界联盟奠定基础。而如果整个武术界都服从少林寺的命令,肃清弥勒宗、天鹰教等明教残余势力,进而控制整个江湖世界就轻而易举了。

在六大门派中,至少有四个是热衷于对明教开战的。首先,少林是这一联盟的组织者,他们渴望一场辉煌的胜利,从而得到独霸江湖的权威;其次,昆仑派直接受到明教的威胁,摧毁明教不仅能保证他们的战略安全,而且能够让他们取得在西域的霸权,有理由认为他们也极为热切地渴望发动这场战役;而华山派方面,掌门人鲜于通在几年前通过暗杀他的同学白垣而得以继位,根基并不稳固,因此也急于通过对外的胜利巩固自己在华山的统治地位;最后,峨嵋不仅因为纪晓芙被杨逍奸污的事实被揭露而蒙羞,而且灭绝也希望参战能够改变本派被边缘化的处境,在战后的利益分割中能够取得有利地位。

崆峒派因为多年以来一直实行老人政治,由五个元老控制一切,已经相当衰落,但是由于其在河西走廊的特殊战略位置,能够保证远征的补给线,因此仍然以优厚的条件被邀请参加联盟。事实上,唯一难以从战争中获益的就是武当。少林有意利用自己主盟者的地位,让武当充当先锋敢死队以损耗其实力。但在严峻的形势和巨大的压力下,武当仍然不得不加盟,并且派出除张三丰外的全部精锐,以表明其维护江湖主流势力的坚定立场。

如此大规模的行动不可能完全保密,明教一定程度的增援和反扑在预测之中。但令少林感到意外的,是已经分崩离析的明教各支系竟在得知消息后,迅速组织起义勇军支援光明顶——这与六派联盟的判断恰好相反。事实上,殷天正、韦一笑、彭莹玉等人的义举并非出于对昔日战友的情谊,也不是单纯因为害怕被孤立而相互支持。问题在于,明教各派的合法性全部来自三十年前的光明顶教廷,即使是天鹰教也承认圣火的至高权威。光明顶的沦陷本身就会对明教信仰造成毁灭性的打击,甚至可能令明教基层组织瓦解。

或许更为重要的原因是:也因为圣火象征意义上的重要性,如果有谁能够击退这次空前强大的敌人,就意味着此人获得了"明尊"的保佑,可以得到多数教众的拥戴而成为新的教主。各巨头们既看到了这次机遇,也不愿意给自己的多年的竞争者以可乘之机,因此不约而同地返回光明顶的总部。在某种意义上来说,这次共同抵抗敌人的联合作战其实是三十年来内斗在另一种形式上的延续。这既令明教实现了暂时的团结,也将造成严重的损失。

然而,影响1357年光明顶战役的还不止是六派联盟和原明教系统两个方面。另外至少还有两个不可忽视的势力参与其中:

(一)以丐帮为主导的各帮会,长期以来处于江湖主导势力的下游。这一点不难理解,除丐帮外,各帮会的首脑人物往往是各大门派的弟子,在不同程度上要受命于原来的门派并为之服务。但是帮会和门派具有不同的利益重心,这就造成了双方经常性的矛盾。而大多数矛盾的解决,都是以帮会方面的退让而告终。除了丐帮本身兼具门派的特点外,各帮会一般很难摆脱这种附庸的命运。譬如,鄱阳帮帮主刘六一是崆峒派的弟子,被要求带领帮众作为进攻光明顶的先锋,在一次伏击中全军覆没。[01]

作为最大的独立帮会,丐帮曾拥有强大的实力,足以渗透到江湖世

---

01 《天之剑与龙之刀》,第十八章。

界的方方面面，自唐代以来的许多个世纪见证了丐帮的繁荣和兴盛。[02] 但是自 13 世纪后期在宋元战争中耗尽实力后，丐帮陷入了半个世纪的衰落，而未能在新一代的江湖秩序中占据制高点（其中一个重要原因是耶律齐的忽然阵亡，令丐帮的秘传武术部分失传）。他们的领导人难以和六大门派的掌门人平起平坐，而底层的帮众则日益被新兴的明教吸引走，处于青黄不接的尴尬状态。在 14 世纪 30 年代，帮主史火龙又疾病缠身，只能将权力移交给下属。为了不让某个下属一头独大而威胁自己的地位，史火龙让各长老、龙头平分权力，和明教类似，这些帮魁们为了争权夺利而相互倾轧，同时帮中被称为"肮脏衣服"的保守派和被称为"干净衣服"的改革派争端又起，在任何事务上都争吵不休，使得丐帮几乎陷入瘫痪。

但无论如何，衰落到了极点的丐帮也不能容忍出现以少林为首的六派联盟正式成为江湖世界主宰，而自己却被排斥在外的前景，而其他许多帮派也有同感。在得知六大派围剿光明顶的计划后，丐帮方面很快想到了对策。他们也拉拢了巫山帮、巨鲸帮等帮会和一些不满大派霸权的小门派，组建了一支独立的军事力量，打着支援六大派的旗号向光明顶进发。丐帮的策略是很清楚的，它指望六派联盟和明教方面两败俱伤，而自己届时加入战斗，就可以轻松地成为最后的胜利者。即使六派联盟能够取得胜利，也必将承受惨重的损失，而手握重兵的丐帮就可以在日后的江湖势力重组中居于有利地位。

（二）为帝国政府效力的御用武术家们也试图利用这一时机使自己的利益最大化。事实上，挑动明教和江湖主流势力的斗争，进而各个击破本

02　参见拙作《剑桥简明金庸武侠史》。

来就是成昆和阿鲁温在14世纪30年代制订的计划。现在，虽然阿鲁温已经去世，成昆却终于有机会看到自己毕生梦想的实现：明教的灭亡即将到来。事实上，到了今天，成昆的野心已经延伸得更远。他现在策划在帝国政府的支持下，实现对江湖世界的控制。在这一时期他进行了一系列秘密活动，首先是以空见弟子的身份，积极参与筹备光明顶战役，制订各种方案，并在各门派中安插亲信和间谍，以便获取其军事力量和调动的第一手情报。他将这些情报源源不断地传回汗八里的汝阳王府，后者立即向甘肃行省方面调派以绍敏女公爵为首的秘密武术家军团，在当地官员的配合下控制河西走廊的主要通道。一旦六大派在光明顶获得胜利，他们就在归途中伏击对方，设法将他们俘虏并逼迫其向蒙古政府效忠。随后，六大派会被重组，而届时成昆将被政府指定为少林寺的方丈，成为江湖世界的最高首领。[03]

如果说成昆的目标仅仅在于做蒙古帝国的傀儡，那么未免太小看了这位14世纪最大的阴谋家。在配合汝阳王府进行伏击六大派准备的同时，他也将目光瞄准了丐帮。光明顶战役前夕，成昆秘密杀害了隐居中的史火龙，并找到一个与史火龙相貌相似的人冒充他。由于史火龙早已处于隐退状态，他的下属对这位许久未出现的最高领导人并未产生任何怀疑。利用这个假帮主，成昆顺利地将自己的学生（有人说是私生子）陈友谅安插进了丐帮领导层，这就使得他能够轻易地怂恿丐帮建立自己的同盟，组织起一支可观的军事力量，而汝阳王府方面对此毫不知情。无疑，这是成昆给自己准备的秘密王牌。有理由相信，一旦时机成熟，他将利用

03　参见笔者的博士论文《1357年光明顶的军事行动：事件重构与评估》，剑桥大学图书馆存档，第七章。

这支力量去达成更大的野心。

此时的汝阳王是阿鲁温的儿子察罕帖木儿，而他正当青年的儿子扩廓帖木儿日后将成为元帝国最后的中流砥柱，并以其汉名"王保保"为后人所熟知。察罕帖木儿具有卓越的军事才能，他在1348年镇压了明教周子旺起义，随后又立下过几次战功，被乌哈噶图汗封为元帅。

和许多蒙古贵族一样，察罕虔信喇嘛教，他的保卫人员的主要组成是被称为"十八金刚（Eighteen King Kongs）"的西藏噶玛巴派喇嘛。虽然这些僧侣的武术造诣远不如包克图、图里和其他汉人武术家们，但是察罕相信他们的密宗法术会给自己带来幸运。在他们的恶意怂恿下，察罕疏远了原来效忠于他父亲的武术家团体，而对控制江湖世界的计划也并不热衷。不过，他的女儿敏敏特穆尔（1338—1395）全盘接收了这些门客并加以充分利用。

敏敏特穆尔继承了她父祖的血统，是一个野心勃勃而精明强干的女人。察罕也十分宠爱她，在她十六岁的时候，曾带她镇压女真人的暴动。当察罕在外围作战时，一支女真人的奇兵意外地闯入大营，敏敏特穆尔及时地组织起身边的亲兵，击退了突袭者，在这次军事行动中立下了功劳，被皇帝封为绍敏女公爵（Duchess de Shaw Mina），她的汉名"赵敏"（Zhao Min）由此而来。[04] 据史书记载，赵敏具有惊人的美貌，在汗八里朝见乌哈噶图汗时，后者竟为她所倾倒，并打算将她纳为妃子。丞相脱脱担心这会使察罕在宫廷中的势力太大而对自己不利，因而极力反对，并借喇嘛之口称赵敏为"海迷失的转世"，令迷信的乌哈噶图汗不得不放弃这个

---

[04] 《元史》，第一百四十一卷，"察罕帖木儿传"附"敏敏特穆尔传"。

美丽的少女。[05] 而事实上，脱脱没有料到的是，赵敏对元帝国所造成的损害甚至要大于海迷失。

失去了入主皇宫的机会让渴望权力的赵敏十分愤恨，也让她把精力都转移到实现对江湖世界的控制这一她父亲不感兴趣的计划中。虽然赵敏只是一个年轻女贵族，但是她利用自己的美貌和权势礼贤下士，很快赢得了王府中武术家们的倾心拥戴。譬如，丐帮中的著名武术家和扒手"八只手"方东白在汝阳王府行窃，被包克图和图里捉住，历尽拷打而不愿屈服，却拜倒在赵敏的石榴裙下，成为她最忠实的臣仆，后来在武当山为她甘愿被砍断了手臂。[06] 极少和女人接触的金刚门僧侣们更是迷上了她，将她视为雅典娜一样的女神，并渴望在她的手下建立不朽的功勋。就这样，赵敏和成昆一起制订出了趁光明顶战役之机俘虏六大派这个冒险的计划，并在观望战事发展的进程中等待恰当的时机将其加以实施。

---

05 【译者按】海迷失是元定宗贵由的皇后，在贵由于1248年死后垂帘听政三年，独揽大权，祸乱朝政，于1251年被蒙哥处死。
06 《天之剑与龙之刀》，第二十四章。

CHAPTER XIII

THE GREAT CAMPAIGN OF VERTEX LUCIS
(1356—1357)

伟大的光明顶战役

(1356—1357)

    1356年底，对赵敏的阴谋一无所知的六个武术门派开始了向光明顶的进军。除了距光明顶仅数百千米的昆仑派外，其余五派都要从中国内地出发，经历数千千米的长途跋涉，穿越雪山、沼泽、草原和沙漠到达目的地，即使对身体强健的武术家来说，这也是相当具有考验性的。主要的行军路线有两条，少林和武当等四派在兰州会合，沿河西走廊经甘州、肃州一线出玉门关，再从罗布泊沿塔里木河南下，抵达昆仑山麓东部；而西南的峨嵋则从成都北上，穿越巴颜喀喇山脉，经由黄河上游的星宿海穿过青藏高原北部而西进，和昆仑派在昆仑山东南部会合。各方面在途中用信鸽保持联系，展开对光明顶的战略包围。

与此同时，五行旗和天鹰教的护教军团面临着更加严峻的困难。许多军事史家疑惑于他们为什么劳师动众万里奔赴西域，而不是去攻击六大派在中国内地的大本营来迫使对方回防，因为这是中国人所熟悉的一种战术。[01] 但这一决定不能从单纯的军事角度理解，圣火不可熄灭的象征意义对于每一个明教徒来说都是至关重要的。他们不能冒丝毫的危险去任由对方扑灭它，而必须进行这场圣战。此外，殷天正、庄铮等领导人也不无这样的企图：当异教徒的军队在光明顶被消灭后，自己就可以率领胜利的大军在光明顶举行凯旋式，在万众的拥戴下登上教主的宝座。

为了防止过早暴露自己的实力，各大护教军团出发得较晚，当各大派已经出发几天后，他们才悄悄地开拔。为了避开敌人，他们的行军路线大概在上述两条路线之间，即从西宁府绕过青海、湖南，接着走过千里无人区而到达昆仑山脚下。这是一条异常艰辛的道路，超过五千人从内地出发，最终到达昆仑山脚下时只剩下了二千五百人，在他们身后的千里荒原上，铺满了倒毙的明教战士的尸骨。

当教友们正在高原跋涉时，杨逍的部队也投入了行动。1357 年的中国新年，光明顶战役的前哨战开始了。在杨逍的率领下，天、地、风、雷四支部队率先对昆仑派所在的三圣坳发动奇袭，试图在其余五派尚未赶来之前先消灭昆仑派的有生力量，以及六派联盟可能的指挥部。然而这一突袭已经在对方的预料中，此前不久，昆仑派已经将主力转移到红梅庄园中。虽然三圣坳被攻陷，但是昆仑派的实力却没有受到损失。

随后，何太冲率一百多名昆仑武士趁杨逍及其主力尚未回师反攻光

01　参见台湾三军大学编《中国历代战争史》，第十五卷，台北，1956 年。

明顶,在一线峡受阻之后撤回红梅庄园。为了保证圣火的安全,杨逍不得不从坐忘峰回到阔别十多年的光明顶以主持战局。

半个月后,以庄铮为首的五行旗将领来到光明顶,和杨逍会商作战方案。杨逍的设想是依托七巅十三崖的地形优势坚守光明顶进行战术防御,令六大派在光明顶的城堡下进退两难,并由西域教众切断其补给线,待对方疲惫不堪时发动反攻。然而五行旗方面却打算进行运动战,主动歼敌于昆仑山北麓的塔克拉玛干沙漠之中。杨逍指出,分裂了几十年的明教缺乏一个统一的军事指挥系统,大量东方赶来的护教军对沙漠的地形也不熟悉,进行运动战有很大的危险。庄铮等人却对杨逍缺乏信任,他们认为杨逍意在阻遏五行旗获得战功,并趁机收揽指挥权。双方再次发生争执,最后杨逍不得不做出妥协:五行旗主力兵力在沙漠中出击,而杨逍嫡系的四门部队在光明顶进行防守。

在此后一个多月中,除昆仑、峨嵋外的四派及其附庸军共约一千人从东北方向向光明顶挺进,而约一千五百人的五行旗护教军则沿塔里木河的绿洲地带进行阻击。虽然五行旗在兵力上略占优势,但军中的精英武术家在数量上远不如对方,无法抵挡异教徒们的攻势,不得不步步后撤,逐渐被压缩到昆仑山脚下。

在另一条战线上,明教方面甚至没有进行起码的防守。一月底,灭绝修女和她一百多名弟子们平安到达朱武连环庄,和驻守在那里的昆仑派主力会师。此时发生了一起意外的犯罪事件:朱氏庄园的女主人朱九真被一个神秘的年轻女人所刺杀,此人是趁各方面会合时的混乱而混入庄中的,朱九真以为她是峨嵋派的修女而未加以防范。昆仑派领导人何太冲夫妇等人认为她是明教的间谍,追击她到一个村庄,却被一个自称"曾

"阿牛"的神秘少年所击退。不久，灭绝率峨嵋派主力赶到，俘虏了这两个人，但并不了解他们的身份：这二人正是张无忌和他的表妹殷离。[02]

在张无忌短暂而充满传奇的一生中，朱九真是他第一个爱恋的对象。这个女郎在他十五岁那年收留了他，并让他心甘情愿地成为自己的仆从。他们之间的关系扑朔迷离，历史真相无可避免地消散在了许多浪漫或离奇的传说中。[03]与此同时，朱九真和表哥卫璧仍然保持着亲密的关系。大约一年后，发现了真相的张无忌绝望地离开了朱氏庄园。接下来四年没有人知道他在哪里，他很可能为了夺回自己心爱的女人，以"曾阿牛"的假名隐居在当地的藏族村落中练习张三丰传给他的九阳功，直到他遇到自己的表妹殷离，当时她化名为"蜘蛛的女儿"。

殷离在1357年突然出现在昆仑山附近并非偶然。她是殷天正独子殷野王的女儿，在多年前离家出走，后来被"龙女王"黛绮丝所蓄意收养——不是当作政治筹码，就是为了报复殷天正以前对她的打压。自从丈夫死后，黛绮丝日益渴望回到波斯故乡，却担心受到总教的清算，唯一能够得到宽恕的方式是找到总教失传多年的"天地转换法"的抄本，不幸的是，光明顶的大门早已对她关闭。为此，她在1356年让自己和范遥的女儿小昭扮成孤儿和杨逍父女相遇，以便混入明教内部。当黛绮丝得知六派联盟对光明顶的"十字军"讨伐时，很可能是她派遣殷离到昆仑山打扮成村姑刺探情报，并伺机接应小昭。但脱离了养母控制的殷离却和张无忌邂逅并同居，彼此都不知道对方的真实身份。张无忌很快向殷离供认了自己对朱九真的痴情，这一点大概令殷离非常恼火，因此当她按

---

02 《天之剑与龙之刀》，第十六章到十七章。
03 参看《倚天屠龙别记·朱九真篇》，《倚天屠龙记成人版》，16～18节。

照黛绮丝的安排去查探昆仑和峨嵋在朱武连环庄的会谈时，出于嫉妒杀死了朱九真，她和张无忌也由此被峨嵋所俘虏。

这一孤立事件在最初并未对战役进程产生任何可见的影响。二月五日，庄铮领导的五行旗集中烈火、洪水、锐金三旗主力共八百人，发动了著名的流沙地会战，将崆峒、华山、昆仑三派主力五百人诱入伏击圈，同时巨木和厚土旗牵制少林和武当，阻止其援救三派。而刚刚从哈密力赶来的韦一笑利用其卓越的机动性单枪匹马对峨嵋进行游击骚扰，以拖住其前进步伐。战斗一度按照明教方面的预期展开：崆峒派的中心阵营首先被粉碎，而华山、昆仑两派组成的左右翼也被隔断和包抄。但崆峒发出了求救信号后，峨嵋派恰好和武当的部分兵力会师，并及时赶到流沙地加入战团。结果是庄铮被灭绝修女击毙，锐金旗主力随后被全歼，而洪水、烈火旗在其掩护下撤出战场。这次空前激烈的会战以明教的惨败而告终。[04]

会战刚刚结束，灭绝修女就开始屠杀锐金旗的俘虏，以此庆祝她所带来的胜利。张无忌试图阻止这一非人道的野蛮行径，却被灭绝打成重伤。然而正当灭绝打算处死张无忌时，六派联军却发现自己在不知不觉中已经被四百名天鹰教的精兵所包围，指挥者正是殷天正的独生子殷野王，而此时联军已经没有多少余力再进行新的鏖战，只能任人宰割。

无疑，天鹰军团此时才投入战场是为了在五行旗和六派联盟两败俱伤之时坐收渔利，但令人费解的是，殷野王并没有下令进攻，而是迫使灭绝释放锐金旗的俘虏之后撤退。这一奇怪做法的背后有一个不可告人的动机：虽然五行旗已经惨败，但是除锐金旗外主力仍在，总体实力仍然

---

04 《天之剑与龙之刀》，第十八章。

超过天鹰教军团，如果自己和六派联盟展开殊死战斗，即使取得胜利也会有很大损耗，成为未来光明顶新主人的希望会相当渺茫。因此，殷野王宁愿放任敌人离开，希望他们能在未来的战斗中消灭自己的竞争对手们，将父亲甚至自己送上明教主的宝座。

殷野王自认为拯救了锐金旗的残部，可以得到五行旗的感恩，但一切感激都给了被灭绝所殴打的张无忌，他得到的只是猜疑和怨恨。五行旗本来已经对天鹰军团迟迟不肯投入战斗不满，当他们得知后者在占绝对优势的情况下仍然不肯开战之后，愤怒不可避免地爆发了。第二天，五行旗宣布要首先讨伐"异端"，然后再消灭异教徒，对天鹰教开始了猛攻。猝不及防的殷野王部损失惨重，然而当殷天正、李天垣率领天鹰教另外五百人的队伍到来后，局势发生了逆转，五行旗的侧翼受到猛攻后崩溃，天鹰教开始了气势汹汹的反击。幸运的是，彭莹玉及时赶到，和殷天正谈判后，双方中止了敌对行动，然而造成的损失已经无可弥补，明教方面的兵力优势不复存在。当天下午，被战斗从各个方向吸引来的六派联盟就对精疲力竭的明教发动了猛攻。明教已经无力抵抗，不得不从沙漠地带迅速后撤到昆仑山口的一线峡，会同杨逍的部下进行防守作战。

即使在这一阶段，护教军的剩余力量还有近一千人，凭借险要的地势仍然有可能挡住敌方的总攻，但同时发生在光明顶的斩首行动却给了明教致命的一击。当天夜里，成昆从三十年前他和阳顶天的妻子幽会的秘道潜入了光明顶明教总部。当时杨逍、韦一笑和五散人正在召开紧急作战会议。五散人试图趁局势危急逼迫杨逍放弃最高权力，他们异口同声地指责杨逍应该为明教的衰落而负责，并再次抛出了推举韦一笑为教主的提案，却被杨逍坚定地利用否决权所驳回。同历史上曾经多次发生过的一样，这次讨论很快又转变成了争吵、谩骂和大打出手。

当打斗进入白热化阶段时，成昆趁机进行了突袭，在猝不及防中重创了七人，让明教的整个领导层陷入瘫痪。正当他要杀死奄奄一息的敌人并熄灭圣火，完成他花了三十年所致力的事业时，却意外地被张无忌所阻止。五散人希望通过张无忌对五行旗加以约束，因此让他列席会议。成昆并没有把他视为敌手，但他显然低估了这个青年的武术造诣。张无忌曾试图保持中立，但当成昆和杨逍等人都受伤之后，他最终决定站在明教一边。成昆就这样在一生中最接近成功的时刻遭到了挫败，不得不匆忙逃走。[05]

虽然成昆的阴谋败露了，但领导层的瘫痪仍然给了明教以毁灭性的打击。现在，除了殷天正的天鹰军团，明教已经没有任何希望。二月七日清晨，在反对派全部缺席的情况下，殷天正率领天鹰军团赶回了阔别多年的光明顶，并在军队簇拥下，在圣火厅匆匆举行了即位典礼，宣称自己为明教第三十四代教主。不过，这个不合法的程序没有被后来的教史追认。

虽然登上了梦寐以求的教主宝座，但殷天正父子的全部努力，也不过是让明教多存活了十几个小时。到了二月七日下午，天鹰教的主力也被歼灭，六派联盟的主力已经攻入光明顶圣火厅，将明教剩下的数百人团团包围。留给他们的命运，似乎只有和大卫·考雷什（David Koresh）的信徒们一样悲惨地死去。[06] 但在这一关键时刻，一个来自武当的青年改变

---

05 《天之剑与龙之刀》，第十九章。
06 【译者按】指1993年4月19日，美国大卫教派86名教徒在政府军警围攻下于卡梅尔山庄集体自焚的事件。

了这一切，奇迹般地挽救了明教徒们覆灭的命运。他就是宋远桥的独子宋青书。

明教徒们常常传诵张无忌的功绩，却忽略了另一个年轻人宋青书对于拯救明教有同样重要的作用。这位明教的救星是一位富有军事天才的青年武术家，同时兼有浪漫的诗人气质，堪称武当的马克·安东尼（Marcus Antonius）。事实上，他是武当新一代弟子中最杰出的人才，在他大多数同龄人还在江湖世界的底层煎熬时，他已经进入了武当的权力中枢，被普遍视为第三代掌门人的最佳人选。在这次光明顶远征中，武当在他的战术指挥下曾多次巧妙地在苛刻的条件下取得战斗的胜利并最大限度地保存了自己的实力，令少林削弱武当的图谋一次次破产。他在流沙地会战中进一步展现了他的指挥才能，利用战场上微妙的时间差进行快速机动作战，并战胜了占优势的明教军。

在联军攻入光明顶后，一个显著的难题摆在了武当面前。在战前会议中，少林要求实力保存最完好的武当作为前锋，扫清明教的残余力量。这显然会遭到明教的殊死抵抗而让武当蒙受巨大的损失。富于策略思维的宋青书立即提出了将混战改为比武，由六派逐一派出人手，和明教的武术家们进行一对一比武的建议。显然，这对于第二代弟子出类拔萃而下一代人尚未成长起来的武当是最佳的策略，这意味着武当只要推出几个一流武术家就可能获得胜利，而不必冒青年弟子大批损耗的危险。更为重要的是，这个建议将作为主盟者的少林和其他门派拉到了同样的地位，让他们必须面对同样的风险，而不可能利用军事调动的权限为所欲为。对于峨嵋、华山等中小门派来说，他们也无法像实力雄厚的少林一样不吝惜人力硬拼，而宁愿单独对垒。因此这项提议很快得到了大多数门派的响应。作为武术界的受到尊重的公平比试（fair play），少林对此也找不到过硬的反对理由，而不得不在各派的压力下勉强同意。

正是这个小小的改动在无意中拯救了明教。虽然在双方实力对比悬殊的情况下，这看上去只是六派联盟换一种较为温和的方式取得胜利，然而事情的进展却令人难以想象。显然，已经在灭亡边缘的明教残部必须抱着破釜沉舟的心态，尽最大的实力死战，而六派联盟却各怀私心：既然胜利似乎已经在望，每一个门派都会指望其他门派去流血牺牲以消灭强敌，而自己可以保全实力，坐享其成。因此实力的发挥要打很大的折扣。当他们处于优势时不敢过分逼迫，而当他们处于劣势时也不会奋力拼搏，而是不吝于认输。

这就导致了一个"囚徒悖论"式的结果：本来占很大优势的六派联盟在单场较量中常常落败，要耗费很多人手才能消灭一个敌人。大家都想承受最小的损耗，结果总体的损耗却要大得多。或许更重要的是，当混战模式被"骑士比武"的模式所取代，整个游戏的性质也完全改变。各门派在不知不觉中已经按照武术界的礼仪规定约束自己和其他门派，而不容易再随时诉诸毫无约束的暴力。

即使在这样宽限的条件下，几个小时后，明教方面也只剩下殷天正在苦苦支撑，但另一方面，好消息是六大派还能出战的人手也不多了。最后，一直设法避战的武当派不得不和殷天正正面对敌。此时，武当几乎是明目张胆地表现出离心的态度，根据张三丰在出发前的教导，首要的目标乃是收服而非消灭明教。在这一原则指导下，宋远桥、张松溪、莫声谷等人对久战疲惫的殷天正处处留情，并一再建议他率天鹰军团离开光明顶，再明显不过地意在保全天鹰教。这充分说明了武当之前同天鹰教划清界限的姿态只是表象，武当在任何时候都没有放弃这个潜在的盟友。有一些史学家断言，即使张无忌不出现，武当在关键时刻也会制造借口保护明教残部而背叛六派联盟。或许宋远桥等人宁愿做这样的冒险，也不愿服从否则即将出现的以少林为主导的江湖秩序。

这一天剩下的时间见证了中国武术史上最大的奇迹之一。张无忌如同机械之神（deus ex machina）一样出现，逐一挑战六派的武术精英们并无一例外地取得了胜利，拯救了濒临灭亡的明教。即使他的偶像张三丰也从未有过如此的辉煌时刻。[07]

如何理解张无忌的胜利呢？在后世明教徒的传说中，张无忌像摩西分开红海一样，靠着上帝的神迹消灭了异教徒的军队，这显然是非理性的观点，但是认为他完全依赖自身的武力赶走敌手同样是天真的解释。在之前的较量中，六派联盟内部的分歧已经非常明显，而张无忌的参与又带来了关键的两点：第一，他让昆仑派的领导人何太冲夫妇相信自己已经被毒药所控制，让这一门派丧失了战斗意志；第二，他击伤了篡位的华山掌门人鲜于通，让华山的内部矛盾突然爆发，事实上陷入瘫痪而无意延长战斗。加上一直暗中抵触这次战争的武当作壁上观，张无忌的几次胜利令六派联盟内部的问题一一暴露，最终促成了这一联盟的瓦解。

这一点在张无忌意外受伤之后表现得非常显著：此时的他已经无力维护明教，但是在各门派的相互牵制下，却几乎没有人愿意去打倒他以消灭明教。在其他门派的压力下，武当被迫出战，但是却派出了武术造诣与其头脑并不相称的宋青书，结果被张无忌轻易击败。而当他们得知

---

[07] 《天之剑与龙之刀》，第二十章到二十一章。

张无忌的真实身份后,立即毫不犹豫地站在了这位从理论上来说相当于背叛自己门派的侄子一边。事实已经十分明显,这次远征失败了。这一天,在太阳落入昆仑山脉的雪山背后时,六派联盟的存在已经仅仅是名义上的了,他们分散地沿着丝绸之路上的古道,失意地返回东部中国——或许只有武当怀着对光辉未来的期待。张无忌这只昆仑山上的蝴蝶已经扇动了翅膀,其第一轮冲击波即将随着六派联盟的步伐扩散到江湖世界的各个角落。

Chapter XIV

The Inauguration of Chang WuChi and the New Order

(1357.2—1357.8)

张无忌的就职与新秩序

(1357.2—1357.8)

> 我，摩尼，大光明使者耶稣的使徒，通过圣父，即造我的明尊的意志，宣布：世界上曾有、已有、将有的一切都是通过明尊的力量被造的。他将化身人之子，来到这个黑暗的世界上，带来至福的千年王国。听到这一消息的人，你们有福了；理解这一消息的人，你们有智慧了；担负这一消息的人，你们有力量了。
>
> ——摩尼《生命福音书》（Living Gospel）

正如曾在美索不达米亚诞生的许多宗教一样，摩尼教从一诞生就充满了弥赛亚主义的狂热。诚然，随着摩尼本人在巴格达屈辱地死亡，这种狂热已经逐渐消散。[01] 但是在一千多年后，当张无忌这颗新星飞速升起时，这种情绪在远东世界又达到了极为炽热的状态。仅仅是张无忌独自一人战胜了数百名强敌而挽救了危急中的明教这一事实，就已经使得信徒们无法不相信他是真正的光明之子，甚至明王本人的转世，他将带领明教徒去征服黑暗势力所笼罩的整个世界。张无忌展现的神奇力量所激发的宗教信仰，可以在某种程度上解释此后十多年中明教徒前仆后继地浴血奋战，终于缔造出一个伟大国家的心理动因。另一方面，为了意识形态的需要，人们也有意无意地将张无忌的事迹进一步放大为不可思议的神迹。

在这种情绪的左右下，张无忌担任第三十四代明教教主已成定局。他原先不是明教徒的身份在此并非障碍，甚至恰恰被视为他本人不同凡人的表征。实际上，他已经不仅仅被看作一般意义上的教主，而是被视为明尊的化身。如果他之前仅仅是一个崇拜明尊的明教教徒，那么明教徒对他的崇敬可能大打折扣。诚然，杨逍等高层精英或许并不相信神灵力量的左右。但是无论如何，这是三十年来唯一一个可以完全服众的人选，而且也是原来的各大巨头可以接受的中间人选。张无忌虽然是殷天正的外孙，但是对杨逍和韦一笑等人也表现出了足够的尊敬，更不用说他与武当的关系可能带来一个强大的盟友。虽然百般推辞，但二月十五日，张无忌终于在明教各方面的拥戴下举行了简单的即位仪式，正式结束了自阳顶天死后的宗座空缺状态。在即位仪式上，他发布了著名的就职演说"登顶宝训"，其中规定了三件大事：

---

01 【译者按】摩尼本人于 276 年被波斯国王巴赫拉姆一世钉死在十字架上，尸体被剥皮充草，悬挂在城门上。

张无忌看见这许多的人,就上了光明顶,既已坐下,教众到他跟前来。他就开口教训他们说:

我今有三件事要吩咐你们:你们是世上的盐。盐若失了味,怎能叫它再咸呢?人若因我辱骂你们,逼迫你们,捏造各样坏话毁谤你们,虽是他们愚拙的心不明白真理,但你们之中岂没有稗草呢?因为从心里发出来的,有恶念、凶杀、奸淫、苟合、偷盗、妄证、诽谤,这都是污秽人的。凡向弟兄动怒的,难免受审判。所以,你在祭坛上献礼物的时候,若想起弟兄向你怀怨,就把礼物留在坛前,先去同弟兄和好,然后来献礼物。我要让冷谦来掌管刑法,打人以致把人打死者,必要把他治死。若有别害,就要以命偿命,以眼还眼,以牙还牙,以手还手,以脚还脚,以烙还烙,以伤还伤,以打还打,因为这是先知摩尼所留下的律法。

你们受到六大派和丐帮的残害,你们又岂没有残害过他们呢?你们听见有话说:"当爱你的邻舍,恨你的仇敌。"只是我告诉你们:要爱你们的仇敌,为那逼迫你们的祷告。你们饶恕人的过犯,你们的明尊也必饶恕你们的过犯;你们不饶恕人的过犯,你们的明尊也必不饶恕你们的过犯。放下你们的仇恨,就可以做你们明尊的儿子,因为他叫日头照好人,也照歹人;降雨给义人,也给不义的人。你自己眼中有梁木,怎能对别人说"容我去掉你眼中的刺"呢?(周颠插口问:"倘若各门派再来惹是生非呢?")周颠,你这假冒为善的人!先去掉自己眼中的梁木,然后才能看得清楚,去掉你弟兄眼中的刺。

第三件乃是,我们现在到海上去,我要在海上行走,去迎接我义父的降临。并还要寻觅圣火令,然后我将要离开你们,将天国的钥匙交给我义父谢逊:凡他在地上所捆绑的,在天上也要捆绑;凡他在地上所释放的,在天上也要释放。你们心里不要忧愁，也不要胆怯。你们听见我对你们说了，我去了还要到你们这里来。你们若爱我，因我到义父那里去，就必喜乐，因为义父是比我大的。我告诉你们：后来你们要看见小明王坐在那权能者的右边，驾着天上的云降临。

他们聚集的时候，问张无忌说："教主啊，你复兴大汉就在这时候吗？"张无忌对他们说："明尊凭着自己的权柄所定的时候、日期，不是你们可以知道的。但圣火降临在你们身上，你们就必得着能力；并要在大都、中原全地和西域，直到地极，作我的见证。"[02]

在张无忌即位之后，首先要面对的就是一件严峻的任务：如何应对丐帮及其盟友对几乎瘫痪的明教组织的第二波攻击。

在光明顶战役中，受伤的成昆伪装成已经死亡，目睹了张无忌的胜利后悄然溜走；现在，他开始打出另外两张王牌。首先，他通知陈友谅率丐帮联盟对光明顶再次扫荡，又和已经来到甘肃行省的汝阳王府方面会合，让金刚门和其他武士们装扮成明教和天鹰教教徒在沿线各地伏击士气低落、无功而返的六大门派，六派联盟事实上的解体使得这一计划的实施变得更加容易。在半个月内，六派远征军主力先后中埋伏而全军覆没，只有少数无关紧要的人物被有意放走，让他们四处散播明教已经歼灭六大派的虚假信息。

另一方面，在光明顶上，丐帮联盟的进攻也给明教的残余势力造成了极大的打击。张无忌的唯一对策是带领他的新部属们藏匿在地道之中，

---

[02] 《明教波斯文老档·张无忌元年》。

并焚烧光明顶的宫室以掩饰自己的踪迹。如果成昆能够和陈友谅一起返回光明顶，他无疑会提醒丐帮搜查明教庞大的地下掩体。对于明教来说幸运的是，成昆急于和汝阳王府会合去完成他野心勃勃的计划，而未能参与在光明顶的行动。即使如此，明教仍然承受了巨大的损失：上百名教众在战斗中阵亡，所有的建筑物都被夷平，大批珍贵的金银、珠宝、法器、书籍都被抢走或烧毁，甚至在山巅燃烧了半个多世纪的圣火也被熄灭（虽然有一点火种被保留在地宫中）。在半个月后，丐帮联盟心满意足地撤走，侥幸逃生的明教教徒们所面对的是只剩下断壁残垣的一片焦土。此时大概不会有人相信，只需要几年时间，从这片废墟上就将兴建起一个鼎盛的帝国。

现在的光明顶即使在形式上，也不再适合作为明教总部，更不用说实质上明教的重心早已转移到了东部。在这种形势下，刚刚形成的明教新决策层不得不决定迁往东方，仅留下冷谦负责镇守和重建光明顶。这是一个意义极为重大的决定，影响了此后几个世纪的中亚和东亚局势。譬如，明教重心的大举东移使得后来的明帝国基本丧失了对新疆地区的控制，而这里人们信仰上的空白不久就为它的精神姊妹伊斯兰教所占领。

但是要达成东迁的战略目标，首先必须以某种方式解决明教和江湖主导势力之间的尖锐矛盾。虽然张无忌在就职演说中已经提出了与六大派和解的政策，但要实现这一点，仍然需要得到对方的同意，首先就是少林的态度。令明教感到震惊的是，在离开光明顶后不久，他们就发现了重伤垂死的殷梨亭，其伤势和俞岱岩极为类似，都是少林武术"金刚的大手指"（King Kong's Big Finger）造成的全身骨折。而殷梨亭的口述也证实了，他被一群施展少林武术的僧侣围攻。看上去显而易见的结论是：

少林正在对光明顶战役中武当背叛六派联盟的行为进行血腥报复。而有意没有杀死殷梨亭，或许正是在向明教和张无忌本人示威。面对这种近乎疯狂的挑衅，明教不得不决定立刻同少林方面摊牌，在尽可能争取和平的同时也做好武力解决的准备。因此，东行的第一站就是嵩山的少林寺。

对殷梨亭的袭击和拷打事实上只是绍敏女公爵或其领导下的金刚门僧侣消灭六大派计划的一部分。而现在这一计划瞄准了意外获得生机的明教。不久，在庄浪河（今甘肃永登）以南的"绿色柳树城堡"，赵敏以宋朝旧贵族的假身份博取了张无忌一行的好感，并邀请他们到城堡中做客。然后赵敏对毫无防范的明教领导层暗中使用了大规模杀伤性生物武器——一种成分复杂的复合植物毒气。明教上下在离开城堡后不久便纷纷无力倒下，令赵敏感到意外的是，张无忌由于特殊的体质并未中毒，并且迅速回到城堡内索取解毒的药物。

但是女公爵拿出了精心准备的应急方案，她通过诱骗成功地令张无忌坠入事先设置的机关。然而唯一的问题是，在忙乱中，赵敏本人也落入其中，而这就决定了日后一切的不同。

张无忌制伏了赵敏，让她打开机关放自己离去。这个神奇的逆转，根据明教的官方说法，是张无忌身上光明的神力摧毁了赵敏内心的黑暗，让她在瞬间转变为一个明尊的虔诚信徒。[03] 但当时的各种野史则一口咬定是张无忌奸污了赵敏并用淫术迷惑了她——如查良镛博士所判断的，事实的情况或许在二者之间：张无忌以性侵犯为要挟迫使赵敏打开了机关，却并没有真正伤害她。这种暴力手段和绅士风度的奇妙结合在赵敏身上

---

03 《明教波斯文老档·张无忌元年》。

造成了典型的斯德哥尔摩效应,而成为此后一段罗曼史的开始。

绍敏女公爵俘虏明教行动的失败并未影响她的整体计划。她的第二个步骤是趁六大派本部防守空虚的时候将其各个击破,在她看来,这样才能一劳永逸地消除不服从的武术界对帝国政府的长期威胁。为此,她火速率领汝阳王府的武术家集团赶回东部,并利用金刚门的少林僧侣对空虚的少林寺发动突然的袭击。自1243年金轮噶玛巴发动旨在歼灭全真教的终南山之役以来,帝国政府还从未有过对武术界如此大规模的围剿行动。与那一次不同,这次赵敏取得了完满的成功,整个少林寺在猝不及防之中沦陷。当张无忌在两天后率领明教的队伍赶到少林寺时,面对的只是一座空荡荡的寺院。[04]

赵敏的下一步目标是武当。那里最可怕的存在是伟大的道教修士张三丰。人们普遍认为,面对这位武当山上的宙斯,任何正面的对敌都是不可想象的。但是赵敏巧妙地派遣一名金刚门的僧侣以少林和尚的身份出现,借警告武当的名义偷袭并重创了张三丰,以自己的生命为代价,完成了这个不可能的任务。随后,赵敏率领五百名精锐士兵和武术家进入了张三丰的修道院。但这一摧毁武当的绝佳时机却因为张无忌和明教主力的及时赶到而被破坏。张无忌轻易击败了赵敏手下的武术精英们,使得这位女公爵不得不狼狈地率属下们撤退。[05]

此时,明教歼灭六派远征军的消息已经传开,在江湖世界的各个角落无不严加戒备,再袭击其他中小门派已经难以成功,也没有多大意义。赵敏只能满足于她现在的成果:她将六大派的俘虏们带到京郊的一座佛

---

04 《天之剑与龙之刀》,第二十四章。
05 《天之剑与龙之刀》,第二十四章。

教寺院关押了起来，徒劳地逼迫他们向帝国政府投降——直到这些俘虏在大约半年后被明教的义军救出。

无论如何，赵敏的做法是极度令人困惑的。这一案例在此后长时间内都被作为政治学中经典的反面教材，它清楚地表明了一个战术上的辉煌胜利是如何导致战略上的惨败的。六大派的被俘暂时性地严重削弱了江湖世界对帝国政治权力的抵抗能力，但只要产生二者对立的结构性因素仍然存在，任何一劳永逸将对方纳入自身统治机制的努力都只是天真的梦幻。在帝国的统治已经摇摇欲坠的时代，这一做法只能引起更加强烈的反弹，将本来只是消极不服从蒙古人权威的江湖主导势力推向积极反抗帝国统治的立场。可以想象，即使六大派屈服并投降，也只是暂时的妥协，在帝国权力不具有实际控制能力的情况下，刺刀下的一时服从必将转变为反戈一击的决心。而一旦江湖主导势力站在了和明教相同的激进立场上，原有的均势会被彻底打破，江湖世界会形成新的秩序，帝国的旗帜也将在狂风暴雨中被撕得粉碎。这一切正是事实上所发生的情况。一个成熟的政治家在这个时候不会梦想消灭或臣服六大派，而应该竭力维护其作为中间力量稳定的存在，正如俾斯麦在1866年对奥地利所做的那样。[06]

赵敏的战略进攻所造成的，也是构成新秩序之雏形的第一个结果，就是在武当山战役后缔结的明教—武当同盟，简称第一次明武同盟（the First M-W Union）。在某种意义上，这一同盟是张三丰主动促成的，但从另一方面来看，他此时已不再有其他的选择。包括武当主力在内的六

---

06 【译者按】指俾斯麦在对奥地利的战争取得胜利后并没有试图吞并后者或要求其割地赔款，而仅仅是宽松地议和，保证了奥地利在后来德意志统一进程中的中立地位。

大派被俘,以及他本人的负伤,已经将武当置于自开创以来最危险的境地,只有和明教联合才能最大限度地挽救武当的危机。何况由于明教教主张无忌本来作为武当门徒的身份及对他本人的尊敬,张三丰有足够理由去相信,这种新同盟的关系将最大限度地保证武当的利益。另一方面,对明教而言,这一同盟也意味着明教开始被江湖主导势力所接受,明教的地位将获得极大的提升。而从历史变迁的角度看,这一联盟也意味着江湖世界结构性转换的开始。

明武同盟的一个例证是战后不久,殷梨亭和杨逍的女儿杨不悔之间缔结的政治婚姻,这实际上是武当与明教之间的联姻。由于殷梨亭和杨逍之间的历史积怨,这一联姻具有丰富的象征意义:从实质上来说,杨逍用自己的女儿补偿了殷梨亭未婚妻被夺所遭受的极大侮辱,这意味着明教对武当的让步;而从形式上来说,殷梨亭在张三丰的首肯下奉昔日的仇敌为岳父,也意味着武当承认了明教地位的合法性。这样,在张无忌之外,武当与明教之间现在有了另一条牢固的纽带。这对武当和张三丰来说,是一个合乎时宜的政治决断,从此之后,武当不是和明教一样沦为人所不齿的邪恶魔鬼,就是和后者一起上升到江湖世界权力结构的顶层。

对杨逍本人来说,与殷梨亭的联姻也带来了意外的收获。他曾经期望能将女儿嫁给张无忌而成为新教主的岳父,虽然这一设想未能实现,他反而在不情愿的情况下将女儿嫁给了条件并不理想的殷梨亭,但结果却对他并无不利:张无忌因为对他的歉疚而越来越多地倚重于他,而韦一笑、殷天正等反对派也对他的牺牲感到敬佩。此后几个月中,杨逍实际上是明教事务真正的决策者,在张无忌的神性权威下得以充分施展其政治、军事才能而弥补其缺乏领袖魅力的短处，直到八月十五日的第一次蝴蝶谷大公会议（Oecumenicum Concilium Vallis Papilionis Primum），令他在法理上也拥有了这样的地位。

八月十五日，在上一次大公会议后三十年，在张无忌曾居住过的蝴蝶谷召开了明教新一次的大公会议。多年前，胡青牛曾经在这里靠自己精湛的医术试图弥补明教内部的裂痕，重新团结整个明教，而今天这座山谷见证了他的梦想的实现。全国各地重要的祭司、长老及护教军官约一千人参加了会议。这一会议具有宗教和政治上的双重重要性，在宗教上，会议发布了后来被奉为最高权威的《蝴蝶谷信经》，解决了一系列神学问题，在形式上统一了天鹰宗、弥勒宗、白莲宗等各宗派的教义。杨逍、殷天正、彭莹玉等人共同宣布世界已经到了末日，明尊降罚于世人，1348—1350年西亚和欧洲的黑死病、1352年的秦州大地震，以及近年的黄河水灾都是明尊的惩罚。明尊、弥勒和天鹰是三位一体，化成肉身降世为人类赎罪，即张无忌本人。张无忌为了拯救犯罪的世人而降生，他在光明顶被"天之剑"所杀死，被埋在地下三天后又复活（这显然来自于张无忌躲在地宫养伤的事迹），从此将驱除一切黑暗力量，在大地上做王一千年，缔造人间天国。[07]

这种宗教意义的政治后果就是，明教空前成功地树立了以张无忌为中心的最高权威。如果仅仅把张无忌看成是和方腊、阳顶天一样的教主，就是对这种政治权威的极大误解。张无忌所拥有的是一种严格意义上的"克里斯玛"（Chrisma）权威。这种权威无论是从其程度还是力量上都远

---

07 《明教波斯文老档·蝴蝶谷信经》。

远超过前任教主们的传统和法理权威。正如马克斯·韦伯（Max Weber）所说:"克里斯玛统治者的权力是建立在被统治者对他个人使命的纯粹实际承认的基础上的……这种承认的渊源在于信仰上倾心于不同寻常的和闻所未闻的,对任何规则和传统都是陌生的,并因此而被视为神圣的个人魅力和品质的东西。"[08]

张无忌的权威为衰颓的明教注入了崭新的精神动力并指向弥赛亚主义的价值目标,使得明教得以排除过去种种看似不可克服的阻碍并重新组合各派系的政治资源,在总部的指导下发动全国范围内的反元军事行动。在蝴蝶谷会议上,以张无忌的名义发布了一系列的命令,在全国范围内进行了精心安排和战略部署,其具体细节如下:

1. 总指挥部:

主帅张无忌,副帅杨逍、韦一笑,直接指挥五行旗。

2. 江南战区:

由殷天正主持,下辖殷野王、李天垣等天鹰教旧部。

3. 淮北战区:

由朱元璋主持,下辖常遇春、孙德崖诸部。

4. 河南战区:

由说不得主持,下辖韩山童、刘福通、杜遵道、罗文素、盛文郁、王显忠、韩皎儿诸部。

5. 江西战区:

由彭莹玉主持,下辖徐寿辉、邹普旺、明五诸部。

---

[08] 韦伯:《经济与社会》(Economy and Society),加利福尼亚大学出版社,1978年,第1112页。

6. 两湖战区：

由张中主持，下辖布三王、孟海马诸部。

7. 江苏—山东战区：

由周颠主持，下辖芝麻李、赵君用诸部。

8. 西域战区：

由冷谦主持，下辖西域各军，负责对西域蒙古军进行牵制。[09]

从这一部署中可以明显看到，阳顶天死后所分裂而成的各大派系在这一时期的实力消长发生了意味深长的变化。

首先，也是最引人注目的是权力中枢的组成。在张无忌、杨逍、韦一笑的"三套马车"中，权力关系是不平衡的：张无忌无疑拥有无可挑战的最高权力，但显著缺乏政治经验和意愿的个性使得他在很大程度上成为杨逍贯彻其意志的工具；杨逍不仅恢复了阳顶天时期的权力，其实际影响力更远远超过前一时期，几乎是没有教主头衔的教主；另一方面，韦一笑虽然也进入了权力中枢，却不具备和杨逍竞争的政治才能，对于张无忌也缺乏实际影响。我们记得，在空位时期韦一笑成为三巨头之一的条件就在于其政治地位和政治才能的不成比例，被政治才能突出但缺乏地位的五散人集团推举为教主继承人。而一旦继位问题获得解决，韦一笑就是一条政治上的死狗，五散人也不愿意成为他的附庸。事实上，五散人被分配到各地，成为各地方上的实权人物，也大感心满意足。这一派系就此烟消云散。

---

09 《天之剑与龙之刀》，第二十五章。

其次，对于殷天正来说，令人困惑的是作为教主外公的他并未得到很高的地位，更未能进入中枢，反而和五散人一样被分配到地方。一些学者因此怀疑是杨逍在玩弄政治手腕以削弱殷天正的权力。这种怀疑并非没有理由，但从另一个角度看，这一安排也可以得到辩护：殷天正已经耗尽了除天鹰教军队外全部的政治资本，他当年的分裂之举是对明教的最大损害，而光明顶战役中，天鹰军团的消极不作为又是导致明教几乎覆灭的重要内因。对于这样的行径，除了张无忌本人之外的任何人上台，都会予以严厉的惩处。张无忌继位后对此不予追究，对于殷天正来说，这已经是最好的结果，如果再擢升殷天正，将会引起大多数教众对教主任人唯亲的不满。另外，虽然在形式上天鹰教和明教已经统一，但是组织上的裂痕仍然存在。收编天鹰教将是极其棘手的任务，在今后的一系列整合中，大量的利益摩擦和派系冲突将会不断涌现，这些必须由殷天正本人出面才能弹压。而殷天正父子大概也担心改编天鹰教的过程会触动自己的根本利益，因此更希望回到东南部去亲自掌控事情发展的走向。

或许更重要的一点是，五行旗被极大地削弱了，他们丧失了政治上的重要性，而为杨逍所控制。而与此同时，从这一母体中产生了韩山童、朱元璋等明教地方军阀势力，他们的独立地位在蝴蝶谷会议中被承认。这是近十几年来五行旗内部演变的必然结果：弥勒宗等通俗信仰的传播令许多贫苦农民皈依在五行旗的旗帜下，同时上层组织的长期瘫痪使得这些新增的力量被一些中低级将领所吸收，成为其私人军队，并未充分地整合到明教母体中。

光明顶战役在此起了催化剂的作用。在以庄铮为代表的大批忠于光明顶的老一代领导人纷纷战死后，五行旗内部出现了严重的权力真空，这一权力真空很快被朱元璋、常遇春等留守东方的低级将领所占领。在之前十多年中发展起来的大批中低层教众越来越多地成为这些半独立军阀们的私家军队。虽然他们有时仍然打着五行旗的旗号，但无论从军事作战的实际需要来看，还是从政治关系的实质变化来看，五行旗作为明教主体的军事组织，都已经名存实亡了。明教的指挥层越来越难以再用五行旗的旧统属关系对此加以束缚，因此不得不一方面赋予这些脱胎自五行旗的军事力量以相对独立的地位，另一方面，为了加强总部的权威而将五行旗的一部分精兵重新编制后归于总部直辖——事实上被杨逍所控制。

明教的领导层当然不可能放任地方势力坐大而无所约束。事实上，这次会议与其说是——如查良镛等许多传统史学家所误解的那样——旨在"发动"反元起义，不如说是试图对已经存在多年的起义力量加以约束和统合。譬如1351年，韩山童、刘福通等人已经在颖州起义，徐寿辉在湖北蕲春起义；第二年，郭子兴和孙德崖在濠州起义，人们所熟悉的朱元璋及其开国将帅就是在此时加入了明教起义军，并在郭子兴病逝后掌握了濠州地区的大权。[10] 这些起义发生在光明顶权威极度衰落的时期，因此丝毫也不受光明顶的控制。一些起义者甚至无法无天到了自封帝王的程度：韩山童给自己加上了"明王"的头衔，徐寿辉也自称为皇帝。瘫痪的光明顶对此只能装聋作哑。但在新的最高权力树立后，对这些危险的倾向加以整肃就成为明教整合自身首要的任务。蝴蝶谷会议明确要求僭越者废除帝王号，服从由总部特派的五散人的指挥。对于大多数底层

10　见《明史》，第一卷；《元代农民战争史料汇编》下编。

教众来说，这是一个好消息：如果全国各地的起义军能在一个权力中枢的调派下协同、应援，推翻帝国统治的概率无疑要增加很多。但对于那些手掌兵权，自称皇帝、王公的地方军阀来说，这一看似温和的命令所蕴涵的信息就不那么令人欢迎了。在弥赛亚主义的狂热下，一切现实的算计都会暂时让位于"克里斯玛"权威所带来的美好憧憬。但当宗教的热潮退去，权力斗争的冷酷逻辑又会像历史上一再发生的那样，将这个曾经的理想共同体再度撕得四分五裂。

CHAPTER XV

THE RESCUE OF SIX KONGFU SCHOOLS AND CONFLICTS WITH PERSIANS

(1357.8—1358.1)

对六大门派的营救及与波斯人的冲突

(1357.8—1358.1)

蝴蝶谷会议后不久,张无忌亲自主持了对六大门派的营救行动。明教发达的情报系统迅速有了工作成果,六大派武术家在汗八里(Khanbaliq)被秘密囚禁的信息很快就被报告给张无忌。在蝴蝶谷会议后,他立即率杨逍和韦一笑前往汗八里或大都。在那里,这个出生在白令海上、一生绝大多数时间都在乡野和山林间度过的青年第一次见识到了这个时代的世界之都,也是有史以来最繁荣的都城之一,并意识到自己很可能在不久的将来成为它的新主人。

六大派的武术家们被囚禁在西郊万安寺的塔楼中。这座皇家寺院全称为"大圣寿万安寺",即今天北京的妙应寺,约由三千间房屋组成,是

1271年忽必烈大汗在定国号为"元"的时候专门建立的。[01] 近一个世纪中，几乎每位大汗都会来到这里，向佛陀献上他们的祈祷。塔楼共有十三层，高达150英尺，几乎可以俯视全城。这座由西藏僧侣主持的寺院是蒙古帝国最重要的圣地之一，收藏着帝国从世界各个角落搜罗来的珍宝。[02] 对于汉族人民来说，这座寺院是异族统治者所信奉的外族神灵的庙宇，意味着的不是福祉和庇佑，而是恐怖与压迫。为了防备民众可能的暴动和洗劫，万安寺的警戒几乎和皇宫一样森严，尤其在成为关押武术家的临时监狱后，防范更加严密。因此当张无忌和杨逍等人设法进入寺中，并再一次和赵敏及其部属会面后，他们很快发现自己除了撤退外无法做任何事情。

幸运的是，此时他们得到了失踪多年的范遥的帮助，后者以"痛苦的行脚僧"的身份成了赵敏最得力的部下之一。范遥自称是潜伏在汝阳王府中的卧底，但正如第八章中所探讨过的，他此前的一系列行径都非常可疑。他不仅曾杀死棒胡等明教将领，而且在几乎毁灭明教的光明顶战役，以及"绿色柳树城堡"的陷阱中，他都可疑地保持沉默，从未向明教的旧日同僚们传递任何信息。对此最合理的解释，是范遥早已对明教的振兴不抱希望而决定与之彻底脱离关系。但在看到张无忌继任教主后局势的迅速扭转，他不得不认真面对明教复兴及对自己进行清算的可能性，并再一次做出了政治投机，向这位新教主效忠。

不可避免地，重新出现的范遥被怀疑的目光所包围。为了重新在明教中站住脚跟，范遥必须用实际行动表示他的忠诚。他引开了赵敏，挟

01　见《元史》，第七卷。
02　参见于敏中等《日下旧闻考》卷五十二。

持了包克图并要挟他放出被囚禁的武术家们。图里及时发现了范遥的阴谋并向王保保报告，王保保在忙乱中命令烧毁塔楼以阻止武术家们逃走，但这些举措为时已晚。绝大多数武术家在张无忌的接应下安然撤离。当他们逃出后不久，高耸的塔楼就在熊熊烈焰中化为灰烬。万安寺的大火灾引起了整个京城的惊恐，许多人都在谈论着天降雷火、焚毁寺院的传说。[03] 对于一般汉族民众来说，这一事件所蕴涵的信息十分明确：有一个更强大的神灵——而且毫无疑问是站在自己一边的——打败了蒙古人所信奉的狰狞佛陀，让它蒙受羞辱。一位诗人兴奋地写下了这样的句子：

啊！惊雷在瞬间自天而降。
铺天盖地的血雨扑面而来。
好像有怪龙被雷电所击中，
那佛塔却被魔头们所摧毁。
人们说凤凰鸟生于这圣火，
有谁能找喇嘛来认领劫灰？
天神们今天终于报仇雪恨，
看那废墟和灰烬布满荒台。[04]

---

03 《元史》，第五十一卷：“至元十八年九月甲寅，大都大圣寿万安寺灾。是日未时，雷中有火自空而下，其殿脊东鳌鱼口火焰出，佛身上亦火起。”
04 "数声起蛰乍闻雷，骤落千山血雨来。恐有怪龙遭电取，未应佛塔被魔灾。人传神鸟生真火，谁觅胡僧话劫灰？岂复神灵有遗恨，冷烟残烬满荒台。"（张翥《蜕庵集》，转引自《日下旧闻考》，卷五十二）

很自然地，这位在火焰中显现自己威力的新神和南方明教所信奉的火神被等同起来，引起了新一轮的明王信仰狂热，促进了明教在北方的传播。而在明教固有的信徒之中，人们对张无忌的崇拜也因此达到了顶峰。

然而更具有历史意义的是六大派在这次危机后的态度转变。在营救中，除了灭绝修女身亡外，其他重要人物都安然脱险。在仓皇从汗八里逃出后，为躲避元军的追捕，武术家们在明教的掩护下隐匿在西北的燕山中，第二天早上在那里召开了一次具有历史意义的临时会议，历史上称为"西山会议"。在会议中，以少林空闻为首的六大派领导人正式宣布放弃与明教的敌对立场，并和后者联合起来，反抗帝国的压迫。这意味着江湖主导势力已经将帝国而非明教视为对自己生存和利益的最大威胁，而被迫抛弃一切实质上中立的幻想，走向赤裸裸的暴力对抗。在此，曾经将明教和六大派分隔开来的最重要因素——江湖主导势力自身利益的稳定性——已经不复存在，现在，整个江湖世界都必须在帝国的威胁面前保卫自己生存的权利。

但我们必须注意，这并不意味着明教能够加入或成为江湖主导势力，只是意味着明教和六大派以反元为共同战略目标的暂时联合。不用说，在暂时团结的表象背后仍然有着深刻的分歧。这一联合本身也绝非一帆风顺。至少如我们后来所知，少林仍然有自己的想法。

西山会议后不久，张无忌返回大都，随即神秘失踪达四个月之久。与之一起失踪的还有其侍婢小昭、峨嵋派新任领导人周芷若，以及他最凶恶的敌人——绍敏女公爵。在他失踪后不久，就已经有张无忌在大都被斩首示众的谣言；而当人们发现同他一起失踪的还有好几个女人时，又出现了张无忌挟三美在海外荒岛尽情淫乐的传闻。张无忌和赵敏的关系成为人们关注的焦点，许多野史中都记载了张无忌如何通过淫术迷惑并诱奸了赵敏的不同版本，这个故事是明朝晚期许多艳情小说的主题。[05] 这些谣言的来源可以追溯到丐帮，但真正的源头已经不可考。无论谣言是无意的讹传还是有意的诬蔑，有一点很明确：尽管此时明教在政治层面上已经取得越来越多的认同，但在人们的观念中，明教的邪恶异端形象仍然根深蒂固，因而一切信息都按照这一刻板印象（stereotype）被选择性地接受。

在明教的官方记载中，张无忌确实进行了海外之行。与之相关的是一连串光辉灿烂的成就：他迎回了自己的义父谢逊，惩戒并放逐了叛教的黛绮丝，并在东海上击退了波斯总教的舰队，取回了失落多年的圣火令，以及最后，他竟迫使对方立自己的婢女小昭为教主。然而，真实的情况可能要复杂得多。我们从波斯方面的史料中得知：在1355年，第七十七代教主病故，此时应当按照传统从三名圣处女中选择一名立为教主，然而三名游历四方的圣处女中的一名已经在意大利死于黑死病，另一名则被恶名昭著的跛子帖木尔（Tamerlane）所诱奸。波斯明教圣处女的体制已经摇摇欲坠，不仅在政治上，而且在信仰上出现了严重的危机。主持教务的"十二宝树王"不得不率舰队大举东来，把最后的希望寄托在"东方圣女"黛绮丝身上。[06] 与此同时，他们希望能够借机重新使固执的中国

05　见《醒世名言》卷四"张教主四美姻缘"；《初刻拍案惊奇》卷六"酒下酒曾阿牛迷花，机中机赵郡主着道"。
06　《波斯摩尼教档案汇编》，第2951号。

教友臣服，恢复"鹰窠顶（Alamut）"昔日的尊严。[07]他们聪明地没有选择从中亚高原进入中国的陆路，而从印度洋绕过马六甲海峡驶向东中国海，在那里他们不仅能找到叛教的黛绮丝，而且能够绕过光明顶，直接掌控主要在中国东南部活动的明教组织，这一组织——据他们从情报中得知——正处于极度的混乱中。

当他们在1357年初出发时，这一选择无疑是正确的，然而当他们在当年秋天抵达黛绮丝所藏身的灵蛇岛时，局势已经发生了根本的变化。黛绮丝在西域的计划全盘落空，但却意外地得知谢逊的下落——可能是得到了张无忌在红梅庄园中留下的线索。在剩下的半年时间中，她在殷离的陪伴下远赴卡纳加岛接回了谢逊，并将其隐藏在自己的岛屿上。黛绮丝希望将龙之刀献给总教以减轻自己的罪愆。为了找到与龙之刀齐名的"天之剑"，她又绑架了峨嵋派的掌门人周芷若。

元帝国海军一份调动记录表明，张无忌和赵敏调用了一艘军舰，追踪黛绮丝来到了灵蛇岛上，与波斯人发生了冲突。据推测，张无忌以精湛的格斗技巧击败了波斯人中的若干精英武术家，并夺回了六十多年前由王鸣带到波斯的圣火令。当波斯人得知这个貌不惊人的青年已经成为拥有无上权威的中国明教新教主时，他们也不得不承认自己的图谋难以成功，况且他们已经找到了解决波斯明教危机的办法。最终达成的折中结果是：黛绮丝和女儿小昭返回波斯，由小昭继任为新任教主。作为中国明教教主，张无忌向小昭表示形式上的臣服，而小昭的继位无疑有利于张无忌对中

---

07 【译者按】鹰窠顶在里海南岸的阿尔博兹山上，曾是"山中老人"霍山所创立的阿萨辛教派的所在地，1256年被蒙古人攻陷后成为波斯明教的总部。

国明教的统治,这或许是唯一令双方都能满意的解决方式。[08]

在这一危机解决后,张无忌和他的女友们漂流到了一座荒岛上。中国官方史学家们认为,这座岛屿就是那座后来被鹿鼎公爵命名为"一切胜利岛"(All-Win Island)的钓鱼台岛,并以此作为中国在元朝已经对该岛行使主权的论据:他们强调,张无忌是第一个对该岛进行巡逻的中国领导人。

不久,张无忌和周芷若在谢逊的主持下订婚。周芷若据说是宋朝的著名贵族"汝南周氏"的后裔,这一家族在宋元战争中惨遭荼毒。周芷若的父亲已经沦为汉江上的船夫,死于元军的铁蹄下。幸运的是,丧父的周芷若得到了灭绝修女的器重,成为峨嵋派第四代掌门人。在灭绝的影响下,周芷若成了一个狂热的民族主义者,同时贵族的出身和贫贱的早年生活也令她充满了重振衰落的峨嵋、恢复家族荣耀的野心。但周芷若的武术水平却并不像她的美貌那么出色,这令她最初在灭绝死后的峨嵋派并不受欢迎。她的同门丁敏君召开临时会议要罢免她的掌门之位,并得到了大多数成员的默许。黛绮丝对她的意外劫持反而把她从第一个被废黜的峨嵋掌门的羞辱中拯救了出来。

当张无忌将周芷若从黛绮丝的囚禁中救出来后,周芷若再次发现幸运女神在向她微笑。她和张无忌在光明顶战役中就已经相识,并用她惊人的美貌征服了后者。现在,抓住张无忌对她来说就是唯一翻身的机会。然而,两大看似不可逾越的阻碍横亘在她面前:第一是在昆仑山已经和张无忌订婚的殷离,第二是和张无忌情感日益升温的赵敏。不久,殷离

---

08 《天之剑与龙之刀》,第三十章。

离奇的死去和赵敏的失踪令周芷若轻易克服了这些障碍。张无忌和谢逊都相信，是赵敏谋杀了殷离、偷走了龙之刀后盗船离去。这一事件是历史上最著名的疑案之一。种种相互矛盾的记载和推断使得真相或许已经永远被埋没在了钓鱼台岛上（笔者曾经两次搭乘中国渔船前往钓鱼台岛实地考察，然而遗憾的是，都被日本军舰所驱赶而无法登陆）。无论如何，这一事件的直接受益者不言而喻，几天后，周芷若已经成为未来教主夫人的不二人选。

CHAPTER XVI

THE END OF CHANG WUCHI'S REIGN AND THE RISE OF ZHU YUANZHANG
(1358.1—1358.5)

张无忌统治的终结和朱元璋的崛起

(1358.1—1358.5)

当人们眼中的救世主张无忌在东中国海从事秘密的冒险活动时，他的主要副手杨逍和韦一笑在颍州建立了明教的新司令部。这里位于中国腹地，是韩山童和刘福通在之前的起义中夺取的根据地。在西南，徐寿辉已经攻占了两湖的大部分地区，并向广西、江西、贵州等地区挺进；在东南，濠州的朱元璋已经攻占了安徽大部，正在进攻长江沿岸的大城市集庆，这里很快将成为明教的下一个中心以及未来明帝国的首都南京；在北方，刘福通攻占了古老的宋朝首都汴梁，并雄心勃勃地从三个方向发动了对大都的北伐。似乎在一夜之间，整个元帝国已经被猛然迸发的红色火焰所吞没。

但在长江下游地区，情况则比较复杂。在四五十年代天鹰教长期的萎缩后，海沙派和巨鲸帮相继兴起，并夺取了大片的地区。在天鹰教的精英组成护教军团开赴中亚后，天鹰教在这里的霸权地位已经完全被颠覆，趁机崛起的是海沙派的张士诚和巨鲸帮的方国珍两大势力。张士诚本来是海沙派的一个地方头目，他和他的弟弟张士德擅自在苏北发动起义后，又刺杀了掌门人元彪（元广波之子），然后自任掌门。在1358年初，他占领了江苏的大部分地区，控制了南北漕运的主要通道，并在高邮战役中击败了元朝大军，这一带高度发达的经济为他提供了强大的经济支持。他将全世界最繁华的城市之一苏州作为他的首都，并觊觎着浙江的大片沃土。[01]

方国珍是巨鲸帮前帮主麦鲸的养子，在养父被谢逊杀死后，他在一些元老的支持下逐步掌握了帮中的大权，成为新帮主后，他依赖强大的海军控制了浙江和福建沿海。由于养父之死，方国珍对明教的仇恨要远远超过对蒙古人的不满。他曾经亲自率帮众在六大门派之后占据了光明顶，然而不久就被明教所击退。在这次失败后，由于惧怕明教的报复，他公开向元帝国投诚。帝国政府为了提拔他，甚至给予了他江浙行省左丞相的高位。[02]

随着起义的发展，已经有越来越多的非明教甚至反明教势力投身到这一收益和风险同样巨大的冒险事业中来。明教在深受鼓舞的同时，也感到其中的巨大隐患。为了牢牢确立明教对反元事业的主导权，作为教主的张无忌应该发挥更为积极的作用，然而此时却没有人知道他在哪里。

---

01 《明史》，第一百二十三卷。
02 《明史》，第一百二十三卷。

教主失踪，甚至已经被元军擒杀的谣言，一开始虽然只是作为可笑的无稽之谈，但很快引起了越来越多的猜疑。

1357年底，毛贵率领的明教北伐军在距大都仅几十千米的柳林（今北京通州）被元军击溃，让明教徒们的士气愈加低落。杨逍和他的同僚们不得不铤而走险：为了安定军心，1358年初，他们让韩山童的儿子韩林儿假扮成张无忌，在颍州城楼上举行阅兵。这个计策十分成功，将士们无法看清教主的脸，也不用和他进一步接触。随后，他们宣布教主返回光明顶巡视，从而暂时平息了谣言。这一事件或许是后来朱元璋下令编撰的史书中将韩林儿当成明教教主的缘由。[03]

面对明教在一年不到的时间内所取得的一系列军事胜利，大多数江湖势力都采取了审慎的观望态度。他们看到，这个昔日的敌人已经掌握了远远超出江湖世界所能控制的力量，而具备了新帝国的雏形。并且在万安寺战役前后，明教也伸给了江湖主流势力以和解的橄榄枝，让他们至少能够保持中立，甚至予以明教有限的支持。唯一突出的例外是丐帮，显然，明教在底层民众中的迅速发展首先最大地损害了它的利益。在中国各个城市，当丐帮的地方干部向自己所管辖的乞丐收取会费时，却一再发现他们戴上了红色的头巾，举起了火焰的旗帜，置身于明教组织的保护下，这顺理成章地激起了他们的不满和憎恨。对丐帮上层来说，明教所描绘出的推翻异族统治的前景对他们虽然具有吸引力，但一个异教的皇帝却远比一个异族的皇帝更为可怕。在他们看来，洪七公和黄蓉的继承者比来自西方的魔鬼更有资格戴上未来中华帝国皇帝的皇冠。

---

03 《明史》，第一百二十二卷。

正是这一心态为成昆和陈友谅所利用。目前,丐帮是他们对抗明教的最后底牌。不过,他们很快找到了一个新的盟友——宋青书。

宋青书在历史上一向被描绘为为了周芷若的美貌而背叛师门的变节者。必须指出,这一指控毫无根据。在很大程度上,宋青书不过是武当派内斗的牺牲品。他和张无忌的矛盾可以追溯到二十年前他们的父亲对武当派继承人地位的争夺。而八年前,也正是在宋远桥的排挤下,张无忌才被迫离开武当。当张无忌返回武当之后,立即成了张三丰所发明的高级武术太极拳和太极剑的传人,宋远桥父子不得不为自己的地位担心。宋青书立即想到了反对明教最为坚决的外援峨嵋派,如果能够和峨嵋派新任掌门周芷若缔结婚姻,将大大有利于巩固他在武当的接班人地位。当宋青书发现峨嵋派正在天津活动时,他就在晚上秘密潜入她们的住处找周芷若会谈。然而如我们所知,周芷若此刻已经被黛绮丝掳走,宋青书只找到了代理掌门的丁敏君——一个四十岁的老处女。丁敏君正在为自己岌岌可危的地位担心,立刻同意了宋青书提出的反明教联盟。但由于她的年龄太大,和宋青书正式结婚是不可能的,因此她退而求其次,甘愿委身为宋青书的情妇。

可能出于峨嵋派内部人员的告密,这一不伦关系在几天之后就被张三丰的小弟子莫声谷发现。他早就对宋氏父子的特权地位感到不满,这一丑闻正为他提供了扳倒宋氏父子的绝佳理由。他抓住了宋青书,并要把他带回武当受审。宋青书却意外地得到了陈友谅的帮助,杀死了莫声谷。宋青书现在被迫和陈友谅合作,后者要求他毒死张三丰和他的父亲,让丐帮能控制武当,进而胁迫明教听命。这个设想未免过于一厢情愿:它可能毁灭武当,但不会对明教造成多少实质性的打击。虽然如此,如果这一计划得以实施，丐帮和明教两大势力必然走向全面的对抗，无论谁胜谁败都将给刚刚兴起的反元起义军造成沉重的打击。但一股强大的力量制止了这个阴谋，并将历史导入正轨。

在控制宋青书的同时，丐帮偷袭并俘虏了韩林儿，并逼迫他的父亲韩山童投降。这一计划虽然没有成功，但是在一定程度上分散了明教的注意力，间接导致了汴梁的失守。不仅如此，当1358年初，张无忌和他的同伴们返回大陆后，他们的行踪很快被陈友谅控制下的丐帮情报系统所侦知，后者秘密地俘虏并带走了谢逊和周芷若。谢逊无疑是更有价值的目标，很快被成昆转移到少林寺。而周芷若则被作为笼络宋青书的礼物。宋青书现在重新寄希望于和周芷若联姻，后者很可能会被迫成为他的妻子，如果不是被张无忌找到的话。

张无忌追击到卢龙，在那里，他与丐帮的领导层会面并发生了肢体冲突。这代表明教与丐帮的矛盾集中爆发，而任何一方都不可能让步。直到史火龙的亲生女儿史红石的及时出现，才令局面有了转机。史红石用铁一样的事实指出了陈友谅指使他人冒充她的父亲并以此控制丐帮，迫使陈友谅不得不仓促逃走，摧毁武当的计划也无疾而终。丐帮的长老们现在发现自己处于极其危险的境地，长期被陈友谅愚弄的事实一旦被揭露，必然会遭到底层帮众的质疑和唾弃，而帮主之位的空缺又会带来新的纷争，并毫无疑问会导致这一古老团体进一步的衰落。与明教的斗争在这一空前危机面前已经退居次要地位。他们做出了最明智的选择：立史红石为教主，并和明教及时和解。[04]

---

04 《天之剑与龙之刀》，第三十三章。

促成这一切的是一个身份诡异的中年女人"杨",虽然没有确凿的证据,但她被广泛地认为是"西方的狂人"杨过的后裔。她的家族一直保持着和丐帮的联系,因此,史红石才会在危险中向她求助。而她动用了在丐帮中的影响力,扶植史红石成为丐帮的帮主。

这一切或许不仅仅是为了帮助丐帮那么简单。在不久之后,她再度出现在少林寺并化解了另一个危机。有许多阴谋论者怀疑,"杨"是一个试图操纵历史的神秘组织"慈航静斋"在这一时代的主持人,她的目的是促成武术界的普遍同盟并催生未来的新王朝。

无论如何,在"杨"的协助下,张无忌和丐帮达成了和解。不久,他带着他的未婚妻南下到亳州的明教总部。但在汴梁失守后,察罕帖木儿开始全面进攻,明教军节节败退,韩山童战死。出于安全的考虑,在彭莹玉的建议下,张无忌在1358年2月转移到濠州的朱元璋驻地。察罕在北方的进攻并没有对淮泗一带构成实质威胁,相反,只是削弱了说不得和刘福通的力量,反而促成了朱元璋部在其屏蔽下不断坐大。

在这一时期,原洪水旗的朱元璋吸收了常遇春部等原巨木旗各部,组成明教东路军的"水木军团",与此同时,在西面,徐寿辉、邹普胜也吸收火、土、金三旗的原属人马,号称"天完军团",成为明教的西路军。[05]这一明教的重新整合史称"整天完水木"。这两大势力的分化在此时只是雏形,但它们将在下一个十年中崛起,角逐最后的胜利果实。

当张无忌到达濠州后,就召集明教的主要干部来组建他的新司令部。与周芷若的婚约一经宣告,就受到了明教上下的广泛欢迎。明武联盟急

---

05 "天完"字面上是"上天保全"的意思,但在汉字结构中,"天完"是"大"和"元"各加上一个前缀组成,同时也意味着"压倒大元"。

需这样的婚姻。对于武当来说，这不仅让他们延续了几十年来两派的友好关系，也让他们回忆起一百年前张三丰和郭襄的短暂交往，虽然在当时这段关系并未结出果实；而对于明教来说，意义甚至更为重大，曾几何时，反明教最坚定的峨嵋派现在同明教结成了最亲密的关系，这不仅意味着明教将获得江湖主流势力的承认，更意味着郭靖、郭襄时代的抗元旗帜现在已经移交到了明教手上。

周芷若的掌门问题也轻松获得了解决：在丁敏君的临时执政结束后，日益衰落的峨嵋不可能再和明教为敌，而尤需得到一个强大的盟友。在多方面的催促下，婚礼于三月十五日举行。这场昔日宿敌之间的婚姻不禁令人想起拿破仑和奥地利的玛丽·路易莎公主的联姻。但与之不同的是，绍敏女公爵并不是约瑟芬皇后。

在三月十五日当天，赵敏意外地在举行婚礼的明教教堂出现，冲破重重阻挠后要求出现在新郎面前。在她的要求下，张无忌停止仪式，承诺推迟婚礼，并随即随她离去。此后，张无忌失踪了一个多月，而当他再度现身时，赵敏已经成为他的未婚妻。这段扑朔迷离的故事曾经让所有的历史学家都感到困惑。过去六百年的主要历史学家都异口同声地称，这是蒙元朝廷拆散反元联盟的另一个阴谋。但是这无法解释一桩在元朝秘档中被披露的历史事实：在包克图、图里和一群西藏僧侣以绝对优势包围了张无忌的时候，是赵敏毅然帮助他逃走。

另一个版本的阴谋论者声称，这是帝国方面布下的陷阱，目的在于引诱张无忌向他们投降并出卖反叛军，但是他们期望的事情从未发生过。虽然明朝的官方史书对张无忌尽可能加以丑化，但是迄今为止，没有任何证据表明张无忌曾经在任何情况下出卖过起义者的利益。事实上，20

世纪的中国史学家查良镛提出了另一种更加简明,因而不久被广泛接受的假设——他们相爱了。

然而在最近二十年中,查良镛的假设却因为过分浪漫化而受到心理史学家的批评。他们认为能够在更加科学的基础上重建张无忌和赵敏之间的关系。就此而言,心理史学家 E. H. 埃里克松(E. H. Erikson)给出了一段经典的分析:

赵敏所做的一切都可以从精神分析上得到完美的解释。这个女孩拥有浓厚的权力欲,但是却一直受到压抑,主要是来自她的哥哥王保保。按照阿尔弗雷德·阿德勒的自卑情结(Inferiority Complex)理论,她主要的困扰来自于她和她哥哥之间的竞争。出于这一情结,我们看到她在想象中认同成吉思汗和忽必烈这样的祖先,而不是——譬如说——华筝公主。这个想象中的认同,最终被证明为是一种不可能实现的空想。由于生而为女人这个事实,使得她不可能成为成吉思汗。而更糟糕的是,她看到她的竞争对象哥哥不断向这一目标迈进,对她的心理造成日益严重的压力。她本来应该在童年时期就实现自我调整,给自己一个更准确的定位。但是由于父亲的纵容和她自身能力的发扬,反而让她能够将自己放在一个更为男子化的地位上,在武术界一系列冒险行动的成功更加深了这一幻想。与此同时,她同样也意识到自己的女性身份,她所接受的文化教育——诗歌、书法、音乐、绘画和刺绣——更加强化了这一点。这就形成了一种双重人格的分化:一方面她是一个男性化的蒙古统治者,另一方面她又只是一个娇弱的中国化的女孩。在深层心理上,她是一个蒙古男人和一个汉族女人的矛盾结合。这一分化实际上是把她和她哥哥的矛盾内在化到了她的人格之中。认同男性的她憎恨自己的女性身份,而认同女性的她也同样憎恶自己的男性化"超我"对自身的压制。而双重民族性的教育，更强化了她这一内心的分化。

在和明教的斗争中，这一内在关系发生了转化。"绿色柳树城堡"之战无疑是一次可耻的失败，在武当山的计划也同样失败了，而最可悲的是万安寺的惨败。在一系列失败中，受到沉重打击的无疑是她作为一个成功的男性统治者的幻想中的自我认同。这足以把一个普通的男人击垮，但这一打击却只是帮助她粉碎了自己的幻想，而完成了她对自己心理的转型，让她作为女性的人格占据上风。由于被打垮的实际上是她父亲或者哥哥的内在投射，因此她在这一过程中更加感到了复仇的快意。明教所击败的不仅是她本人，也是她竭力想要认同的蒙古精英男性们。既然这种认同不可能实现，那么她宁愿选择和他们的仇敌一起毁灭对方，这里存在着一种变种的弑父情结。因此就产生了赵敏对张无忌的爱情：不仅由于这个男人有助于实现她最隐秘的愿望，也因为她的中国化教育让她作为女性的一面更容易认同汉人。而和张无忌的浪漫关系，让她充分释放了自己的被压抑的人格。现在她的权力欲只剩下了一点，就是对这个男人的控制，而我们看到了她是如何坚决地贯彻这一点的。[06]

另一方面，张无忌的心理也是经常引起热烈争论的话题。心理史学家们一般认为，在某种程度上，他对赵敏的爱恋是受强烈的恋母情结影响。我们曾看到，这一情感一度被寄托在殷离身上，但很快就找到更合适的对象。对此，早稻田大学的铃木清一教授有一个有趣的解释：

母亲在临终前的话，会对童年的无忌有深刻的影响吧，人类一般会这

---

06 《绍敏女公爵：一部心理传记》(Duchess de Shawmina: A Psychological Biography)，牛津，1972，230～231页。

么想。但或许和人们的意料不同,真正的影响却是反面的。无忌被告诫要防备漂亮的女人,因为母亲就是这样的人,她在临死前还骗了所有的人。但是虽然母亲这样说,无忌又如何能痛恨像母亲一样的人呢?美丽、聪明而又古灵精怪,为正义之士所不容的赵敏,就好像是殷素素的化身一样。并且殷素素捉弄了逼死父亲的名门正派,在无忌的心目中,赵敏对诸大门派所做的,是否正是母亲的复仇的延续呢?虽然在武当受到严格的儒者教育,让无忌压抑了内心复仇的愿望,但对于赵敏折磨诸大门派的行为,却满足了无忌深藏的复仇欲,想必他也会为此感到快意吧。赵敏的诸多诡计并未伤害到他,而却是在悉心保护他,那么结果也无非是让她填补了殷素素的位置,而增加了对无忌的吸引力而已。并且在无忌内心,周芷若总是属于名门正派的淑女,属于曾经迫害过母亲的一方,虽然同样不禁为之吸引,而母亲的诅咒却或多或少造成了双方距离的遥远。[07]

另一方面,史密斯教授坚持认为:

在严格意义上来说,如果说张无忌爱过什么人的话,那么只有一个人,就是朱九真。这个美丽而狠毒的女人虽然被殷离所杀——而这无疑是张后来在心理上疏远殷离的原因——但却在赵敏身上复活了。朱九真和赵敏这两个张所爱过的女人都是强势的人格,这绝非偶然。在张的心灵深处的象征秩序中(symbolic order),神箭八雄等手下无疑是朱九真所豢养的狼狗的升级,他们簇拥着一个发号施令的女王,而她对张的态度是暧昧的。性爱的可能与致命的危险并存,这种暧昧性是爱的欲望的源泉。(中略)最后,一切亲密关系被证明是假象,这种被朱九真所欺骗的痛苦,

---

07 《張無忌とその時代》,东京:德间书店,1985,133页。

实际上是确认了二人间原有的距离，这令他能够感受到受虐的秘密欢乐。同样，当张以为赵敏欺骗和背叛他时，类似的感觉又回来了。因此，这种充满危险的关系不是爱的阻碍，相反却是爱的动力。这是在他和周芷若的关系中所不可能体验到的。[08]

无论历史真相如何，我们都可以同意，张无忌和赵敏的关系是心理史学的一个范例，它表明在一切看似非理性的选择背后都有复杂、深刻的动因，而个人心理的微妙取向也一再影响和塑造了历史进程。

心理学的问题到此为止。张无忌从婚礼现场的突兀离去，直接后果就是峨嵋急剧转向孤立主义。被遗弃的周芷若并不是痛苦的狄多（Dido），而成了愤怒的美狄亚（Medea）。[09] 她决心以更激进的方式捍卫自己和自己门派的尊严。当她返回峨嵋后，立即镇压了幸灾乐祸的丁敏君派系，并刻苦练习据说是从天之剑和龙之刀中取得的古代武术典籍《九阴真经》。

不仅如此，周芷若还敏感地把握了这一时代发展的新趋势。她可能是中国历史上第一个意识到热武器重要性的武术家。和大多数守旧的武术家不同，周芷若并不迷信武术和冷兵器的力量。她从阿拉伯商人那里购买了先进的火器技术，研发了被称为"霹雳雷火弹"的弹射爆炸式武器———一种雏形的手榴弹———并将其用于武术格斗（由于武术界当时并未对冷兵器和热兵器做出任何区分，这一做法被认为是合法的）。但是

---

08 《明教史研究》，剑桥，1998，245页。
09 【译者按】美狄亚是古希腊传说中英雄伊阿宋（Jason）的妻子，因为丈夫移情别恋抛弃她而矢志复仇，杀死了她和伊阿宋的两个儿子并且用下毒的衣服害死了她的情敌。

峨嵋的一切行动，目的仅仅在于以武力压倒其他的门派以及向明教报复，而完全缺乏战略上的考虑。为了在未来的冲突中获胜，周芷若还收留了已经离开武当的宋青书，并从他那里得到了武当武术的抄本。这在派际关系上被认为是极为不友好的举动，理所当然地引起了明武联盟的强烈反对。

但相比少林可能带来的威胁，峨嵋的敌对态度仅仅是次要问题。面对明武联盟的蒸蒸日上，少林目前也和丐帮一样面临着艰难的抉择。一边是维护由自己主导的，但摇摇欲坠的旧秩序，另一边是主动加入武当和明教正在缔造的新秩序中。对于许多世纪以来都是江湖世界最高权威的少林派，所背负的传统压力比衰落的丐帮要沉重得多。

正当少林的领导人犹豫不决时，"狮子王"谢逊的被俘令他们终于倒向了前者，决心与武当和明教做最后的较量。作为明教四大法王之一的谢逊，同时也是一个臭名昭著的杀人凶手。因此，少林现在实际上不需要直接挑战明教的权威，只需要以公审罪犯的名义召开大会，就可以组织一个实质上的反明教联盟，并重新树立自己在江湖世界的至高权威。因此就出现了历史上罕见的一幕：作为中国最著名的佛教寺院，少林在这一年的三月向整个江湖世界宣布，要在五月五日召开大会，公开处死谢逊。

在14世纪20年代和阳顶天的战斗惨败后，渡厄、渡难和渡劫三名元老就隐居在后山，他们被称为"面壁者"，少林在未来与明教对抗中的胜利希望寄托在他们身上。在谢逊被俘后，为了防备明教可能的救援，他们被请来看守谢逊。他们所组成的"金刚伏魔圈"是利用三体问题（Three-body Problem）的不可预测性来组成各种变幻莫测的战阵，以迷惑和困扰对手，由于这种阵法极其繁复艰深，足以令智慧女神感到困扰，因此在西方又被称为"雅典娜的惊叹"（Athena Exclamation）。凭借这种威力惊人的战阵，他们成功阻止了张无忌两次救人的尝试，并杀死了何太冲、班淑娴等其他"破壁人"。

五月五日的少林寺英雄大会是1259年襄阳会议之后第一次江湖世界的代表会议。这种会议的形式在中国有着悠久的传统：主办方向江湖世界各个势力的被公认的代表——他们被尊称为"英雄"（Heroes）——发送邀请，而后者视乎主办方的地位及其与自己的关系决定是否与会。通常情况下，只有少林和丐帮这样最大的势力才能召开整个江湖范围内的会议，譬如1094年丐帮发起的少林寺会议。1259年"北方的骑士"郭靖认为自己已经有足够资格召开英雄大会，但仍然有许多资深武术家不承认他的地位。具有讽刺意味的是，在郭靖举行会议的同时，"西方的狂人"杨过在同一天集合了另一批武术家召开了"英雄小会"。[10] 但1358年的会议与九十九年前不同，这次会议的表面议程只是如何处理谢逊及龙之刀，但本质上仍然是重新决定江湖世界秩序的较量。与会者并非都是出于对少林的地位的承认，也有许多代表为了声援明教而来——譬如改组后的丐帮。同时，也不乏峨嵋这样试图依靠暴力在会议上取得压倒性优势的单边主义势力。

会议讨论很快决定，以武术比赛的传统形式决定谢逊的归属。在比赛中，峨嵋正如自己所预期的那样取得了辉煌的胜利，即使张无忌也出于偶然因素败给了周芷若。但明教特种部队在会场上进行的一次演习已经使这一切前台的较量都失去了意义：在杨逍的指挥下，被收归中央的

---

10 《神圣的雕之罗曼史》，第三十七章。

五行旗特种部队展示了类似罗马军团投掷标枪的集体作战方式，让骄傲的武术家们认识到，在战场上，自己的武术造诣无足轻重，面前这支训练有素的实战军队就可以将这里所有的人全部歼灭。[11]只有周芷若这种最狂热的武术沙文主义者才会看不到，明教所掌握的暴力资源已经远远超出了江湖世界的范围——他们所面对的，事实上是另一个帝国的雏形。尽管明教或许尚未取得江湖世界的最高权威，但即使没有这种权威，他们也能够成为"中央之国"真正的主人：他们已经可以甩开江湖世界的盟友们单独挑战帝国政府。

在这样的新形势下，少林的"面壁计划"迅速转变为向明教示好的橄榄枝。在英雄大会召开的前夕，"面壁者"渡厄默许了阴谋已被发现的成昆发动一场夺取少林寺统治权的政变，以便在不利的情况下以空闻方丈等人的生命为赌注，换取明教方面的谅解；同时利用一种独特的催眠术反复念诵佛经，为谢逊打上信仰佛教的"思想钢印"，将其拉拢到自己这边。这两方面的努力都取得了成功，成昆的阴谋被揭穿，从而成了少林野心的替罪羊；而谢逊则一百八十度转变了态度，从狂热的明教徒改宗为虔诚的佛教徒，而表示要留在少林。这两个因素加起来，从消极和积极两个方面实现了少林与明教的顺利和解。而帝国军队此时的进攻，成为江湖世界反元联盟最终形成的催化剂。在张无忌的指挥下，明教带领数百名武术家们取得了作战的胜利。[12]此时，即使是最愚钝者也能看出江湖世界大势所趋的明显走向：张无忌所率领的明教将成为这个世界无所争议的主人，甚至成为中华帝国的新主人。

---

11 《天之剑与龙之刀》，第三十八章。
12 《天之剑与龙之刀》，第三十九章。

但是，某些最为敏锐的观察家却能够看出这一表面趋势下潜伏的危机和可能的变动。在濠州逃婚事件之后，明教内部已经对教主被蒙古女公爵所左右的丑闻感到不安。不久，张无忌和赵敏以未婚夫妇的身份公然出现，进一步引起了明教上下的不满。令局势更加微妙的是，根据一些迹象分析，周芷若在少林惨败后，也回到了张无忌的身边。

这一转变并不奇怪：此时周芷若的武术造诣已经被废掉，她即使在峨嵋内部也难以容身，何况在少林寺会议上，她的狂妄表现已经惹恼了丐帮、明教和武当各方面。现在，张无忌成为她唯一可以指望的庇护者。但是周芷若的出现，只能令明教方面更加不满，他们无疑不会忘记，在不久前的少林寺会议上，周芷若是如何穷凶极恶地要杀死他们的同志谢逊的。

现在，张无忌虽然仍被视为明王的化身，但却暴露了沉溺色欲的幼稚青年的面目。中国的传统史学家们，经常从儒家观念出发指责"祸水"赵敏败坏了张无忌本来蒸蒸日上的事业。这至少部分是不公正的。可以看出，根本原因仍然在于中枢和地方，宗教核心和军事力量自阳顶天死后以来的脱节。张无忌短暂的统治并未扭转这一趋势，他甚至可能根本没有意识到问题何在。

张无忌和赵敏的罗曼史，既可以解释成教主对蒙古女公爵的征服，也可以解释成被狡猾的蒙古女公爵所摆布，问题只是谁掌握着对军队及底层教众宣传的渠道。而明教手握实权的地方军阀们不会愿意粉饰这位名义上的主人。与之形成鲜明对比的是，在19世纪中期的"和平天堂"基督教异端起义中，尽管领导者们纷纷建立起庞大的后宫以满足自己的色欲，他们却被教众和后来的崇拜者们奉为刻苦自律、清心寡欲的圣贤。

事实上，赵敏对张无忌的"败坏"可能绝大部分只存在于明朝修撰的史书中，从少林寺会议到张无忌离开政治舞台，时间的短促使得张无忌的名声几乎不可能受到致命打击。大量有关张无忌如何倒行逆施、众叛亲离、走向灭亡的记载都出自于明朝史官的虚构。不幸的是，根据这些记载，台湾学者杨佩佩在一部专著中重构了张无忌在濠州如何在朱元璋的阴谋下一步步被孤立和反对，最终去职的过程。[13] 这些富有想象力的描述很难符合真实的时间表。

根据正史记载，张无忌大概在 1358 年七月中旬带着赵敏秘密来到濠州视察，在那里他意外地发现野心勃勃的朱元璋囚禁了主帅韩林儿，篡夺了明教东部军团的最高统治权。面对政治生命即将被断送的前景，朱元璋进行了一次大胆至极的冒险。当天夜里，朱元璋以宴请张无忌的名义，用药物将他迷晕。晕倒的张无忌和赵敏在黎明时被放入马车中，由朱元璋的部将廖永忠驾车，而朱元璋率领心腹部将大张旗鼓送到城外，造成教主已经离开濠州、前往应天视察的假象。在廖永忠"护送"张无忌和韩林儿的路途中，当他们乘船渡过扬子江时，船意外倾覆，导致张无忌和韩林儿一起被溺死在扬子江中，而或许在此之前很久这位年轻的武术大师已经被杀。这次谋杀的细节永远是个谜。在这件事情几年后被披露时，朱元璋已经拥有了无可动摇的实力，他轻描淡写地指责廖永忠没有保护教主周全，不久后又借机处死了这位知情者。[14]

同张无忌一起被俘虏的赵敏可能由于其特殊身份长期被秘密囚禁，朱元璋利用她做诱饵，命令诈降的田丰等人刺杀了察罕帖木儿。在明朝

---

13 《天之剑与龙之刀研究》，台北：台视出版社，1994。
14 《明史》，第一百二十二、一百二十九卷。

建立后的1371年，为了笼络赵敏的哥哥扩廓帖木儿，已经三十多岁的赵敏可能被迫嫁给了朱元璋的儿子秦王朱爽。1396年，当朱爽死后，赵敏被迫殉葬，结束了悲剧性的一生。[15]

当然，仍有一种可能是张无忌并没有死去，只是厌倦于周旋在蒙古女公爵赵敏和他反蒙情绪高涨的下属之间，选择了辞职和退隐。查良镛博士坚定地相信这一说法。[16]事实上，虔诚的明教徒们从不认为张无忌会死亡。在明朝中期发现的教籍中，描述了张无忌发现了朱元璋阴谋后的反应：他对人类的根深蒂固的愚蠢和邪恶感到绝望，因而带着一小部分受拯救者——包括赵敏、杨逍，甚至周芷若——离开了被黑暗所渗透的世界，回到了光明的天国，和他的父神明尊圣者团聚。[17]

如果张无忌确实是选择离去的话，我们必须考虑赵敏在张无忌失踪事件中的作用，毫无疑问在此她是最大的受益者。周芷若也可能起了一定的作用，经过少林寺事件，和明教结下深仇大恨的她自然也希望张无忌尽快远离明教。不过关于这一点，由于完全缺乏任何可信的历史资料，任何分析都是没有意义的。

张无忌的意外失踪延缓了但没有中断明教日益壮大的政治事业。正如上文所论述的，张无忌和明教中枢并不实际掌握军权，他的消失仅仅是局部打击了明教徒的士气，却并未使他们变成一团散沙。朱元璋对张无忌的暗杀当然要冒很大的政治风险，如果当时这一罪行被揭露，他将被愤怒的教众撕成碎片。但只要这一点能够保证机密，张无忌的死绝不

---

15 《明史》，第一百一十六卷。
16 《天之剑与龙之刀》，第四十章。
17 任我行：《明尊飞升记》，见《日月神教资料选辑》，第二卷，84～128页。

会妨碍朱元璋得到数十万军队的效忠。

很可能是为了掩盖张无忌的死亡——由于其无与伦比的武术造诣,没有人相信他会自然死亡或战死——朱元璋伪造了张无忌的书信,声称将放弃教主之位而和赵敏隐居,并将这一职位传给杨逍。这是遵循一位儒家学者的教诲:"高高地筑起城墙,广泛地囤积粮食,但是暂时不要竞争教主。"[18] 朱元璋此时的声望和实力还不足以参与教主的竞争,但他无疑很清楚,除了张无忌,没有人能够坐稳这个位置,而杨逍的无能早在14世纪30年代就已经很明显了。教主之位的另一个竞争者韦一笑甚至比杨逍更不适合。若干年后,当实力足够壮大时,这一圣冠必将戴在自己的头上,届时它将变成一顶真正的皇冠。现在,身为殷天正死后明教最大的军队首领,朱元璋耐心地等待着属于自己的日子到来。

---

18 《明史》,第一百三十六卷。

CHAPTER XVII
THE SECOND SPLIT OF CHINESE MANICHAEISM AND CIVIL WARS
(1358—1363)

明教的再度分裂和内战

(1358—1363)

1358年，中国历八月十五日，蝴蝶谷大公会议后整整一年，仍然是在蝴蝶谷，杨逍在少数几个将领的簇拥下举行了冷清的即位典礼。明教的另外两个实权人物，天完政权的徐寿辉和应天政权的朱元璋，都只是派使者参加典礼而并未亲自到来。在张无忌突然失踪后，韦一笑也因为不满杨逍的继位而远走波斯，明教中枢的权力被进一步削弱，这导致军队脱离中央教廷控制的趋势更加无法遏制，杨逍的教主之位几乎被架空。

在西部，徐寿辉的统治并未维持很长时间。野心勃勃的徐寿辉对杨逍的指示不予理睬，他不仅收容了成昆的私生子陈友谅，而且赋予他举足轻重的权力。徐寿辉试图通过笼络陈友谅接触和利用丐帮的势力，但他的做法反而让陈友谅巩固和扩充了自己的力量。1359年底，陈友谅囚禁了徐寿辉，自己则取而代之，成为天完政权真正的主宰，彭莹玉在这次政变中死去。[01] 不肯服从陈友谅的徐寿辉部将明玉珍宣布向杨逍效忠，令杨逍的实力大为壮大。在明玉珍的拥戴下，杨逍率军进入四川盆地并攻陷了重庆，在第二年占领了整个四川。四川战役耗尽了杨逍老迈的精力，他在1361年去世。另一名元老范遥在嘉定会战中面对敌人的优势兵力，扔下数万名士兵逃走，他因此被讥笑为"范跑者"（Fan the Runner）。此后的范遥销声匿迹，他的政治生命也从此终结。明教由此进入了明玉珍、陈友谅和朱元璋三足鼎立的"后三头"时期。

明玉珍接收了张无忌、杨逍时代所剩下来的中央禁卫军，以及徐寿辉的部分兵力，更重要的是杨逍所传给他的明教第三十六代教主之位，这使他在名义上对陈友谅和朱元璋具有了君主对藩臣的地位——如果后二者肯承认他的地位的话。但陈友谅并不打算这么做，他宣布自己为真正的教主，尽管既没有任何人的授权也没有教义上的依据。这就出现了相当滑稽的一幕：三年前还在丐帮中声嘶力竭要打倒明教的鼓吹者——对这一点许多人仍然记忆犹新——现在宣布自己是明教的教主。为了摆脱这种尴尬，陈友谅一方面掩耳盗铃地将他的军队改名为"卫明军团"，另一方面则诉诸民族主义的支持，将"天完"政权改称为"大汉"，这不仅是对应于汉人（ethnic-Chinese）的自称，也试图唤起人们对古代的汉帝国（公元前202—公元221）这一汉人最为荣耀的时代的回忆。他的年号是"大义"，意思是"伟大的正义"（Great Justice），这真是莫大的讽刺。

---

01 《明史》，第一百二十三卷。

陈友谅在东方的对手朱元璋也同样不承认明玉珍的地位。但朱元璋并未提出对于教主之位的要求，这不仅是由于朱升劝诫他要"暂缓自称教主"，也由于朱元璋从这一时期起，身边已经聚拢了一批传统的儒家知识分子，他们劝说这位大权在握的统治者尽早和靠不住的异端宗教脱离关系，而恢复儒家学说的正统地位——自从汉武帝以降的一千多年来，儒学被认为是唯一适合统治中国的意识形态。在他们的劝说下，朱元璋采用了"吴国公爵"（Duke of Wu）这样一个毫无明教色彩的平庸称号。尽管朱元璋此时还没有脱离明教的计划，但他已经越来越淡化他的根据地中的异端宗教色彩。

事实上，朱元璋向主流意识形态靠拢还有更深远的考虑。与明玉珍和陈友谅这样相对出色的武术家相比，朱元璋的武术造诣相当平庸。幸运的是，在彭莹玉死后，四散人出于同杨道和陈友谅的积怨，坚定地站在朱元璋这一边，这一点带来了明教暂时的势力均衡。但朱元璋仍然缺乏来自江湖世界的支持。在明教分裂后，已经决定同明教联盟的各主要门派再次采取了观望态度，成为明教各方面都争取的对象。陈友谅利用他在丐帮中的政治资源，挑起丐帮的内斗，并使得"干净衣服"派向他效忠。甚至作为汉人反抗运动象征的峨嵋，在其根据地四川被明玉珍攻占后，也和举起民族主义旗帜的陈友谅结盟。峨嵋派的新任掌门人——我们所熟悉的丁敏君——在1361年和陈友谅结婚。

但朱元璋却找到了比婚姻更有成效的手段：共同利益。在江湖主流势力和明教的合作关系中，所存在的共同利益只在于推翻元帝国这一消极方面，而对于未来帝国的建设却有着不可调和的分歧。明教徒强烈的原教旨主义不仅发动了他们去推翻元帝国，也会发动他们去消灭一切不符合自己教义的宗教、政治、社会形势。他们要缔造的是一个纯粹光明的世界：一个透明、同质、上下一致、政教合一的极权社会。这是江湖主流势力无法忍受的前景。朱元璋向主流意识形态靠拢的目的之一，就是说服对方自己绝不会触动对方的利益，而将缔造一个政治秩序和江湖世界互不侵犯的社会。因此，不难理解为什么他对于佛教和道教表现得如此虔诚，这不是因为他曾经做过僧侣，更不是因为他想要得到道教所许诺的永生，而是通过对佛教和道教神明的礼敬，他成功地争取到了武当和少林等宗教门派对自己的支持。同时这些举措也向心怀疑虑的江湖世界宣布：自己是一个热情的汉民族主义者，但绝非一个固执的原教旨教徒。[02]

武当对朱元璋的支持是一个典型的例子。在张无忌失踪后，武当和明教之间的联盟关系也出现了危机。虽然殷梨亭和杨不悔的婚姻仍然是联系二者的纽带，但是这种外在的联系并不足以让张三丰推行他伟大的计划：通过与明教的联盟，或者说通过张无忌的特殊身份，让武当参与到明教内部事务中，用主流的意识形态改造明教，让它成为一个长治久安的新帝国的基础。在杨逍短暂的统治时期，这一联盟关系已经日益松散。而他"正统"的继承人明玉珍，则是个狂热的原教旨主义者，将一切其他宗教都视为魔鬼的传声筒。另一方面，虽然陈友谅想要争取武当的合作，但是武当却无法忘记几年前他和宋青书企图摧毁自己的阴谋，双方不可能有充分的信任。此时一心向中国传统意识形态靠拢的朱元璋就成了最佳选择。

在明朝流行的通俗小说《英烈传》(The Legend of Heroic Founding

---

02 《朱元璋传》，289 ~ 293 页。

Fathers）中记载了朱元璋和他的大将们曾到武当参拜的事迹。[03] 我们认为，这是以一种扭曲的形式记载了朱元璋和武当领导人在1361年左右的会面。这是很大的政治冒险：虽然张三丰并不知道是朱元璋谋杀了他最钟爱的徒孙，但张无忌毕竟在朱元璋的辖区内失踪，武当对此并非毫无怀疑。朱元璋亲自来到武当拜见张三丰，并谦卑地向后者请教统一和治理国家的策略，终于得到了武当方面的信任。张三丰欣慰地看到，自己的计划，尽管经过了一系列变动，仍然可能在这位"吴国公爵"的身上得到实现。与此同时，朱元璋也凭借自己昔日的佛教僧侣身份，派人到少林寺进香，同少林建立了友好的关系。武当和少林这两大门派的风向标令许多江湖势力都投向朱元璋方面，让朱元璋顺利地继承了张无忌时代的大部分政治遗产。

尽管陈友谅因为昔日同少林和武当的怨恨而难以得到大部分江湖势力的支持，但他得以控制巫山帮、鄱阳帮等扬子江上的帮派，从而控制了扬子江水路这一中国内地最重要的航线，并建立了一支极其强大的内河舰队。他在1360年率领十万人的舰队沿扬子江东下，攻占了太平，并直抵朱元璋的都城应天城下。这次伟大的军事行动因为一个可笑的失误而告惨败：当他企图从扬子江转入秦淮河时，却意外地发现一座坚固的石桥耸立在那里。无法进入秦淮河水道的舰队被迫退回长江，并在那里的一处港湾登陆休息，在那里他们被朱元璋的伏兵所袭击并退走。这次失败让陈友谅丢失了江西，朱元璋随后派他的侄子朱文正驻守南昌。

经过几年的整顿，在1363年陈友谅卷土重来。陈友谅动员了湖北和

---

03 《英烈传》，第七回。

湖南的所有壮丁,并建立了一支新水军。他的舰队的主力拥有三层甲板的大战船,上有掩护弓箭手的包铁塔楼,其船尾高得可以爬上任何城墙。有一份材料说,每一只这种战船可载两三千人。它们还附有各种各样的大小船只。陈友谅把他的军队及其家属、马匹和供给全都放到了船上,在春汛时他开始顺流而下。史料说他带有六十万人马,实际上可能有一半左右。汉军的无敌舰队现在与明军主力相比,无论吨位还是数量都大占优势。1363年四月二十七日,汉军舰队出现在南昌水面上。如果南昌陷落,陈友谅就有理由希望江西的各地城防守将(他们之中的多数人原来是拥戴他的)会回心转意,重新回到他的麾下。[04]

但是事态并没有向陈友谅所计划的方向发展,南昌并未轻易被攻占。一向被认为是花花公子的朱文正意外地守住了南昌达三个月之久,顶住了数十万大军的进攻,将陈友谅的庞大军队一直拖在江西,而不能像在1360年的军事行动中那样直捣应天,直到六月份朱元璋的援军到来为止。朱文正和他的将士们也付出了惨重的代价,一度不得不以吃木炭为生。因为这场艰苦的战役,朱文正后来被同僚们亲切地称为"朱坚强"。

七月十六日,朱元璋亲率水木军二十万人及两千艘舰船从扬子江下游抵达湖口,随后爆发了长达一个多月的鄱阳湖水战。在战斗的最初几天,水木军所面临的前景十分暗淡:卫明军的战舰远比他们的高大,它们并在一起,像水上的城墙一样,将自己的战线不断逼迫后退。朱元璋的旗舰"特快号"也受到了对方的炮击,被炸得粉碎,朱元璋本人在周颠的拼死救护下转移了战船,才幸免于难,但是已经有多名大将战死。最后,

---

04 参见《剑桥中国明代史》,第一章第三节"明汉之战"。

水木军决定冒险用火攻的方式摧毁对方的密集舰队。这是自公元3世纪的赤壁之战以来就为中国人所熟悉的战术,卫明军不可能对此没有防范。但是朱元璋得到了武当派资深武术家们的协助。他们乘坐几艘小船,轻松地突破了卫明军的箭雨,而进入对方的阵地纵火,直到这座水上堡垒像罪恶之城所多玛一样燃烧起来为止。[05]

鄱阳湖战役并没有摧毁陈友谅的主力。但是卫明军损失惨重,而水木军乘机封锁了通向扬子江的湖口。在又僵持了一个月后,八月二十六日,陈友谅下令全力突围,夺取通向扬子江的水道,撤回武昌。他几乎取得了成功,但在最后关头头部中箭而死,可能是被张中射死的。丁敏君带着她和陈友谅的幼子陈理杀出重围,逃回了武昌。在那里她让陈理继位称帝,而自己成了摄政太后,但是她的统治只维持了半年。在鄱阳湖之战胜利结束的两个星期之后,朱元璋又把他的水木军开向上游,这一次是开向武昌。他围困武昌两个月而迄无成效,于是返回南京,把兵权交给常遇春。这是系统地征服汉政权从前领土的开端。

《大明英烈传》中记载了在鄱阳湖战后不久一位道教神灵——"武当山北极真君"——和朱元璋相见,这可能是以隐讳的形式记载了张三丰和朱元璋的第二次会面。[06]张三丰现在支持朱元璋向更宏大的政治目标迈进。1364年中国历新年,朱元璋称"吴王(The Prince of Wu)",并建立了相对全面的统治机构,向未来的明帝国又迈进了一步。两个月后,朱元璋再次率水木军亲征武昌,卫明军全军覆没。丁敏君自杀,陈理在大臣的簇拥下投降。长江中游的大片领土被并入朱元璋的权力基地,使得

---

05 参见《剑桥中国明代史》,第一章第三节《明汉之战》。
06 《大明英烈传》,第三十九回。

朱元璋控制的人口约两倍于任何其他对手所控制的人口。仅仅是这种数量上而非质量上的优势，就是朱元璋以后赢得一系列胜利的主要因素，它终于像滚雪球那样使他最后征服了全中国。

在1365年到1367年之间，"吴王"朱元璋投身于对另一位"吴王"张士诚的战争中。张士诚本可以在1360—1364年的"水木—卫明"战争中同陈友谅联合起来对朱元璋前后夹击，但他抱着让明教徒们两败俱伤的意图而袖手旁观，现在他必须为此付出代价。比以前强大一倍以上的朱元璋已经对他具有了绝对优势。朱元璋一方面派遣徐达、常遇春进攻张士诚在扬子江北的控制区，另一方面派殷野王率天鹰军进攻浙西，最后两军南北夹击，合围苏州。

虽然张士诚已经注定要遭遇失败，但是朱元璋在这场战争中仍然遭到了猛烈的抵抗，这些抵抗主要来自江南士绅对明教红色恐怖的厌恶。在天鹰教肆虐的时代，他们曾经饱受蹂躏。虽然朱元璋已经竭力向儒家传统靠拢，但在江南上层阶级眼中，他仍然是不折不扣的异教徒。而张士诚已经受到元朝帝国的招安，反而成为正统的象征。对苏州的围攻维持了十个月之久，殷野王也战死在苏州。最后，常遇春的军队打开了苏州城门，随后苏州城遭到了残酷的屠杀。战后，朱元璋命令将城中富户迁徙到北面的荒凉地带，并对整个地区课以重税。在这次战役中，朱元璋显示了他暴戾的性格。在以后的三十多年中，整个中国将反复感受到这一点。

CHAPTER XVIII

FROM CHINESE MANICHAEISM TO THE GREAT MING EMPIRE
(1363—1368)

从明教到大明帝国

(1363—1368)

在南方的两大强敌被肃清后,剩下的几个较小的军阀已经无力和朱元璋对抗。朱元璋现在将目光投向更为重要的北方。应该注意到,在中国历史上从来没有过一次南方征服北方的先例。诚然,朱元璋所号称的"吴国",是仿效一个古代的南方王国,它曾在公元前 5 世纪初短暂地取得过中原的霸权地位,但其覆灭也同样迅速。[01] 而明教军的北方分支刘福通部在不久前的北伐中也被击败。对于汗八里的统治者来说,刘福通的失败,

---

01 古代吴国的覆灭据说和一位神秘的"越女"有关,参见拙著《剑桥简明金庸武侠史》。

不啻于再一次证明了北方的决定性优势。因此，朱元璋在长江流域和陈友谅及张士诚的战争，更多地被他们视为南方叛乱者内讧和覆灭的前兆，而非一个新帝国的兴起。但是如果不是帝国政府本身在北方的分裂和内乱，他们至少可以更好地利用这个机会对南方的叛乱者们加以打击。

让我们略述在这段时间内北方政治形势的变化。在察罕死后，他的儿子扩廓帖木儿继承了他的爵位、官职和军队——以及汗八里政府空穴来风的猜疑。如果说朱元璋是张无忌的政治继承者，那么扩廓也接收了汝阳王府的武术家集团——如我们在第七章中所述，这一集团的前身是三十年前札牙笃汗的御用军团。金刚门的僧侣、西藏的喇嘛武术家，以及其余向蒙古政府效忠的武师们，现在成为扩廓的王牌。他的第一个成就就是派遣武术精英们擒拿了刺杀他父亲的田丰等人，挖出了他们的心肝祭奠察罕。[02] 这给朱元璋带来了旷日持久的噩梦。为了预防扩廓可能的暗杀，他有段时间每天都和周颠睡在一张床上。

扩廓向乌哈噶图汗保证在五年之内平定全国的局势，赢得了这位末代皇帝的信任。依赖这支特种部队，扩廓很快击溃了山西的勃罗帖木儿。后者虽然也是资深的军阀，但很快发现这位新崛起的年轻人不可小视，在进攻冀宁的战役中，他被扩廓击败而难以南下。勃罗没有再在河南和扩廓对峙，而在 1365 年七月出其不意地直接翻越太行山，从居庸关进犯汗八里，史称"乙巳之变"。扩廓闻讯后立即率军追击，并命令部将白锁住率军三万主持汗八里防务，另外分兵四万进攻大同。但勃罗帖木儿并未被挡住，终于攻入汗八里，随后逼迫中央政府任命他本人为中书右丞相。

---

02 《明史》，第一百二十四卷。

当扩廓率军赶到大都城下时，皇帝已经在勃罗的左右下诏命令他们和解。扩廓并未从命，而是打出了他的王牌，让金刚门的秘密武术家们刺杀了勃罗，随后带着他的喇嘛们进入了大都。

"乙巳之变"让乌哈噶图汗对扩廓失去了信任。皇太子爱猷识里答腊——未来的必里克图汗（昭宗）——秘密联络扩廓拥立自己，被扩廓所拒绝。但是乌哈噶图汗仍然怀疑扩廓在图谋不轨，他要求扩廓立即离开大都，南下去进攻明教徒。扩廓服从了，回到了河南的属地。在那里他看到明教已经强大到不可能通过一两次战役就剿灭的地步，因此私下同朱元璋议和，并赈济河南的灾民以防止他们投入明教的怀抱。他提出了一个以议和争取时间，然后东西并进，摧毁叛乱者的战略，而这必然要求全国所有的军队都归属他的指挥。为此他擒杀了貊高、关保等跋扈的地方军阀，同时要求李思齐、张良弼等将领对他服从。这在多疑的乌哈噶图汗眼中无不成为扩廓谋反的证据，他在1368年下诏褫夺了扩廓的一切官职、爵位，并命令所有忠于帝国的军队一起进攻扩廓帖木儿，其罪名是"以扩廓帖木儿付托不效，专恃欺隐，纵敌长驱，顿兵不战，援兵四集，尽行遣散，及兵薄城下，又潜携喇嘛，坚请入城，以赈米则资盗，以谋款则斩帅，种种罪恶，非礫示无以惩之"。[03] 具有讽刺性的是，正当这道诏书通传全国，使得扩廓成为蒙古人所唾骂的卖国贼时，朱元璋已经在当年一月称帝，并且开始了大张旗鼓的北伐。扩廓在南北夹击下无力做出任何有效的抵挡，只能坐视朱元璋的军队自南而北，一路势如破竹地占领山东、河南和河北，最后攻入汗八里。乌哈噶图汗在汗八里沦陷前，又

---

03 谈迁：《国榷》，第九十一卷。

紧急恢复了扩廓的官爵和权力，然而一切已经太迟了。

张士诚的覆灭和元帝国持久的内乱为朱元璋宣布恢复古老的中华帝国扫除了最后的几个障碍。朱元璋在1368年中国历新年登基，宣布自己是中国皇帝。他并没有按照历史上的惯例，将他的帝国命名为"吴"，虽然秦、汉、唐及其他王朝的开国者们都是这么做的，却不无突兀地使用了"大明"的国号。直到这个新帝国在近三个世纪后覆灭，人们都以"大明"称呼这一阶段的中华帝国。就此而言，明教在中国历史上留下了不可磨灭的痕迹。这是摩尼教自创始以来最大的辉煌，同时也是最后的余晖。

在整个14世纪60年代，朱元璋在一群知识分子的协助下，一直不遗余力地将他控制下的明教组织改组为正统的儒家政府，并将其中的异端色彩降到最低程度。为此，他甚至放弃了对教主之位的要求。这一点当然不会不引起说不得、周颠等教中元老的警觉，在驱除野蛮人、统一中国的崇高名义下，他们不得不一再做出妥协，但在国号问题上，他们停止了让步，并威胁要举行兵谏。朱元璋手下的将士们，尽管已经日益成为新的统治利益集团而淡漠了弥赛亚主义的信念，但仍然希望新的国号能够反映他们当年的梦想。他们说服了朱元璋，"大明"的含义和他的姓氏正相匹配：据说火神祝融的一个名字就叫作"朱明"。最后，儒生集团也同意了这个国号，因为他们在儒家经典中为之找到了依据。在最古老的儒家文献《诗经》中，有一篇就叫作《大明》："下面是光明的，而上面是显赫的……上帝注视着下界，而诫命已经下达……伟大的武王啊，消灭了强大的商朝，在一个明亮的早晨。"[04]

---

04 《诗经·大明》。

但除了国号之外，朱元璋不愿意再保留任何明教的痕迹。在他著名的即位诏书和北伐檄文中没有体现明教的教义。而在后来的官方历史书写中，朱元璋及其政权及明教组织的关系也被小心翼翼地描述为暂时的屈从和相互利用。更加戏剧性的是，朱元璋在即位后当年就下诏禁止一切"旁门左道"：白莲宗、弥勒宗和天鹰教等明教支派都被当作荒诞的异端邪说遭到禁止。[05] 尽管朱元璋竭力和明教拉开距离，但是正如史密斯教授所说：

朱元璋，不管他本人承认与否，骨子里都是一个明教徒。即使在他放弃明教信仰后很久，他的许多残酷的政治举措仍然要从早年的宗教生活中找到原因。他对人民行为的严厉控制，对官员贪腐的恐怖惩处，对臣僚绝对忠诚的要求，对奢华生活方式的摒弃，无不渗透着明教教义的影响。他一生都在为了缔造一个纯洁的光明世界而奋斗。这使得他所统治的时代比起之前和之后的许多时代都更为怪异地远离中国传统的社会形态。[06]

在1368年的北伐攻势后，乌哈噶图汗和他的朝廷仓促地退守漠北，但是仍然没有放弃对中国其他地区的主权要求。这不能不引起朱元璋的愤怒，他急不可耐地命令史官修撰了《元史》，并送给乌哈噶图汗"恭顺的皇帝"这样一个侮辱性的称号。与此同时，统一中国的战争仍在继续着。元帝国的残部并未像朱元璋所设想的那样恭顺归降，在扩廓的几次反击下，它幸存了下来，并历经种种变迁一直持续到17世纪，才臣服在满洲征服者的脚下。但除此之外，中国的其他部分都顺利地并入明帝国的版图，只有在攻打四川的明夏政权时，遭到了一些阻力。

---

05 参见《明教与大明帝国》，《吴晗史学论著选集》，第二卷，415页。
06 《明教史研究》，45页。

在明玉珍死后，他的儿子明升继任为有名无实的明教教主，并拒绝了朱元璋招降的建议。1371年5月，朱元璋派遣傅友德从陕西直捣成都，与此同时，廖永忠从扬子江率舰队进攻重庆。他们遭到最后一批虔诚明教教徒的顽强抵抗，伤亡惨重。但最后，明升和他的教众们向重庆江面的廖永忠舰队投降。[07]

廖永忠的过分得意让他做出了皇帝所未曾料想到的举动，他狂妄地宣布明教就此终结，并吐露了十三年前朱元璋杀害张无忌的秘密。这个惊人的消息尽管已经失去了时效性，但仍然迅速传播开来。虽然在十三年后，已经没有人敢于公开反对新皇帝的权威，但崇拜张无忌的将士们仍然对皇帝曾经犯下的罪行感到不安。朱元璋当然矢口否认这一切，并严禁人们提起这件事。他处死了吐露机密的廖永忠，并安抚其他的将军们，但他们之中的大多数人都在此后十多年中以各种罪名被杀害。四散人也遭到了清洗而纷纷离开南京，不知所终。据说说不得和尚曾经在皇宫墙外留下一首意味深长的讽刺诗：

这个世界广阔无边而充满万物，
你要收起来都放在一个袋子里。
稍微放宽一些对你有什么妨碍？
毕竟最终一切都将会烟消云散。[08]

这种多元主义的论调或许也是对明教自身残酷的斗争哲学的反思。

---
07 《明史》，第一百二十三卷。
08 《朱元璋传》，265页。

在对明教的残余进行大清洗后,终于,"明教"这两个字也被严禁提起。明帝国政权的起源成了最高的机密,而朱元璋取得帝位,则被形容为是"天命所归"的结果———一种传统的儒家式表述。

张三丰本人已经在1369年去世,他在死前,终于欣慰地看到了蒙古人被驱逐出中国本土。但他的继承者现在被另一个问题所困扰。在真武观中保存的一份密档表明,在1373年,俞莲舟和一批武当的武术家们闯入南京的皇宫,再一次和朱元璋会面。武当方面要求朱元璋就张无忌之死做出解释,否则就要杀死他。朱元璋没有解释,而是写下了一个奇怪的短语:"天下"(Under Heaven)。武术家们沉默了片刻,随即离开了皇宫。第二年,俞莲舟宣布退休,将掌门的职位传给了俞岱岩的学生谷虚子,这标志着武当成了一个完全意义上的出世门派。新上台的武当领导人和张无忌之间的关系已经非常疏远,不会再有为他报仇的意愿。在以后的几个世纪中,武当和南京或北京的中国政府之间,保持了长久的和平状态。

如果武当曾经对朱元璋进行报复的话,那么唯一的报复则发生在15世纪初的靖难战争时期,朱元璋的孙子建文皇帝在战争濒临失败时向武当求助,武当拒绝了他。此后,作为胜利者的朱棣出于对武当的感激或愧疚,在武当山修建了规模宏大的道观。武当与明皇室自此后变得相当友好,以至于在满族的清朝取代明朝后,武当成为地下抵抗组织的重要力量之一。[09]

但对于感到被欺骗的虔诚明教教徒来说,没有什么约束能够阻止他们向篡位者复仇。在朱元璋宣布禁止明教后,大大小小的"明王"再度

---

09 参见《书本与剑的案件》及《飞翔狐狸的青年时代》。

兴起，要推翻虚伪的明朝，重新建立真正的光明世界。然而旷日持久的反元战争已经耗尽了民众对起义的兴趣，他们渴望安定的环境，这些小规模的暴动很快被扑灭。而明教与重新稳定下来的江湖主导势力之间的鸿沟越来越大，在几代人的时间里，14世纪中期的携手合作已经被遗忘，明教的残余再度被视为邪恶的"魔教"而遭到憎恨。

在明升以后，虽然仍然不断有人号称是张无忌的继承人，但明教教主的传承已经中断。在半个多世纪后的1420年，一个女子唐赛儿自称明教圣女，在山东发动起义，这可能是波斯总教企图在中国重振明教的努力。这次起义是半个世纪以来规模最大的一次，但仍然归于失败。尽管如此，唐赛儿成功地转移到了河北，并建立了明教的新总部黑木崖。此后，明教的这一分支以日月神教的名称进行活动，并延续了一个多世纪。

与新的"魔教"抗衡的，主要并不是明朝政府，而是以武当和少林为主导的新江湖秩序。在明朝建立后，无论是支持陈友谅的峨嵋派或是支持李思齐的华山派，都不可避免地陷入了长期的衰落。而明朝从未有效地统治中国西域，昆仑山成为东察合台汗国和西藏诸王朝的辖区，和中国本土的联系逐渐中断，这也导致了昆仑派的衰亡。只有其中在内地活动的一部分才保留了昆仑的名号，但却不再具有根据地。崆峒派仍然存在着，却显然不具有和一流门派并列的实力。唯有源远流长的少林和蒸蒸日上的武当仍然保持着强盛，经过14世纪中期长达四五十年的较量，终于达到了战略平衡，一同在广阔的江湖世界中分享霸权，直到冷兵器时代的结束。

从13世纪下半叶到14世纪中叶的蒙元时代，是中国武术史和江湖世界史上最意义深远也最令人惊奇的时代之一。在上个世纪的"五绝"

体系终结后，争夺天之剑和龙之刀的斗争，反映了在一个混乱时代追求秩序的精神需求。最终，各种野心和力量在长期的复杂博弈中找到了方向：这不仅意味着江湖世界以门派政治的形式达成了长达几百年的稳定秩序，也意味着蒙古帝国的崩溃和新中华帝国的诞生。武术界和江湖世界对中国历史的影响达到了史无前例的高度，这一成就是空前的也是绝后的。自此以后，虽然江湖世界继续维持了数百年的稳定存在，但再也没有出现可以与之相比拟的运动。

（全文完）

PART II
THE CAMBRIDGE HISTORY OF CHINESE KONGFU CIRCLE DURING THE NORTHERN SUNG DYNASTY
(960—1127)

剑桥天龙八部史
(960—1127)

BACKGROUND
背 景

作为严格的历史范畴,我们所熟悉的中国武术世界产生于中国历史的"近世"(Modern Times)开端,亦即北宋时期。在此之前,仅仅有单独的武术家——游侠、刺客、僧侣或者军人——以及若干文化而非政治意义上的武术流派,而没有一个将他们联系在一起,让他们得以发展出诸多复杂互动形式的普遍网络。

经常性被比喻为"江湖"的这一关系网络,在宋代(960—1279)第一次得以出现。这主要得益于唐末农民战争对于门阀士族阶层的消灭,结束了中古时代严苛的人身依附关系,而在宋代第一次建立了平民社会。在10世纪加强的皇权之下,原本分层的固定等级秩序被废除了,整个社会第一次成为一个可以相互流动的平面。契约化的租佃制关系、较宽松的户籍制度、城乡分治的行政体系、平民徭役的废除,以及科举制度的复兴,都赋予了宋代平民以远远超过前代的人身自由,为这种流动性创造了条件。[01]这种流动性既是纵向的,例如从平民成为政府高官,也是

01　内藤湖南《概括的唐宋时代观》,《内藤湖南全集》,第八卷,1969,111～119页;宫崎市定《从部曲走向佃户》,《宫崎市定全集》,第十一卷,1992。

横向的，如佃农进入城市或者商人的跨地区贸易。特别是在横向上，手工业雇佣关系的普及、商业贸易的发达和全国市场的出现，构成了这种流动性的主要原因。[02]

在这一基本平台之上，在唐代依附于军阀和寺院的武术家们，得到了属于自己的独立领域。在这里，一个新的社会维度被创造出来，这里充满了诱人的可以利用的经济资源，而中华帝国的传统国家机器无力控制，因而成为武术家们角逐的世界。

首先兴起的是抢劫商旅和富翁的武装匪徒或"山寨"（Shanzhai, Mountain Stronghold），他们是一群罗宾汉（Robin Hood）式的亡命之徒，以外人难以进入的山林深处作为基地，将武术最直截了当地运用于非法勾当。云州秦家寨是其中的佼佼者，这一山寨创立于北宋初期，建立在宋辽边境的太行山脉中，以世代相传的"五虎断门刀法"而闻名，宋朝向辽国输入的商品是他们的主要劫掠对象。

与之相应而生的是保护商人或其他富豪的雇佣武师。真正的商业性镖局在这一时代尚未出现，但已经有许多武术家受雇于有需要的商贾或地主，成为他们的保镖或护院。很自然地，在这一长期结构性对抗中，非法的山寨和合法的保镖都需要稳定的武术支持，为之提供人力资源的武术流派也得到了迅猛的发展，转而成为独立的武术家团体，并在此后的几个世纪中逐步强化了对其中成员的控制权，转变为严格的政治性组织。

---

02 在横向流动性中，孔飞力（Philip A. Kuhn）教授又区分了"同心圆巢穴"（nested-concentric）模式和"流动商贩"（tinker-peddler）模式，亦即在农村—城镇—大城市的流动和不同农村或小镇之间的流动两种形式。二者对于江湖世界的行程都是重要的：前者提供横贯全国或主要省份的主体等级脉络，后者提供基层各平行单位之间的横向组织。参见孔飞力《中华帝国晚期的叛乱及其敌人》（哈佛大学出版社，1980）序言部分。

四川的青城派和山东的蓬莱派是最早崛起的两大武术门派，二者的渊源可以追溯到宋代之前。但在最初，二者只是分别位于中国东西部、不相往来的两个道教派别。在宋代建立后，伴随着国家的统一和江湖世界的形成，二者迅速转变为近代意义上的武术门派，并趁着宋代统一后短暂的权力真空，在一定时间内几乎瓜分了东部和西部的武术市场，如同大航海时代的西班牙和葡萄牙。不可避免地，二者在扩张中发生了冲突并且开始了百年的仇杀，致使它们也像西班牙和葡萄牙一样迅速衰落。

　　但秦家寨、青城派和蓬莱派只是冰山一角，在 10 世纪后半期和 11 世纪初期的中国，有成百上千这样的山寨、门派、帮会、家族及许多杰出武术家如同寒武纪生命爆发一样涌现出来，其中大部分在不久后就归于沉寂。但也有少部分延续到几百年之后，成为武术世界的中坚力量。

　　在武术世界的初期发展中，很显然地受到当时的国际形势的影响，在 11 世纪，出现了以少林—丐帮联盟为核心的武术世界轴心。

THE FORMATION OF THE SUNG DYNASTY IN THE INTERNATIONAL SITUATION AND THE MARTIAL ARTS WORLD AXIS
宋代国际形势与武术世界轴心的形成

任何一位肯花五秒钟对比一下北宋全盛时期和唐代及元代版图的读者，都不难得出结论：宋代是中华帝国的严重收缩期，在各个方向上，它都遇到了强大的敌人而难以扩张。在唐帝国的废墟上，经历长达近一个世纪的战乱建立起来的宋王朝，尽管在对其领土实际的控制和整合能力上胜过自玄宗时代以来的唐代后半期，但却从未恢复唐帝国时代的荣耀。对西藏、新疆和蒙古地区，即使表面的宗主权也不复存在，甚至连北京和山西北部这样的传统汉族区域也被蛮族所占据。

而更为糟糕的是，宋朝发现自己面对着各方向的边境上的野蛮人民——契丹人、党项人以及重要性较弱的南诏人——已经并非草原上或森林中的粗鄙部落，而是充分文明化，建立起城市和半汉化官僚体系的国家，使用汉字或类似汉字的文字系统，以其发达的军事实力和唐帝国本部的继承者们争夺东亚世界的正统地位。正如北宋怀疑主义思想家包不同（？—1094）所哀叹的："开运之后，已无华夏。"[01]

占领蒙古、满洲以及华北北部的契丹帝国或辽朝（916—1125），自其建立以来就对中原的汉族政权形成了压倒性的军事优势，并曾在947年占领当时中国政权的首都开封。在宋王朝建立初期，开国皇帝们曾雄心勃勃地对契丹人多次发起远征，试图夺回传统的十六个汉人州郡，以及迫使对方臣服在中国皇帝的传统权威下，但基本都以失败告终。由于传统的养马场地区被对方占领，以及内部旨在加强中央而削弱边疆防卫势力的军事改革所带来的弊端，宋王朝发现自己在和契丹人的交锋中总是处于严重的劣势。直到1004年的澶渊合约，通过宋朝和契丹名义上兄弟关系的确立，以及宋朝每年向契丹进贡大量白银及布匹，才勉强形成了战略平衡。

不用说，这种无奈的现实使得10世纪和11世纪的中国知识分子感到悲愤和屈辱，事实上这也是现代"中国"概念的源起。譬如学者石介（1005—1045）在《中国论》中宣称，要让"蛮夷回到蛮夷，中国回到中国，彼此不相混淆"。[02] 宋朝初期的中国学者们重新发现了两个世纪前的复古主义思想家韩愈，将他尊为中国正统文化的捍卫者，并在文化上努力重建"中国"的正统地位，由此出现了所谓"古文运动"的文化转型，后者在11世纪中后期催生了以周敦颐和程氏兄弟为代表的新儒学思想。

为了确保宋王朝的正统地位，人们认为有必要对周边国家实行文化封锁。在宋代，向其他国家销售和馈赠汉文书籍，被视为一种犯罪。譬

---

01 【译者注】指公元947年（后晋开运三年）契丹国主耶律德光南下，攻占后晋首都开封，并在开封称帝，象征着蛮族对中国正统王朝征服的开始。
02 见《徂徕石先生文集》，卷十，116页，中华书局，1984。

如元丰元年（1078）四月，皇帝在诏书中说："在（和辽国的）贸易场合中，除了基本儒学经典外，不允许卖其他的书给外国人，如果私下这么做，将判处三年徒刑，如果严重的话，可以流放一千华里。"[03]

这一时代精神（Zeitgeist）也在当时的武术世界上打上了深刻的烙印，中国武术被认为是和古老的中国文明一同衍生的伟大传统，是中国人的祖先赐予后代的宝贵遗产。它体现了炎帝和黄帝后裔不仅在文化和道德上，而且在身体能力上的优越地位，外国人没有资格学习和觊觎。

正是这种武术正统主义（martial orthodox）的迫切需求使得在11世纪初期，在蓬莱派和青城派短暂的争霸之后，武术世界第一个正统体系得以诞生，即以少林—丐帮为二元互补轴心的反异族势力联盟。下面我们将分别探讨这二者。

少林寺自从达摩时代以来，就成为中国武术传统的伟大象征。在其创建以来的漫长的诸世纪中，少林僧侣在粗陋的达摩武术基础上，通过神秘主义的禅宗神学，发展出了以《易筋经》和《洗髓经》为核心，以"七十二种独特武技"为主体的、繁复而精密的武术体系，在任何时期都拥有一支超过其他派系的庞大武术家队伍。在混乱的"五个朝代和十个王国"时期，少林寺为了保全自身，比以往更加强化了武术训练的地位，它拥有一支强大的僧兵作为自卫的武装力量。在947年契丹攻陷开封后，其先锋部队曾进入少室山进行"打草谷"的劫掠活动，被少林寺的僧人剿灭，令契丹人认识到了中国武术的强大，迫使皇帝耶律德光决定退回北方。不久，耶律德光在栾城突然死去，据说就是被少林的重要武僧"十三

---

03 见《续资治通鉴长编》，卷二八九，2725页。

绝神僧"刺杀。

而宋朝人更为熟知但又讳莫如深的,是少林寺和开国皇帝赵匡胤之间的关系。在许多民间传说中,赵匡胤在少林寺学艺并创建了著名武术太祖长拳。[04] 如果这一说法并无依据,至少这套拳法来自他本人在军旅生涯中对少林拳术的改良,被公认为属于少林武术的支脉。[05] 但在赵匡胤登上帝位后,这些并不体面的历史渊源也无人敢于在公开场合提及。无论如何,这些真假难辨的说法进一步神化了少林寺的地位,让它在新兴的江湖世界中处于无可动摇的核心地位。而在江湖网络形成后,少林寺的武术——至少其中较为低级的部分——通过一代代学徒进入江湖网络而被传播到中国各地,许多支系门派应运而生,他们也或真或假地奉少林寺为自己的祖源。

虽然少林寺处于武术世界的核心,但也有自身显而易见的局限性。作为一所禅宗思想主导的高端武术学院,它缺乏全国性的组织(仅在福建莆田有一所分校),并不参与实际的军事作战,也不谋求政治权力。其实际控制的势力范围甚至不超出嵩山,这使得它更多地处于精神领袖的地位,而难以直接出面凝聚武术世界的主流势力,进行反异族斗争,但丐帮的诞生正好满足了这一需要。

丐帮,虽然经常被上溯到唐朝末期的流民战争时期,但其真正的起源很可能是在北宋初期。虽然乞丐的存在是跨文化的普遍现象,但乞丐帮会则依赖于一系列具体社会条件才可能出现。首先,需要有大量人口脱离农业,进入城市;其次,它只能存在于一个贵族等级结构解体、政治权

---

04 元刊本《赵太祖飞龙记》,第二回(日本京都大学藏本)。
05 黄百家:《少林拳谱总汇》序。

力控制松散的平民社会，否则很容易沦为私人部曲或奴隶；最后，这个社会要相对比较富裕，以至于可以供养一个庞大的行乞阶层，当然也不可能太富裕，否则乞丐也就不复存在，而只有危险的流民。

宋代完全符合这些条件，事实上也是第一个能够符合这些条件的中国王朝。中古士族社会的崩溃和平民社会的形成为江湖世界的出现提供了平台；工商业的繁盛使得大量农村人口涌入城市，其上层成为官员和商人，中层成为工人和仆役，下层则沦为乞丐。虽然他们已经失去土地，但却惊喜地发现在大城市中行乞也胜过在家乡进行辛劳而收获微薄的耕种。

在此需要提及的是城市结构的变迁。在宋以前的社会，主要城市是由戒备森严的里坊结构组成，一座城市由若干不大的里坊组成，每一个里坊是由高墙围成的方块，内部有街道和居民，在街道中心有警戒塔楼，每天击鼓实行宵禁。不用说，在这种严密的控制下，即使有个别乞丐的存在，也难以形成庞大的帮会势力。在宋代初期，统治者试图照搬之前的城市方案，但很快在新兴的商业化浪潮前崩溃，坊墙被拆除，沿街开设店铺成为常态。[06] 最终形成了类似《清明上河图》中人们所见到的城市景象，这种新的城市结构成为丐帮等城市帮会兴起的依托。

乞丐帮会本身从理想状态来说，是乞丐的互助组织，一个孤立的乞丐是社会的最底层，可以被他人随意欺凌。但如果加入帮会，则会得到来自其他乞丐的庇护，但需要从行乞收入中缴纳一定的比例给帮会组织，如果遇到雨雪天气，无法行乞或濒临冻死时，帮会也会提供一定的衣食。

---

06 杨宽：《中国古代都城制度史》，上海古籍出版社，1993，285—287 页。

每个城市中的乞丐头目,俗称为"团头",倚赖其他乞丐的供养,有一定的资金和田产,生活条件较一般乞丐优裕。[07]

这种帮会组织往往是地域性的,但是宋朝全国统一市场的形成和商品的广泛流通也催生了真正意义上全国性乞丐帮会的出现,即所谓丐帮。[08] 由于宋代的士大夫对于底层社会的漠视,这一当时新兴帮会的具体起源已经无从考证。目前所知道的最早的领袖是第五代的汪剑通,他活跃于11世纪60到70年代。很显然,如果汪是第五代领袖的话,那么之前四代,即使每一代的统治时期都有二三十年之久,也只能上溯到北宋初期,而事实上代际的变迁或许并没有那么缓慢——在汪剑通之后百年的洪七公已经是第十八代了。或许真正全国性的丐帮只是在11世纪初才出现。无论如何,这和之前我们的论断是一致的:丐帮——以及更广泛意义上的江湖世界——的兴起和宋代商业社会的形成有着密不可分的内在联系。

丐帮流传的武术中,以"打狗棒法"和"降龙十八掌"最为著名,这二者都有浓厚的象征意义。"打狗棒法"再明显不过地代表了丐帮的社会底层属性,是底层帮众和恶狗厮杀的经验总结,而"降龙十八掌"则来源于极为古老的《易经》思想,其名称取材于晦涩的经文,是地位尊崇的中国古典文明的产物。由此表明了丐帮的双重属性:代表底层的民众和社会上层相对立;代表汉族文明和异族的威胁相对立。我们可以看到,这一双重特性贯穿了丐帮从宋朝到清朝的全部历史。

尽管丐帮的出现和发展对于政府是一个潜在的威胁,但从另一个角度看,协调和管理数目庞大的乞丐,不让他们变成作奸犯科,甚至犯上作

---

07 《喻世明言》,卷二十七。
08 参见斯波义信:《宋代商业史研究》,第三章"宋代全国市场的形成"。

乱的盗匪，也有利于维持社会的稳定，政府实际上也是受益者。因此总体而言，官方采取了容忍的态度，在各大城市，允许"团头"的半合法存在。全国丐帮帮主和长老这样的高位不受政府的约束，也不和官方发生接触，对于官方来说，仍然是可疑的危险人物。但在上述的民族主义危机面前，丐帮和政府的潜在对立关系变得次要，更重要的是双方作为新生的汉族政权的上层和底层，必须共同面对异族的敌人。在宋朝和契丹以及西夏的战争中，丐帮起了重要的作用，正如查良镛博士所说：

"丐帮一直暗助大宋抗御外敌，保国护民，然为了不令敌人注目，以致全力来攻打丐帮，各种谋干不论成败，都是做过便算，决不外泄，是以外间多不知情，即令本帮之中，也是尽量守秘。"[09]

查良镛博士认识到了丐帮和政府的秘密合作关系，但对此的解释可能是错误的，至少是片面的。没有说出的隐含原因或许是更令人惊讶的：因为丐帮的成就被归为宋朝政府的军事胜利，使得政府获得合法性，将领和官员们也从中获利。以这种惨烈的方式，丐帮消耗了大量有生力量，也向宋朝政府表明自己并无威胁，获得了在法律边缘的存在和政府的不加干涉。当然对于丐帮的武术家来说，这种对国家表示忠诚的方式也是一种值得骄傲的荣耀，有利于他们在帮会和整个武术世界中提高和巩固自身的地位。这和12世纪初梁山系统的武术家在获得合法身份后投入和明教及契丹的战争如出一辙。事实上丐帮和宋朝政府在对外战争中的合作关系一直维持到宋朝末期，在13世纪和蒙古帝国的长期战争中，丐帮起了不可忽视的作用，其中两任帮主都死于襄阳战役。

---

09 《天神与龙的战争史》，第十五章。

少林与丐帮之间较少有竞争关系，少林向丐帮提供武术人才（譬如第六代帮主，著名的乔峰就曾是少林的学员），而丐帮则担任少林的外围警戒（譬如丐帮所积极参与的雁门关事件即是为了保卫少林寺）；少林担任武术世界的精神领袖，而丐帮则负责实际的运作。少林不至于被架空，而丐帮也不会过分膨胀。这种既互补又制衡的关系令双方都能从中获益。这也是和14世纪之后的少林—武当关系的不同之处。

除少林和丐帮外，武术世界的正统势力还包括一系列中小门派、帮会、山寨、寺院及武术家族。如上面提到的蓬莱派、青城派，此外还有清凉寺、聚贤庄园以及慕容家族，等等。他们至少在表面上公认上述二者的正统地位，同时也被承认为是正统的中国武术传承者。

在这些围绕着武术世界轴心运转的旁支势力中，最特殊的是云南的段氏家族，因为他们建立了一个延续了三个世纪的国家——大理国（937—1254）。

和契丹相似，大理国的建立同样是在唐朝覆灭和宋朝兴起之间的半个世纪，缔造者是段思平，他是一名原南诏官员，但在南诏的一连串政变中获得了权力，成为皇帝。这一段姓家族可能源出汉族的段氏，是汉朝一位著名将军段颎的后裔，也可能是当地的白族土著冒认祖先以增加自己的声望。[10] 无论如何，在中国的衰落和内战时期，大批汉人南下流落到南诏地区，参与了当地政权，是可以肯定的事实，而段氏家族也从中学到了高深的武术，此后以"一阳指"和"六脉神剑"获得了极大的声名。

大理国的疆土来自于长期独立的南诏王国，和宋王朝之间很少有领

10　参见段玉明《大理国史》（云南民族出版社，2003），9页以下。

土冲突,并且谦恭地向宋朝朝贡。[11] 因此宋朝居民对它并没有敌意,相反因为认为其皇帝是来自中国本部的汉人武术家,却有特殊的亲切感,类似于今天中国人对新加坡的友好态度。对于段氏而言,声称是汉族后裔有助于提高自己的身份,而由于段氏家族的巨大影响,正统势力也很愉快地接纳了这个宋帝国边境之外的同行。大理国的王室成员经常到宋朝境内学习和游历,并结交当地的朋友,以及邀请无量剑这样的正统武术流派到大理国驻扎,这些举措使得大理国如果不是在政治上,至少是在文化和武术上,被认为是中国的一部分。一位游历者称他们:"尊重儒生,礼拜佛教,居住在城市里,和汉人没有区别。"[12] 这和下面要论及的各非正统势力是很不相同的。

11 同上书,317 页。
12 曹学佺:《蜀中广记》,卷三十四,引《九种志》。

UNORTHODOX FORCES OF THE MARTIAL ARTS WORLD
武术世界的非正统势力

相比于日后诸世纪，11世纪的武术世界，最大的特征或许是其开放性。这与北宋王朝本身的对外封闭形成强烈的反差，同时又是后者的直接后果。以少林—丐帮联盟为核心的正统派，其势力范围显然止步于宋国边境之内，即使在较为友好的大理境内，也罕见丐帮的分支，更不用说在长期敌对的契丹、西夏和吐蕃境内。但这并不意味着中华武学体系本身的边境。

事实上，当古典武学通过江湖网络的传播，在中国内地繁荣兴盛时，虽然正统势力千方百计加以遏止，其相关资源向周边地区的流动仍然是难以彻底禁绝的。上述的大理就是一个明显的例子。在武术昌盛的时代，如果漠视这一方面，结果将是致命的。不久后，契丹人和西夏人也利用国家资源，建立了他们的御用武术家集团。如果说在民间由于其截然不同的社会形态，较少有"武术森林"的盛况，那么至少在宫廷中，他们拥有能够和汉人匹敌的强大武装。

由于史料稀少，我们目前只能从宋代的汉语文献中窥知其武术家系统的一鳞半爪。譬如，在契丹的皇家卫队"斡鲁朵军"中，聘用了许多汉族武术家，组成特种部队。他们和丐帮曾经多次交锋，并擒获过丐帮第五代帮主汪剑通。[01] 而在西夏则在枢密院之下设立了被称为"一品堂"的官方机构，主要向中国本部地区招募肯为他们效力的武术家，不用说，其中大都是恶名昭著的亡命之徒。[02] 在吐蕃地区，一度强大的吐蕃帝国已经分崩离析，对东方的野心也烟消云散。而远离中国本部的地理位置和恶劣的高原条件使得他们也不必担心来自中国本部的进犯。但中国武学也辗转传播到了这里，和来自印度的"脉轮"学说相结合，也催生了鸠摩智（Kumakiva）这样著名的吐蕃武术大师。

不过在中华武学体系的外围，除了其他政权外，还存在纯粹武术家集团建立的地下权力。这里指的主要是9世纪的吕岩在河西走廊建立的逍遥派，保留了在内地一度失传的内丹派武学精髓，但由于其领导人奉行的落后的秘密主义政策，每一代只有几名弟子，在宋朝时期并未有很大发展。虽然如此，这一门派间接的影响力却是惊人的。在10世纪上半叶，吕岩教团的继承者们在从中亚山脉到中国南海的岛屿的广大范围内广泛活动，和相隔数千千米的上百个地方势力建立了密切联系，成立了被称为"三十六洞洞主，七十二岛岛主"的组织体系。这些活动的确切目的不得而知，但很可能和当时混乱的政治局势相关。或许逍遥派曾经尝试复兴中华帝国，建立政教合一的道教王朝。

这一努力，在宋王朝成立后，特别是在新领袖陈抟和赵匡胤达成秘密协定后被放弃。此后很长一段时间内，逍遥派的具体活动不详。这一门派显然并未被吸纳进主流的正统势力，但在11世纪后期，它仍然拥有

01　《天神与龙的战争史》，第十五章。
02　同上书，第十六章。

广泛而深刻的影响力。其中天山童姥（998—1094，意为"天山上像儿童一样的老妇人"）是一名杰出人物，她虽然是女性且有身体缺陷，但在长达九十多年的漫长寿命中，在天山之巅建立了被称为灵鹫宫的奢华宫廷。她接管了上一代的"三十六洞洞主，七十二岛岛主"系统，并将自己对他们的权力强化到绝对专制的程度，然而和她的同学李秋水的长期内斗令她无暇施展更大的野心，而仅仅将这一庞大组织用于剥削掠夺和个人享乐。而后者则在成功进入西夏王宫后，建立起同样强大的地方势力，据说她的一个面首就是后来著名的鸠摩智大师。西夏王朝显然也对这位王妃极为尊敬：她是他们抵御东方辽宋王朝的进攻和西方天山宫廷的威胁的关键屏障。

在 11 世纪 60 年代，在黄河源头一带出现了逍遥派的另一个支系星宿派。这一门派的创始人丁春秋是一名长期被低估的杰出武术家，因为和师长发生了难以调和的矛盾，在试图杀死他的老师未果后，逃到了偏僻的安多地区，[03] 在那里设帐授徒，建立属于自己的统治。在 70 和 80 年代，这一努力取得了巨大的成功，根基稳固的丁春秋将目光转向东方，期待着像穆罕默德返回麦加一样，以君临天下的姿态重返故土。

但在论述丁春秋悲剧性的东征之前，我们必须先简要回顾主流势力内部的问题与嬗变。

---

03 【译者注】安多，藏语，指青海地区。

MURONG FAMILY AND
THE RISE OF QIAO FENG
慕容家族与乔峰的崛起

辽、西夏和大理的崛起在令汉族正统主义者感到愤懑的同时，也令一些早已归化的外族移民产生了同样的野心，在此必须提及的是苏州地区的慕容家族。这一家族是已经灭亡的鲜卑人的后裔。慕容家族的祖先在4世纪的蛮族入侵时期，曾经占领过中国北部，建立了一系列以"燕"为国号的短命政权。但曾经的辉煌早已消逝在诸多世纪的变迁中，除了历史学家，没有人知道这个姓氏的来历，如今他们仅被视为普通的汉族居民。在汉语中，他们的姓氏意为"爱慕容貌"（Admire the Countenance），这令人更加觉得这一姓氏全然源出古典中国的苗裔。

宋朝许多人认为，辽、西夏和大理都在不同程度上被视为鲜卑人的后裔所建立的，至少他们的祖先都曾托庇于鲜卑血统之下。既然中国的周边能够重归鲜卑人统治，那么看来这一成功在中国本部被复制也并非不可能。至少看来这是慕容家族的想法。推翻汉族的政权，重建慕容氏在4世纪的短暂王朝，成为这一家族的秘密目标。

在混乱的"五个朝代和十个王国"时期，慕容家族实际的始祖慕容龙城开创了自己家族的武术传统。他的武术渊源难以考证，但他或许从天球的视运动中得到启发，发展出被称为"星天旋转"的著名武术流派。这一今天已经失传的武术以建立对称性而著称，能够通过一系列反转的技巧，将对方的攻击以同样的方式返还给对方，使得对方仿佛自己在攻击自己。这种武术风格形象地体现了慕容家族的基本战略：绝不正面攻击敌人，而利用敌人自己的力量进行暗中操纵，以达到所期待的效果。

慕容龙城建立了参合庄园，这里很快成为受列国战争所苦的人们的避难所。慕容龙城逐渐将这些流民吸收为自己的家族势力，并成为极有影响力的地方豪强，但他尚未开展进一步的行动就逝世了。不久，新建立的宋帝国征服了南方大部分省份，完成了中国本部的统一，无论慕容家族有多大的野心，此刻也不得不隐藏起自身的肌肉。此后一个多世纪里，处于宋王朝腹地的慕容家族没有政治上的轻举妄动，但他们控制了苏州的丝绸产业和太湖渔业，将吸纳的大量资金用于收买地方官员和江湖帮会，一步步建立和巩固了自己的地下王国。

在 11 世纪 60 年代，该家族的领袖慕容博被普遍视为中国南部最具实力的武术家。他也和包括丐帮帮主汪剑通、少林寺住持玄慈在内的主流势力上层建立了良好的关系。但对于实现自己的野心，这些无疑还远远不够。无论慕容博个人的武术造诣达到何种惊人程度，在少林—丐帮联盟主导下的武林秩序中，他的家族只能处于边缘地位。唯有前者的势力被扫除一空后，慕容博才能够成为中原武术世界的新领袖。为此，慕容博策划了著名的"雁门关事件"。

关于这一事件的全部真相已经难以考证。查良镛博士在《天神与龙的战争史》中的推测由于时代局限和资料欠缺,很难说是令人满意的。[01] 譬如,他并没有注意到这一事件与同一时期契丹耶律重元叛乱之间的关系。不幸的是,史料对这一叛乱事件的记载也是混乱而自相矛盾的。确凿无疑的是,契丹皇帝耶律洪基的叔叔耶律重元,因为长期未能继位而感到不满,即使被封为皇太叔也未能安抚他。在1063年初,当皇帝在远离首都的荒野狩猎时,重元的儿子率领一支主要由弓弩手组成的军队去伏击皇帝,希望让父亲登上皇位。经过艰难的战斗,叛军被击败了,重元被永久囚禁。当皇帝回到首都后,就进行了大规模的清洗。

这场未遂政变在辽国皇室和贵族之间产生了严重的裂痕。为了转移矛盾,耶律洪基提出了被搁置已久的对宋作战计划,但很快引起了宋王朝的警惕和民间的恐慌。在这一动荡形势下,慕容博炮制了一个精心策划的政治谣言,耸人听闻地宣称契丹武士将突袭少林寺,偷取武术典籍。在上述的宋朝禁止书籍出口的历史背景下,这一谣言显得极为可信并且令人不安。以少林玄慈为首的主流势力很快决定在雁门关拦截并消灭来犯的契丹武士。

慕容博的动机至今仍然是一个谜,因为据我们所知契丹武士并不存在这样的图谋,在正常情况下玄慈等人只能无功而返。或许他试图让契丹方面相信,将会有汉族武术家偷袭刚刚逃过刺杀危机的皇帝从而派御用武术家阻击,以便挑起两个国家武术人之间的相互仇杀。同样可能的是,他打算将那些著名武术家引到无人之境而亲自出手,消灭自己通向权力道路上的羁绊。无论在哪种情况下,都必然会在武术世界造成巨大的权

---

01 《天神与龙的战争史》,第十六章。

力真空，而慕容博可以轻易地占据这一真空并登上权力的顶峰。

这一阴谋几乎要获得成功：虽然并未有任何契丹武士出现，但打算迎击敌人的中国武术家们在雁门关地带与来自北方的一个萧氏家族相遇，他们可能是已故的契丹重臣萧阿刺的家人，为躲避皇帝的清洗而逃离契丹。武术家们屠杀了其中大部分人。但是一个叫萧远山的男子却被证明是更优秀的武术大师，他杀死了大部分宋朝的武术家，并使得偷窥的慕容博在惊惶之下逃走。但最后，妻子被杀的痛苦使他跳崖自尽，唯一活下来的是他的儿子，一个不满一岁的婴儿。这个孩子令幸存的武术家们产生了恻隐之心，决定将他带走抚养。

慕容博的离奇计划最终并未取得成功，虽然大部分武术家因此而惨死，但是少林方丈玄慈和丐帮汪剑通两大领袖都幸存了下来，并对通报消息的慕容博产生怀疑。慕容博不得不伪造了自己的死讯。在不久后爆发的小规模边境战争中，少林和丐帮都参与了，并成功遏制了契丹南侵的野心，少林—丐帮联盟的轴心地位被进一步巩固下来。

虽然如此，雁门关事件中所遗留下来的婴儿，因为玄慈和汪剑通的负疚感而被少林寺精心培养，这个孩子很快显露出了武术天才并在其成年后被吸纳入丐帮，并因建立了惊人的功绩而在汪剑通于1083年去世后继位为新的帮主，就是著名的丐帮第六代帮主乔峰（1063—1094）。

QIAO FENG'S UPS AND DOWNS AND THE BATTLE OF SHAOLIN
乔峰的起落与少林寺之役

汪剑通选择乔峰为继承人的动机始终是一个谜团,约翰生博士认为他"出于对乔峰的愧疚之情以及佛教的普世主义……而放弃了中华种族主义的原则",未免失之理想化。[01] 史密斯教授归结为乔峰本人的个人魅力和才能的正面影响,虽然是正确的,却不能不认为过于简化。[02] 问题首先在于,乔峰在汪剑通在世时,已经获得了丐帮上下的拥戴,正如查良镛博士所引用的一位高僧所说:"再后来你立功愈多,威名愈大,丐帮上上下下一齐归心,便是帮外之人,也知丐帮将来的帮主非你莫属。"[03] 显然,将帮主的宝座传给乔峰之外的任何人,都会引起权力的失衡,可能给丐帮带来空前的危机。出于忧虑而非期望,才使得汪剑通决定传位。

另外,乔峰也是连接少林和丐帮关系的重要纽带。再没有比一桩共同的丑闻更能使人们团结在一起的了。由于少林应对雁门关事件负主要

---

01 《丐帮史研究》,牛津,1992,71 页。
02 "雁门关事件再探讨",载于《中国史评论》2001 年第 2 期,181~195 页。
03 《天神与龙的战争史》,第十六章。

责任，有乔峰的存在，丐帮就拥有了反向制衡少林的重大把柄。玄慈方丈曾写信给汪剑通，强烈反对他传位的决定，或许并非出于民族主义精神，而是出于对自身地位的不安。可以理解的是，在乔峰即位后，少林与丐帮的联系并未减弱，反而进一步加强了。

在11世纪80年代，乔峰和慕容博的儿子慕容复被并列为最具盛名的武术家，被认为是武术世界新一代的希望——但后者最终被证明并没有和他的名声相吻合的武术造诣。乔峰卓越的管理才能也使得丐帮的势力达到了顶峰。作为一个大约三十岁的年轻人，他的地位之巩固胜过之前的任何时期。

当然，和任何其他政治组织一样，丐帮内部也有潜在的反对派，譬如副帮主马大元和主要元老之一的陈孤雁。在丐帮中，副帮主是一个超出常规的职位，在没有先例的情况下由汪剑通所创制，其意图明显在于制衡乔峰的权力。谨慎的马大元被汪剑通告知了乔峰的真实身份这一惊人秘密，因而刻意与之保持距离。但在一般情况下，这种内部派系区别保持在可容许的范围内。如果乔峰没有察觉自己的身份，马大元不会也不可能主动揭露这一点。而如果马大元不说，乔峰几乎不可能从别的渠道知道自己的身世秘密。因此二者一直相安无事。

马大元于1092年因为其年轻妻子的出轨事件意外被杀，使得形势发生了意味深长的变化。汪剑通的亲笔信落到了马大元妻子康敏和她的情夫全冠清手上，他们即借马大元被杀引起的怀疑进行了一系列地下联络，秘密开展了废黜帮主的阴谋活动。

在一般情况下，废黜一个被广泛认为才干卓著并且深得帮众拥戴的帮主是不可想象的。但全冠清和他的同伙出示了决定性的证据，拉拢各大长老站在了自己一边。当乔峰发现他们的活动时为时已晚，最终在一次浩大的政变之后被迫离开丐帮。如果不是由于他本人令人忌惮的武术造诣，或许他还会遭到杀害。

乔峰离开丐帮后还试图与之保持友好关系，当丐帮元老们被西夏人囚禁时曾经营救过他们。但这些努力很快由于种种误解而告失败。事实上由于他的契丹人身份被揭露而引起的巨大恐慌和迁怒，他很快成为整个武术世界的众矢之的，在几场血腥的械斗后，只能远远逃到宋朝境外。在初步了解了自己的身世之后，他恢复了家族的本姓"萧"，曾经栖身于满洲的女真部落并教授他们武术。1093年，他在第二次重元叛乱中解救了在附近狩猎的皇帝耶律洪基。同年他被封为南院大王，为答谢他的功绩，皇帝将南京（今天的北京）作为他的封地。[04]

在乔峰事件之后，陷入严重危机的丐帮急于选举出一位新的帮主。但各名长老的实力均衡和意见不一使得帮主之争陷入僵局，最后不得不启动比武大会的选举模式。在比武大会上，曾经策划推翻乔峰的全冠清找到了一名武术造诣出类拔萃的少年庄聚贤（？—1094），他击败了其他对手，成为第七代丐帮帮主。

庄聚贤是丐帮历史上最为短暂和神秘的领导人之一。他总是戴着一个铁制的头盔，据称是原聚贤庄园的继承人游坦之，他的家人死于一次围剿萧峰的战斗，而他本人也被毁容。无人知晓他从何处学到了精湛的格斗技艺，但根据史料记载，他确实如同超新星一般忽然出现在武术界，以恐怖的手段杀死了无数敌人。但这个年轻人的心智并不健全，父母被

---

04 《辽史》，卷九十，萧阿剌传附萧峰传，这部简略的传记将萧峰描绘为萧阿剌的侄孙，并没有提及萧峰在宋朝和满洲的坎坷经历。

杀和自己被毁容的阴影可能使他缺乏与人沟通的能力,而这一点恰恰被全冠清所利用。在一次邂逅相遇后,全冠清成功地使得庄聚贤对自己建立了信任。而当全冠清使得庄聚贤成为丐帮帮主后,就将真正的权力牢牢把握在自己手上。

全冠清用傀儡控制帮会的政治把戏很快引起了帮众的怀疑和长老的反对,形势日益明朗,无论是庄聚贤的铁腕还是全冠清的狡计都难以令他们得到昔日乔峰的无上权威,而全冠清排挤异己的做法使得他的敌人不断增多,不久后,事实上连主要的长老也站在了他们的敌对面。严峻的内部危机迫使全冠清策划了更大的冒险:通过挑战少林,成为真正的武术世界领袖,让庄聚贤和自己获得无可争议的政治合法性。

在以往的少林—丐帮联盟中,虽然丐帮的势力更为浩大,但由于少林古老的地位和在武术世界的崇高声望,也由于历任丐帮帮主或多或少的少林背景,少林寺总处于更高的地位,而真正的盟主往往由少林方丈担任。即使在乔峰当政时期,这一形势也并未改变。少林相当于精神领袖,实际的权力运作则交给丐帮,但这一相当合理的结构由于目前丐帮的内部危机而难以维持下去。全冠清唆使庄聚贤以建立广泛的爱国武术联盟为名,要求少林方丈交出名义上的领导权。

总体而言,这种举动的愚蠢是不言而喻的:如果庄聚贤被少林打败,他和全冠清无异于自寻覆灭,而即使庄聚贤获得了胜利,取得了名义上的领袖地位,也不可能获得少林的衷心合作,更不用说必将进一步引起其他各大势力对于丐帮过分膨胀的警惕。但对于地位岌岌可危的庄聚贤和全冠清来说,这是孤注一掷的政治冒险,这一挑战最终导致了少林—丐帮联盟的衰落。

但是面对被庄聚贤所煽动起来的丐帮的压力，少林寺发现自身并没有化解这一危机的能力。它的精神领袖地位并不能保护它的寺院在丐帮大军的狂潮下被夷为平地。使情况更为糟糕的是，丁春秋严密组织下的星宿派也来到少林寺进行挑战。甚至不久前，吐蕃国师鸠摩智也孤身进入少林寺，试图毁灭这一中国武术世界最古老的象征。此时，慕容复和他的手下也一起来到少林，试图从中取利。这一切都酿成了整个11世纪最大的事件：少林寺战役。

要从纷繁复杂且相互矛盾的史料中理清这场战役的诸多线索几乎是不可能的，有关各方都极度吹嘘自己的作用并贬低他人，使得不同史料也矛盾重重。譬如大理国的史料声称，当时在中原游历的段誉王子（后来的大理宣仁帝）参加了这次战役，并且打败了野心勃勃的慕容复。[05] 但是一份来自原慕容家族追随者的材料则声称，段誉是因为和慕容复争夺一位美丽女郎，而被慕容复所轻易打倒，仅仅是依靠萧峰的帮助才幸免一死，在战斗中没有起到任何积极作用。[06]

我们可以确知的是，当庄聚贤率领丐帮人马来到少林寺后，首先和丁春秋的队伍遭遇，或许是因为中毒而被钳制，很快就屈服在丁春秋的淫威之下。此后，这两股队伍汇为一股，向少林寺进发。但在他们可能和少林寺发生正面冲突之前，就被萧峰所拦截。萧峰率少量随从来到少林寺，并在决斗中击败了僭居帮主之位的庄聚贤。这么做或许是为了帮助丐帮回到正确的轨道，或许只是为了向丐帮报复。无论如何，丐帮大众对此非常感激，他们在萧峰和庄聚贤离去后，一拥而上将全冠清杀死。

05　参见《大理国史·宣仁帝本纪》。
06　公冶乾：《江湖见闻录》，卷七。

另外,丁春秋也被逍遥派的新领导人所击败。这位被称为虚竹子的神秘年轻人原是一名少林弟子,据说曾经是天山童姥的面首,被后者称为"梦郎(dream-boy)",并在她晚年得到了她的武术传承。当他返回少林寺后,就击退了鸠摩智的挑战,不久后又帮助萧峰打败和俘虏了丁春秋,并吞并了星宿派的势力。不久后,由于萧峰的父亲萧远山(此人在多年前就成为一名少林僧侣)的现身,慕容博和慕容复父子的阴谋也被揭穿。萧峰和少林的关系得到了缓解,他在不久后带着随从们安全离开。

据说,有一名匿名的少林老僧人在本次事件中起了重大作用,以不可思议的高超的武术造诣化解了一系列矛盾,并使得萧峰和萧远山等人拜服。[07] 查良镛博士采用了这种说法,但事实上这一机械之神(deus ex machina)相当可疑,或许只是由于这次少林的空前危机出人意料地得到化解而产生的神话。少林方面无疑倾向于散布这种神话,它使得少林一度受到威胁的地位再度显得牢固而高不可攀。有了匿名老僧这样的传说,在此后数十年中少林的地位再也无人敢于撼动,直到北宋王朝的灭亡。

07　参见《天神与龙的战争史》,第四十三章。

Rivers and Lakes in the Shaolin Temple after the Battle of Pattern

少林寺战役之后的江湖格局

尽管有少林寺之战的辉煌，但萧峰的结局是悲惨的。在1093年，宋哲宗赵煦在其摄政的祖母死后开始用他喜爱的模式管理国家。他重用了被罢黜的新党，而原来的保守派重臣则纷纷遭到了降职和外放，使得政治形势发生了重大改变。哲宗进一步对西夏发动了边境战争，或许是想先击败这个较小的敌人再对付更为强大的辽国。

但哲宗的举动不可能不引起辽国的注意，当他将大军调往西北边境后，耶律洪基遂决定乘虚而入，率领大军南下，准备开展经过多年筹备的南征战争。很明显，如果耶律洪基能像他的祖先耶律德光那样攻占开封并灭亡宋朝，东亚的权力均势将发生翻天覆地的变化。因此毫不奇怪，从以少林—丐帮轴心为代表的主流势力，到大理和西夏的重要武术家们，几乎一切势力都团结起来，试图阻止耶律洪基发动战争。

当耶律洪基抵达南京后，他要求萧峰做好战争准备，但萧峰和耶律洪基的意见相左,因为苦谏无效而被迷倒和囚禁。少林和丐帮部分出于对萧峰的感激,部分也出于阻止耶律洪基的需要,联络了大批武术家展开营救活动,已经成为大理皇帝的段誉也秘密前来。当萧峰获救后,丐帮要求他重新效忠宋王朝并阻止耶律洪基的南征。萧峰在两种政治忠诚中无力抉择,他在雁门关拦下了耶律洪基的大军,但此后选择了壮烈的自杀。

萧峰之死引起了契丹内部的骚动,耶律洪基的南征计划被迫取消。相反,面对西北方蒙古人和东北女真部落的骚扰,他开始将注意力转向北部边疆,这一转向是有先见之明的,不过为时已晚,恰是这两个新兴蛮族将在未来两个半世纪中统治中国北方。

在西部,虚竹子统治的逍遥派也引起了西夏皇室的不安。在过去的半个世纪中,身为西夏皇妃的逍遥派重要成员李秋水保护了西夏不受天山宫廷骚扰。但在童姥和李秋水都死后,新的统治者虚竹子是一个血气方刚的年轻人,并吞星宿派的成功或许让他对西夏也产生了兴趣。他来到银川,向西夏公主求婚,并获得了成功。不过通过这种和亲的方式,西夏人成功地把逍遥派变成了自己的盟友。在 11 世纪末和 12 世纪初宋和西夏的边境战争中,逍遥派帮助西夏抵御了宋国的进攻,但结果是悲剧性的,他们在损耗实力的同时也被支持宋国的主流势力所排挤,进一步边缘化。虚竹子既缺乏野心又缺乏才干,这一曾经伟大的门派不久后就步入没落。

在中国本部,营救萧峰是丐帮和少林的最后一次重要合作,此后二者的关系再也没有恢复到之前的黄金时代。丐帮的新领导人吴长风碌碌无能,使得这一帮会也陷入了漫长的中衰期。而少林虽然由于匿名僧人的传闻而仍然受到尊重,但只是一个孤立门派,加上玄慈方丈的性丑闻被揭露，实际权力也大为削弱。毫不奇怪，在这一时期，若干之前较小的势力开始崛起，譬如以"梁山"而闻名的反政府武装，事实上就是一伙武术家的聚集，他们并未被少林或丐帮或其他重要武术势力吸收，这一事实本身就说明11世纪武术世界体系的极度衰落。

明教是这一时期崛起的另一大势力。虽然自唐朝以来就有着漫长、悠久的历史传承，但这一外来宗教长期以来只是在东南地区的地下传播，只有在12世纪初叶才在江湖世界获得了显赫的地位。在北宋末年的奢靡风气中，也同样笼罩着末世降临的不祥之感，许多中上层人士为了满足精神空虚，或纯粹追求新鲜猎奇而开始信奉佛教和道教的各种新流派。半伪装成佛教的摩尼教宣称"清净、光明、大力、智慧"，以简明而清晰的教义，也获得了显著的发展。[01]宗教本身具有超越于政治忠诚之上的维度，而作为外来宗教的明教对于世俗政权统治更具有不服从性。1120年明教教主方腊发动了起义，直到翌年在和被政府所收编的梁山武术家的战争中被歼灭，而后者也在这场战争中损耗了大半的实力，最后所剩无几。[02]

明教和梁山的战争，虽然有较大的规模，但仅就武术世界而言，重要性尚不如武术大师黄裳的崛起。关于黄裳的武术传承有诸多猜测，但显然他不属于任何一个众所周知的武术流派，这也是北宋武术世界本身的开放性特征所造成的。据说他是一位武术天才，在道藏中获取了丰富的经脉和内力学知识，因此无师自通地成为一位武学大师。他参与镇压了明教起义并杀死了大部分重要的明教武术家，为此遭到了他们亲属的激烈报复，导致他被重创，家人也被屠杀。此后黄裳消失了四十多年，人们

---

01 《海琼白真人语录》，转引自《摩尼教及其东渐》，130页。
02 参见《水浒传》，第九十章以下。

一度以为他早已在靖康战争中死去，但据说11世纪60年代他曾短暂出现，并留下了一本呕心沥血的武学典籍——《九阴真经》。[03]

北宋末期的最后一位武术大师是一位叫作独孤求败的剑术家，这个名称的意思是"孤独地追求失败者"，这几乎不可能是真名。人们认为或许他是上一个时代的某一位武术家的化名，甚至有人认为他就是慕容复。无论如何，独孤求败在徽宗时期驰骋中国南北，追求能够击败他的人。据记载他曾经拜访少林寺的匿名老僧，但被告知那位大师已经坐化。他也曾造访天山的灵鹫宫，希望和虚竹子比试，但三十年前的灵鹫宫如今已经是一片废墟，无人知道发生了什么。最后他到达了大理，去挑战已经年老的皇帝段誉，他们之间发生了一场激烈的战斗，但无人知道战斗的结果是什么。不过独孤求败从此没有再挑战他人，他回到中国北方后，在一个山洞中建立了剑冢，号称已经"无敌于天下"。[04]

但独孤求败的辉煌已经是旧时代最后的余晖。在他驰骋南北的时代，被萧峰的武术训练过的女真人的军队已经灭亡了辽国，并在不久后南下对宋朝发起进攻。宋王朝沉溺在强敌灭亡的狂喜中，而丝毫没有觉察到，同样悲惨的命运也将发生在自己身上。在1125年7月，女真人分两路南下，对开封进行围攻，虽然在不久之后解围，但半年后又卷土重来。1127年1月9日，金兵进入开封，俘虏了宋徽宗和他的儿子钦宗，以及大批宗室贵族，男性沦为苦力，而女性遭到了可怕的侮辱。

开封的沦陷并非战争的结束，而是开始。新的宋朝政府在南方被组织起来，大批中国武术家投入了惨烈的宋金战争，或者加入军队在前线

---

03 《射雕的英雄：一部传记》，第十六章。
04 《神圣的雕之罗曼史》，第二十六章。

作战，或者组成小队在后方起义，但作为个人，却无法和有组织的异族大军对抗。缺乏指挥能力的宋朝军队使得他们付出了过多的牺牲才阻止了女真人占领整个中国。

随着一批批武术精英人士在宋金战场上殒命，北宋时代的旧体系消亡了。但新时代的萌芽也随之诞生：在中国本部，丐帮吸收了大量流民而壮大了实力，重新走向振兴；其他的帮会，譬如铁掌帮也在创建中；北方的许多武术家投向佛寺和道观，以宗教的形式展开反抗运动；南方的大理并未受到干扰，那里的武术传统得到了保全，继续享有当地霸权；在东部海上，昔日七十二岛之一的桃花岛开始崛起；而在西北地区，在星宿派的故地，一部分残余势力发展了使用毒药的技巧，令白驼山的名字远近皆知。

经过12世纪中叶宋金战争带来的大低谷，随着战争的结束和宋金对峙的稳定，两代人之后，崭新的"五绝"时代将会到来，将武术世界的发展推向新的高峰。

（全文完）

EPILOGUE

EPILOGUE

BEYOND BORDERS
EXPLAIN THE SCHOOL TOWARDS THE CONVERSION OF THE HISTORICAL DISCOURSE

后记：超越边界
朝向历史话语的转换性解释学

《剑桥倚天屠龙史》这本恶搞《倚天屠龙记》和正史的戏作，产生于 2007 年某个冬夜骑车经过一条林荫小道时偶然迸发的灵感，于 2008 年 1 月 29 日在天涯论坛的"仗剑天涯"版块开始连载，断断续续写了半年，到 7 月 9 日连载结束，反响居然相当热烈。

虽然是一时兴起之作，不过认真说起来，这部小说的"史前史"还要追溯到十多年前。我读小学五六年级，还没怎么看过金庸小说的时候（只在亲戚家里看过一本《连城诀》），有一次拿着母亲的借书卡去工厂的图书室里借书，居然找到一本《倚天屠龙记》第一册，看到作者是被老师和家长们深恶痛绝的那个"金庸"，于是大着胆子偷偷借回来，似懂非懂地看了起来，很快就被里面的情节吸引住了。可是悲剧随后发生了：这部小说，图书室里不知为何只有第一册。所以，看到张三丰带着张无忌离开少林后，故事就此中断了。

每个有过类似经历的读者都清楚，我是多么如饥似渴地想知道后面的进展！可那时我的生活相当单纯，不知道去小店租书看，更不敢去买武侠小说，正经书店里就算有几本武侠的小说也不会拿出来开架阅览。所以我只有每隔几天就跑一趟图书室，希望某天运气好能够碰到后面的几本（我不知道有几本），可惜每次都是失望而返。倒是又把第一册借回来重温了几遍过足瘾。

失望之余，我只有自己脑补后面的情节，几年下来，居然编出了有板有眼的一整套故事：张无忌寒毒自然治好，又学了一身厉害武功（这个不用看原著，也可以猜到吧）。此时日本出了一个高手浪人，带着一群倭寇入侵中华，张无忌和几个少年联手，把他打跑了。至于女主角，我也给安排了一个，那是个居住在大雪山里的神秘女郎，永远蒙着面纱，因为她的容貌已经被仇人毁了，这个大概是从《连城诀》里的凌霜华得到的灵感。

这个故事，我每天上床睡觉的时候编一点点，编了好几年，如果写成文字说不定有上百万字。当然也不过是"编"梅止渴。书中还有许多没头没尾的人和事，我猜不透也想不明白，比如屠龙刀的秘密究竟为何，比如一开始提到的神雕大侠、小龙女，又是什么人，等等。我抱着这些疑问过了好几年。到了初中时，同学之间也开始传看武侠，我才终于看到了全本的《倚天屠龙记》，酣畅淋漓地一口气读完后，恍然大悟。真正的情节，自然是我再编一百年也编不出的，明教群雄的陆续出场已经令人击节慨叹，更何况本以为只是一段江湖儿女的传奇，谁知却又演绎出一段蒙亡汉兴、江山易主的大历史呢？

因为这段渊源，我对《倚天》这部书，较之其他金庸作品而言，可谓有特殊的感情。读大学之后，部分因为《倚天》一书，也因为其他的缘故，我对元朝这个远离中国传统的朝代开始感兴趣，读了不少元史方面的书，对于元朝的政治、文化、历史相当着迷。

在了解较深之后，对于《倚天》这部书我又渐渐生出些不满来。《倚天》虽然以宋、元、明鼎革的大历史为纲，但其中涉及这些方面的史实内容相当少，元朝方面出场的历史人物，不过是察罕帖木儿和王保保两个，还都是跑龙套的角色。燕帖木儿、顺帝、伯颜、脱脱、勃罗帖木儿……这些有趣的同时代人一个也没有出现。张无忌身为汉人抵抗力量的最高领袖，遇到的最大敌手不过是一个王爷的女儿，未免有点不太相称。而方东白、鹿杖客、鹤笔翁等大高手不去将一身绝技卖与帝皇家，只是屈身小小王府，恐怕也说不过去。

并且在书中，元朝的风土人情、风俗习惯也较少刻画。譬如元朝通行纸币"宝钞"，而书中却只用黄金、银两，其实都大锦如果真收了二千两黄金，也不用带着上路那么麻烦，直接去官办兑换机构"平准库"换成钞票就行；又如赵敏的蒙古原名是"敏敏特穆尔"，王保保叫作"库库特穆尔（帖木儿）"，他们的父亲叫"察罕特穆尔（帖木儿）"，似乎这家人姓"特穆尔"，实际上"特穆尔（temür）"是蒙古男子名而非姓（蒙古人的姓也是放在前面的），女子断不会叫这个名字。虽然一些地方金老的避实就虚有自己的考虑，但作为一个铁杆粉丝，总不免觉得颇有憾焉。

《剑桥倚天屠龙史》写作的初衷，正是出于这些遗憾，想描写一段真正嵌入当时历史与文化的金庸武侠史。如果这一段故事在历史上真的发生，那么将会与真实的历史实在发生如何的碰撞与融合？当时的人以及后世又如何去看待这段历史？而历史的铁与血又会给这个充满浪漫想象的故事带来怎样的形变？这些有趣的想法为写作这部戏说历史的小书提供了源源不断的动力。

实际上，这种想法并不完全陌生。将一切我们喜爱的人物和事迹贯穿到历史之中，正是我们这个古老民族所熟悉的思维方式。历史化的思考早已经构成了我们民族精神最深刻的基底。大言不惭地说，这部《剑桥倚天屠龙史》可以将自己的精神渊源追溯到《尚书·尧典》和《史记·五帝本纪》这样的伟大典籍。古老神话和传说都归属于历史的客观实在，它们以某种形式构成了历史本身。我们也历史性地看待它们。

这种思维并不仅仅适用于远古历史，为了将每一样我们喜爱和熟悉的事物纳入历史实在性的轨道，富于实证精神的历史学家们早就热衷于考证花木兰的故事发生在哪一个朝代，崔莺莺的民族和阶级是什么，贾宝玉与林黛玉的原型是谁，以及"历史上的"梁山伯、吕洞宾、宋江等人的真正面目。甚至在我国的传统文艺理论中，也几乎没有想象和虚构的位置。[01] "小说"在古人看来乃是"稗官野史"，是真实人物和事件的夸张和变形，是历史长河的支流，是偏离康庄大道的羊肠小路，但是仍然在历史王国的统治之下。

另一方面，过分发达的历史思维，或者更准确地说，对于在过去的时间长河中确立唯一的本质或实在的执著，反而损害了我们的历史感本身。几千年来，我们制造出许多官方钦定的皇皇"正史"，并将其他的说法当作"小说野史"加以摒弃，甚至焚毁。今天，在网络上和通俗作品中常常看到许多历史论说，每一种说法都宣称自己是唯一的"真相"，而视其他的为谎言和伪造。专家学者们对于历史影视中的"硬伤"缺乏容

01　参见 Franois Jullien: La Chane et la trame: Du canonique, de l'imaginaire et de l'ordre du texte en Chine, Puf, 2004, p. 93ff。

忍，常常斥之为混淆试听，误导观众。在做这些的时候，我们或许并非出于科学的求真精神，而是被垄断历史的话语权力所左右。我们将自己的思想、意志和价值观投射到历史叙事和构造中去，反过来又将之视为客观真实并要求他人去承认。这一切或许只因为我们太过于看重历史的意义，过分强调了它对于塑造我们的现实和未来的力量。在做这一切的时候，我们或许并没有给想象的自由以恰当的空间，同时——反讽地——又在历史的名义下给了它过多的权柄。

尼采曾经指出，过于沉重的历史感本身可能是有害的：历史并非尽是伟大的事物，而充斥着各种偶然的盲目的力量和事件，对这些的记忆是无益的负担，反而会压抑生命本身。[02]这部《剑桥倚天屠龙史》在写作的时候，笔者也常常感到两个相互矛盾的冲动，一是上面所说的将一切历史化，试图赋予小说以最确凿的客观实在，另一个则相反，是要摆脱历史实在的束缚，将严肃的历史话语抛掷到虚无的根基之上，将其置于悬搁之中。因此出现了用最严肃的历史叙事笔调去叙述最荒诞不经的虚构情节的古怪效果。这种相对于小说和历史双重的陌生化手法大概是其受欢迎的原因之一。最终，我们处身于这样一种想象力的林菩界（limbo），既不在想象力的轻飘飘的天堂中，也不在历史性沉重的大地之上，而是悬浮在二者之间的"无何有之乡"。在这里历史与虚构的界限被突破了，记忆和历史书写也不再是负担，历史话语从承载实在的承诺中被解放出来，转换为纯粹的文本游戏，因而最终成了意义机制自身的狂欢。因此，"这里是罗德岛，就在这里跳舞吧"（hic rhodus, hic salta）！

02　参见尼采《历史的用途与滥用》，陈涛、周辉荣译，上海人民出版社，2000。

《剑桥倚天屠龙史》完成后，笔者并没有想过出版。更有很长一段时间因为各种事务而远离了天涯，过了半年多重新登陆时，才发现信箱里不仅有许多网友的支持和鼓励，也有好几位编辑表示希望出版此书。在这种鼓舞下，我最终斗胆将恶搞进行到底，让这本小书去灾梨祸枣。目前出版的《剑桥倚天屠龙史》，是在初稿的基础上，又全面细致地修订了三遍，并且为了兴味起见，增加了注释和参考文献。另外还附上了其他几篇和《倚天屠龙记》相关的文字。

本书能够从几篇零散文字最终成书，要感谢"仗剑天涯"所有网友的热心支持和详尽的讨论批评。最后，我特别要感谢智品书业的董迎军、孙彩亮先生，多亏了他们热情的鼓励和耐心细致的编辑工作，才让这本离经叛道而又乏善可陈的小书最终得以面世。

新垣平
2010.10.27

Reprinted Epilogue

再版后记

　　《剑桥倚天屠龙史》是一种以解构主义方式书写虚构历史的尝试，是让历史话语从实证性中释放出来的后现代能指的游戏。为此笔者模糊了存在与虚无的界限，拆解了历史实在的诸要素，将之源源不断地偷运到真实性界限的另一边，重新组合成一种伪本质主义的叙事。笔者试图让表面的史事与"背后"的历史规律形成双层结构，以此仿效历史真理性之开显（aletheia）运动。但得以显示的只是缺乏意向充实性的空洞理解，并且其中感性的粗糙和智性的缺乏是显而易见的。

　　用人话来说，这是一部伪装成学术论著的同人幻想小说，并且写得也不怎么样。

　　为此，笔者最初并未奢望过出版，即使在出版后，对本书的前景也不太看好。笔者一直预期着来自读者的严厉批评，诸如胡编乱造、混淆是非和不知所云，等等，这些用来评价本书无疑恰如其分。令笔者感到意外和侥幸的是，这样的批评是如此之少，而肯定是如此之多。在以毒舌和苛评闻名的豆瓣网站上，《剑桥倚天屠龙史》有三千多人的评分，分数之高也远出于我的预期。许多读者告诉我，他们非常喜爱这部离经叛道、非驴非马的小书，无论怎样评估它的真实意义，至少本书带给了他们愉快的阅读体验。

一年多来，本书虽然远算不上大红大紫，但也卖得不错，一年中加印过几次，甚至还出了港台版。今年4月，董编辑告诉我，他们即将推出本书的新版。这令我在高兴之余不免觉得惶恐，因为时间和精力都很有限，我无法对原作再进行大幅修订，但也不愿只是换个封面就原样重印。为此，在第二版中，除了对一些文字错讹尽可能加以订正外，我特别增加了附录《剑桥天龙八部史》，这是笔者多年前就承诺要写，却因为疏懒最近方得以完成的，这一附录倒叙了基于《天龙八部》的北宋时期的武林史，使得这部虚构的历史涵盖了整个宋元时期，更丰富了原书的历史层次与脉络，对于迟迟未能问世的《剑桥简明金庸武侠史》，或许也是一种弥补。另外增补了一篇关于"天龙"的短文，并对年表做了相应补充。

我特别要感谢马伯庸先生，他天才横溢的作品征服了不计其数的读者，笔者也是其中之一。在他的诸多作品中，《殷商舰队玛雅征服史》这类同样虚构历史的奇文虽然与拙作形式上不很类似，却给了笔者很大的启迪，成为剑桥武侠史系列的精神渊薮之一。在现代汉语文本变形可能性的实验上，没有谁比他走得更远或取得过更大的成就。在附录中收录的几篇文章中，也往往有马伯庸式的文体实验的影子。最近马伯庸竟对我说，他很喜欢读我这部小书，令我大感意外之喜。希望这部书能作为对他杰出作品的一点小小回报。

最后，再次感谢崇贤馆和孙彩亮先生为本书再版所做的耐心细致的工作。

新垣平
2011.06

Appendix

附录

Appendix I: Chronology ／附录一：大事年表

960　　北宋建立。

1004　　澶渊之盟。

1063　　雁门关之战。

1083　　萧峰继任丐帮帮主。

1092　　萧峰离开丐帮。

1094　　萧峰之死。

1127　　靖康之变，北宋亡。

1159　　王重阳建活死人墓。

1195　　第一届华山论剑。

1220　　第二届华山论剑。

1243　　郭襄诞生。

1247　　张君宝诞生。

1259　　杨过击杀蒙哥汗。第三次华山论剑。

1262　　郭襄访问少林，觉远、张君宝逃出少林。
　　　　张君宝定居武当山，后改名张三丰。

1272(约)　郭靖、黄蓉铸成倚天剑与屠龙刀。

1273　　襄阳沦陷，郭靖、黄蓉牺牲。

1276　　元军横扫南宋，临安沦陷。

1279　　崖山海战，宋亡。

1283　　文天祥就义。郭襄四十岁，上峨嵋山创立峨嵋派。

1285(约)　张三丰神功大成，下武当山，自此名动天下。

1294　　元世祖忽必烈驾崩，成宗铁穆耳继位。

1305 约	张三丰陆续收七弟子，创立武当派。
1307	元成宗驾崩，元朝逐渐进入中衰与动荡时期。
1310 约	郭襄死，风陵师太继任峨嵋掌门。
1311 约	阳顶天任明教教主，明教蒸蒸日上。
1315 约	阳顶天成婚，成昆誓灭明教。
1321	谢逊投入明教，后被封"金毛狮王"。
1324 约	阳顶天击败三渡。
1325 约	风陵死，灭绝师太继任峨嵋掌门。
1326 约	杨逍与孤鸿子战，孤鸿子死。
1326 约	黛绮丝到光明顶，后被封"紫衫龙王"。
1327	阳顶天暴死，成昆计激谢逊，明教大乱。
1328	朱元璋出生。
1332 约	谢逊杀空见。
1333	元顺帝即位。
1334 约	范遥扮成苦头陀，投入汝阳王府。
1336	俞岱岩被害，张翠山邂逅殷素素，王盘山大会。
1337	张无忌出世。棒胡起义。
1341 约	纪晓芙失身，杨不悔出生。
1343	范遥毒杀韩千叶。
1346	张翠山一家回归中原，张翠山、殷素素自杀。
1348	周子旺起义败死。张三丰再上少林。张无忌结识常遇春、周芷若。
1350	金花婆婆杀胡青牛。张无忌、杨不悔离开蝴蝶谷，前往昆仑山。
1352	张无忌入昆仑山桃源，发现《九阳真经》。

1357	六大派围攻明教,张无忌成为明教教主,入大都救六大派。
1358	屠狮英雄会。朱元璋杀韩林儿。张无忌辞去教主,杨逍接任。
1363	鄱阳湖之战,朱元璋灭陈友谅。
1368	朱元璋建立明朝,北伐,元亡,朱元璋禁明教。

Appendix II: Mingjiao Chronicles leader list
附录二：明教历代教主列表

第二十九代　　杜可用（？—1283）

空位期（1283—1287）

第三十代　　　钟明亮（1287—1291）

第三十一代　　石元（1291—1298）

第三十二代　　衣琇（1298—1311）

第三十三代　　阳顶天（1311—1327）

空位期（1327—1357）

（殷天正 1358）

第三十四代　　张无忌（1357—1358）

第三十五代　　杨逍（1358—1361）

第三十六代　　明玉珍（1361—1366）

（陈友谅 1361—1363）

第三十七代　　明升（1366—1371）

APPENDIX III: DIALOGUE: CHI MASTER: THE PLAGIARIST IN THE HISTORY OF CHINA? / 附录三：张三丰：中国历史上最大的剽窃者？

在西方世界，最伟大的作家莎士比亚同时也是最有争议的作家，常常被指控为无耻的剽窃者。这个没有受过任何正规教育，据说是半文盲的小演员能够写出如此文采斐然的剧作，令许多人产生了严重的怀疑：或许这些著作都是培根、马洛或者其他才子的作品，而莎士比亚只是肆无忌惮地剽窃了它们。在中国历史上我们也可以找到对应的争议人物，这就是常常被指控为剽窃了《九阳真经》的张三丰。

这一事件的官方版本是：张三丰从师父那里学到了一小部分《九阳真经》的武功，并且"以自悟的拳理、道家冲虚圆通之道和《九阳真经》中所载的内功相发明"，创造了极具特色的武当派武术。但长期以来，也有许多学者宣称，张三丰实际上学到了完整的《九阳真经》，并且将其拆分为武当派的各种具体武术，只是秘而不宣，将这些武术的发明权篡为己有。虽然因为《九阳真经》的原本已经失传，无法给出确凿的证据，但在史书中仍然有不少蛛丝马迹可寻。剑桥大学的史密斯教授是这一剽窃说的力主者，在三十年的学术生涯中，他发展出了一套完整、有力的剽窃理论；与之相对立的，是牛津大学的约翰生教授，他以力证张三丰的原创性而闻名。这两位著名学者分别是中国武术史研究中牛津学派和剑桥学派的代表人物。2005年在北京举行的第三次国际张三丰研讨会上，他们进行了一次激烈的正面交锋。下文即根据他们的问答整理而成，从这一对话录中，读者可以了解到这一争论的概况。进一步的阅读，请参阅笔者的著作：《张三丰与〈九阳真经〉：一项批判性研究》(剑桥大学出版社，2006年)。

史密斯：(上略)是的，难道这还不明显吗？张跟随了觉远整整十年！十年！

觉远每天都在教他。而郭襄和无色不过听了一晚上，你认为他们学到的内容是同等的？

约翰生：或许张学到的多一点，但是……

史密斯：多一点？我的天哪，十年的时间您足以从 1+1=2 学到微积分了，或者能把整本《圣经》从头背到尾，如果您足够聪明的话。那么《九阳真经》究竟有多大篇幅，字数有《圣经》那么多吗？张无忌也不过学了五年而已。我们完全有理由相信，在张离开觉远的那一年，他已经记住了全部的《九阳真经》。

约翰生：但是张离开觉远的时候只有十六岁，而张无忌开始学习的时候也是十六岁。那时候他还是一个孩子！您能教一个孩子学会相对论吗？

史密斯：亲爱的先生，十六岁可不是孩子。您要知道，高斯在十六岁的时候已经解决好几个著名的世界数学难题了，而莫扎特……

约翰生：这不是一回事。如果张已经从觉远那里学到了整部《九阳真经》，那么就不能解释他被何足道轻易推倒，他应该在十六岁的时候，就具有和张无忌二十岁时同样的格斗水平。

史密斯：亲爱的先生，您显然混淆了理论知识和实际水平。张可能在十六岁之前已经熟读了《九阳真经》的原文，但是并没有练习到相应的层次。虽然他可能还没有突破最后几道关卡，但是显然他手中已经有了指路明灯。

约翰生：啊哈，那他为什么会宣称自己掌握部分的《九阳真经》？他应该装做对此一无所知，然后再把那些武术悄悄地、改头换面地搬上来。

史密斯：不，那他就走得太远了。没有人会相信他对《九阳真经》一无所知，特别是在他意外地抵挡住了何足道的进攻之后。在觉远死后，郭襄和无色一定知道，张就是《九阳真经》唯一的传人，他害怕被逼迫交出全本的《九阳真经》，因此在武当山上躲藏了十几年，直到他有充分的保护自己的信心之后才重新露面。

约翰生：荒谬的推论。郭襄和无色从未表现出对《九阳真经》的觊觎……

史密斯：是吗？那么是谁躲在树后听了整整一个晚上呢？

约翰生：但是郭襄……

史密斯：您要知道，三年前在华山上，郭襄就知道《九阳真经》失落的事情，她一定急于得到这部武术的宝藏。但是，她当时并没有战胜张的把握，她不能暴露自己的意图。所以她要求张去见郭靖，说郭靖会收他为弟子，这让您想起了什么？岳不群让林平之成为自己的追随者，以得到《葵花宝典》的故事？如果张成为郭靖的学生，那么郭家就有充分的理由要求他献出《九阳真经》。但是张并没有上当，而是逃走了。

约翰生：无可救药的阴谋论者！无色为什么没有采取行动？按照您的理论，他也应该觊觎这部经书才对。

史密斯：这更容易解释。当时的无色根本不知道《九阳真经》的存在，他只是从觉远神志错乱的念诵中敏锐地感到了其中的武学价值，所以偷听了很长时间。但是当他发现这一切都是来自于一部被称为《九阳真经》的武术教程，并了解其真正价值的时候，已经太晚了，张已经逃得不知去向。因此，当张在多年后重新出现的时候，少林和峨嵋必然重新燃起对《九阳真经》的欲望，并可能和张有过交涉。但是张已经不是过去的张君宝了，他成了真正的武术大师张三丰。他们拿他无可奈何。张无法否认自己曾经学过《九阳真经》的事实，但是为了欺世盗名，却隐瞒了自己学过全本的《九阳真经》，反而说他所学到的并不比郭襄和无色多。但谁会相信呢？他的武术成就远远超过后二者。

约翰生：很精彩的故事，但是可惜这一切都是您的想象，没有任何证据证明觉远曾经传授给张全部的《九阳真经》。

史密斯：那么您认为武当的一切武术都是张三丰原创的了？您大概没有读过我的《武当派武术的历史源流》，我在其中已经成功地从武当派的武术系统中复原《九阳真经》的原貌。这就是张所做的一切，一切！把《九阳真经》拆分成一片片，然后东一套拳法，西一种内功，全部是从《九阳真经》变化出来，然后伪装成自己的原创。您能相信吗？张居然（约翰生插话："事实是，我根本不相信！"哄笑）——剽窃了这一切，出于他贫贱的出身，想要改变自己命运的强烈愿望……

约翰生：就别提您的著作了。我早已经在《国际汉学年鉴》第120期中指出了其中的方法论问题。您已经预设了张剽窃了《九阳真经》的前提，然后从中寻找结论，这完全违反了正当的史学原则。这是彻底的无效推理。您必须注意到武当派武术和《九阳真经》武术的根本区别……

史密斯：这一点我们可以具体分析：在中国传统中，内家拳的宗旨是"后发制人""以静制动""贯穿一气"，而这一切在《九阳真经》的残本中早已有记载了："彼不动，己不动，彼微动，己已动。劲似宽而非松，将展未展，劲断意不断……"（汉语原文）请注意张三丰对俞岱岩讲授的太极拳："这拳劲首要在似松非松，将展未展，劲断意不断……"（汉语原文）张三丰最后发明的武术竟然与他最早听到的武术口诀一模一样！这难道是巧合吗？不，这是张三丰剽窃《九阳真经》的最大文本证据。

约翰生：您的想象力非常充沛，但是事实恰恰相反。我认为，所谓《九阳真经》的残本本来就是后人根据太极拳经等武当派武术著作伪造的。如果是这样的话，那么出现文本上的重合也就不足为怪了。

史密斯：您的看法毫无证据，《九阳真经》的残本是从少林、峨嵋、武当分别流传下来的，要伪造的难度非常高。我们有什么理由采纳这样一个牵强的假设？

约翰生：那好吧，我再提供给您一个证据：根据《倚天屠龙记》的描述，张无忌是从张三丰那里学到太极拳的，这难道不足以说明太极拳和《九阳真经》毫无关系吗？

史密斯（嘲笑地）：那么请问教授先生，根据《倚天屠龙记》，张无忌从哪里学到《九阳真经》的？

约翰生：众所周知，是从一只白猿的肚子里取出了一部经书，那就是一百年前潇湘子和尹克西藏匿的那部经书。

史密斯：一只白猿的肚子里！一只白猿的肚子里！（哄笑）先生们，我们在讲神话故事吗？一只猿猴，肚子里被放进去了一个大油布包，在一个神秘的山谷活了整整一百年！直到一个年轻人从全世界唯一一个入口进入这个山谷——顺便说说，他还是从悬崖上跳下来才发现了这个入口——才发现了这只长寿的猿猴！（哄笑）然后怎么说？哦，这只猿猴主动来找他："哦，亲爱的大夫，请给我做手术好吗？我想我肚子里有一个肿瘤！"（哄堂大笑）

约翰生（有些支吾）：您认为这不可能发生？我看不出您有什么资格嘲笑东方人的历史，在我们的福音书中也记载了处女怀孕，记载了死后三天复活！

史密斯（画了一下十字）：是的，我相信我们神圣的宗教，但是我不相信东方人的这些故事。是的，这是可能的。正如一股龙卷风把我从这里卷起，再刮到三一学院门口落下一样是可能的——省了我的回国机票。让我们祈祷吧！（哄笑）

约翰生：您……您这是诡辩！亚里士多德的手稿是如何被发现的？我们都知道那个故事。

史密斯：我提醒您，张懂得《九阳真经》的全貌是当时人人都知道的事实，只是没有人当着他的面揭穿！不，有人，您如果熟悉《倚天屠龙记》的文本，应该记得空智当面说的话："张真人自幼服侍觉远，他岂有不暗中传你之理？今日武当派名扬天下，那便是觉远之功了。"（汉语原文）

约翰生（冷笑）：真是太荒谬了，您难道忘记了为了治张无忌的病，张三丰在九十二岁的时候还去少林寺，抛弃王者的尊严和体面，恳求他们和自己交换少林九阳功的奥秘吗？如果他已经通晓了《九阳真经》的全文，他有什么理由要么做？

史密斯：这正是我要说的。让我们来重新建构一下历史进程。让我们回到张翠山死后、张无忌性命垂危的时期。当时,只有学习了全部《九阳真经》的武术,才能够治愈张无忌的伤势,不是吗?(约翰生点头)那么张面临的实际上是一个两难选择:如果他不吐露《九阳真经》的全文,他的门徒们一定会抱怨自己的老师见死不救,而如果他吐露全文,又等于承认了他已经懂得全文的事实,承认了他的剽窃(约翰生插口:"不是,是您已经预设了他知道全部的《九阳真经》……")……不,让我说完。并且他的门徒们也会知道老师掌握《九阳真经》的全文,会觊觎这部经书,引起不必要的纷争。张在这里进退维谷。然后张选择了他唯一能够做的,他纡尊降贵,去少林要求交换少林九阳功,这一做法唯一的目的,是让张无忌有一个借口学到九阳功:既能够痊愈又不暴露自己懂得全部《九阳真经》的事实。可惜,少林寺看透了张的阴谋,他们拒绝了(约翰生插口:"啊哈,您的理论有一个致命的缺陷!")……我已经说了,请等一下!然后发生了什么?张无忌躲了起来,几年以后,当他重新出现时,已经学会了全部的《九阳真经》,然后出现了一系列神奇的传说,什么白猿的肚子之类。那么真相到底是什么,还不明显吗?张三丰把无忌藏了起来,秘密传授给他《九阳真经》中的武术,然后再让他出面,演一场戏给全世界看。比如从张三丰那里学到了太极拳:他当着所有人的面,花了一个小时就学会了人类历史上最深奥的武术。而旁观者看了半天,却什么也没看懂。如果您不认为张无忌是爱因斯坦的话,那么只有一个原因可以解释:他事先已经学过这套武术。

约翰生:很遗憾,您的理论有一个致命的缺陷。如果是这样,少林就不应该拒绝交换,因为他们并没有任何损失——张三丰实际上已经懂得了全部的《九阳真经》,相反,他们可以从张那里学到自己所缺乏的武术。

史密斯:是的,但是您忘记了,少林不缺乏武术。一千年来没有人有时间学完他们那七十二项全能的武术课程。(笑)相反,如果同意交换会使得少林的道德优势荡然无存。这会让全世界认为,张三丰的武功并非来自觉远传授的《九阳真经》,而这是少林花了至少半个世纪想说服人们相信的:张三丰剽窃了少林的秘传武术，他是个无耻的剽窃者。少林必须维持自己的尊严，张显然低估了少林方面的决心。为此他不得不另辟蹊径：他首先把无忌送到一位全中国最有名的医生那里——为的就是让大家相信无忌不学《九阳真经》也能自己痊愈——可惜这位医生不久就被人谋杀。然后张无奈之下，把孩子送到了昆仑山——传说中《九阳真经》失落的地方。无忌随意就可以说从哪里挖出了真经。几年后，张无忌果然学会了《九阳真经》，实际上这是他在进入蝴蝶谷之前已经背下来的，教导他的人正是张三丰！

约翰生（思考片刻）：您的这套理论仍然有问题。为什么？为什么张三丰要教给无忌《九阳真经》，为什么他不能干脆牺牲无忌？

史密斯：您知道，我有一个最新的理论，我将在明年出版的一部新著中阐述：张无忌的父亲张翠山是张三丰和风陵师太的私生子——啊，教授先生，您怎么了？您醒醒！您醒醒！Help！Help！（约翰生教授当场吐血晕倒，这次讨论到此结束）

史密斯教授附言：在整理这份对话的时候，我的脑海中时常萦绕着我的好友——已故的约翰生教授的音容笑貌。我们去年（2005）在北京举行的讨论会上，约翰生教授因为得知我的最新理论成果，过于兴奋而突发脑溢血，不幸逝世。孔夫子有一句古话："朝闻道，昔死可矣！"我谨将以下这篇《张翠山身世研究》献给我敬爱的朋友约翰生教授。

APPENDIX IV: XIE XUN IDEOLOGICAL BIOGRAPHY
附录四：谢逊思想传记

(引自侯外庐《中国思想通史》元代卷)

谢逊（1300—1372），字退思，号"金毛狮王"，元末革命家、武术家、杰出的唯物主义思想家。他出生于一个猎户家庭，童年时被武术家、理学家成昆收养，在成昆的指导下系统学习过武术以及儒学，特别是朱熹的理学思想。理学认为世界有一个最高的、不变的"天理"，它高于物质世界并且指导物质世界的运行，这是一种典型的唯心主义反动理论。谢逊在少年时就对理学产生了怀疑，遭到了成昆的压制。谢逊成年后，到西方昆仑山地区留学，思想上受到了西方思潮的冲击，对儒学产生了怀疑，后来加入了地下的宗教革命组织明教。明教认为所谓"天理"或现实世界的伦理法则，实际上是一种黑暗的力量，蒙蔽人的心灵，真正的光明在黑暗之外，将会在不久后降临。这虽然也是一种唯心主义思想，但是强调人的主观能动性和黑暗向光明转化的辩证法，在当时具有进步的意义。

1328年，成昆到谢逊家里做客，发现谢逊抛弃了儒家思想，转而信奉明教后，在思想上和谢逊发生了激烈的交锋。最后，理屈词穷的成昆撕下了道德君子的虚伪面目，强暴了谢逊的妻子，并杀死了他的家人。成昆的暴行让谢逊对封建理学思想扼杀人性的反动本质有了深刻的认识，抛弃了成昆的反动影响，也对超自然的所谓的光明力量进行了扬弃，走上了独自进行思想探索的道路。谢逊认为，宇宙是一个没有意识的物质实体，不存在道德属性，道德是人类发明的概念，具有阶级性。而阶级社会的道德观念是阶级压迫产生的意识形态，只是为统治阶级服务，掩盖其弱肉强食、剥削压迫人民的实质，不具有神圣性。只有被压迫的人民具有了现实的改造世界的力量，才能够实现真正的光明世界。

谢逊在武术思想上也做出了重大的革新，他扬弃了"混元霹雳手"等以儒家、道家思想为基础的传统武术，对于"习武养生"等封建地主阶级麻痹广大劳动人民的宣传进行了深入批判，将其中的合理成分和新兴武术"七伤拳"相结合，发展出了以不妥协的斗争为目的，以对敌人的打击为本位，即使伤害自身也在所不惜的武术思想。这反映出劳动人民坚决同阶级敌人斗争到底、不怕牺牲、不怕困难的革命思想，是武术思想史上的重大革命，和他的斗争哲学也是一脉相承的。

这些光辉的思想，上承南宋陈亮的功利主义，下启明代李贽的童心说，鼓舞了人民反抗封建压迫的斗志，在中国思想史上具有极其重要的意义。谢逊在反元起义的革命斗争中，也先后击毙了封建统治阶级的许多爪牙。少林寺的封建僧侣集团头子空见试图用佛教唯心主义的说教来迷惑谢逊，最后被谢逊在坚定的革命斗争中所消灭。谢逊的养子张无忌从小在他的教导下，成为一名坚定的革命战士。后来张无忌也成了明教领导人，在元末人民大起义中建立了卓越的功勋。

但是，由于谢逊不懂得历史唯物主义的原理，没有认清历史发展的规律，不知道阶级斗争推动社会进步的实质，因此并未摆脱思想的局限性。他的思想仍然是机械唯物论和形而上学的，从而在晚年又陷入了佛教唯心主义的泥淖，放弃了明教的革命主义精神，改而鼓吹佛教的禅宗思想，认为一切都没有差别，要求人民放弃革命，用佛教的"顿悟""慈悲"来改变世界，最后在少林寺出家。这不能不说是他思想的严重倒退，但是这些历史局限性无损于谢逊思想的伟大和超前。

谢逊的著作已经散佚，仅在《元史》《倚天屠龙史》等历史记载中保存了他的一部分思想，后人辑有《谢退思集》一卷，有四部丛刊刻本。

参考文献：

《谢退思集》，四部丛刊本。

《倚天屠龙史》，中华书局，1960。

《元史》，中华书局，1981。

《明史》，中华书局，1976。

冯友兰:《谢逊的唯物主义思想研究》《三松堂全集》第 10 卷，1974。

郭沫若:《从毛泽东思想看谢逊的阶级斗争观念》《郭沫若全集》第 8 卷，1983。

Appendix V: The Ming History: Wei Yixiao

附录五：《明史·韦一笑传》

《明史》，卷一百二十四，列传第十二《韦一笑传》

韦福娃，字一笑，以字行，唐南康忠武郡王韦皋二十一世孙也。少贫贱，延祐间用兵西北，征入行伍。一笑为军吏所驱辱，怒而杀之，遂亡入昆仑山，匿武氏庄中。庄主武正阳，宋末义士武修文之幼子也。修文及兄敦儒死襄阳，正阳与友朱光理等携家徙昆仑。一笑身仅六尺，形貌粗陋，然慷慨豪迈，英气过人，正阳异之，授以内家吐纳之术，且欲螟蛉之。正阳孙烈嫉，谗一笑于正阳，乃止，然亦颇厚遇。

正阳死，嘱烈以兄弟待一笑，烈竟驱逐之。一笑以采药自给。越数年，见一蚕虫于山间，晶莹如玉，蠕爬如蛇，一笑大奇，追攫之，竟为之所蜇，须臾，奇寒彻骨，手足冰结，几欲冻毙。一笑以正阳所授内家术御之，久之渐暖，觉腋下生风，周身轻盈，自此纵跃如飞，力大无穷，单掌可开碑碎石，中人立僵毙。一笑大喜，以得之冰蚕故，号之曰"寒冰绵掌"，自此名动西域。

泰定间，明尊教阳顶天据光明顶为叛，一笑往投之，甚为顶天所重。累迁至雷字门主，隶光明左使者杨逍。逍以一笑无学貌陋，颇轻之，一笑亦深恶逍。后顶天与少林僧渡厄等激斗，大败之，然顶天亦为渡厄所伤，未几创发。医者言唯天山雪莲可续命，天山距昆仑千里，往来须月余，且雪莲生悬崖绝壁间，觅采绝难，疗救恐不及。一笑请缨往之，七日即携雪莲归，众惊喜问之。一笑笑曰："余，福娃也，以福得之。"然众讹为"余，蝠王也，以蝠得之"，以为一笑驱飞蝠采之也。顶天愈，遂封之为"青翼蝠王"。其时，一笑与殷天正、谢逊、黛绮丝皆有大功于明教，号"紫白金青，四大法王"。

王与布袋僧说不得善，说不得闻武烈尝开罪于王，即亲往武氏庄以布袋擒之。武烈度必无幸，长跪不起，涕不能仰。然王亦不罪之，曰："非公所不能容，福娃焉有今日乎？且公先人有恩于福娃，安可害公？"遂释之。烈愧而归。

顶天死，鹰王以势大欲篡位，王与杨逍等共制之。鹰王事败，与其党李天垣等逃归浙江，事在天正传中。时五散人、诸旗使共推王继位。逍不允，欲专权于己。王怒而与之相斗。逍技击未及王，然屡施诡诈，王竟为逍所败，咯血数升而走。说不得曰："逍凶狡如此，不可正面与之争，何不趁夜群袭之，定取逍首。"周颠等共许之。王曰："不可，兄弟阋于墙，外御其侮。逍不仁，吾不可以不义。"遂去光明顶。

后王内伤猝发，延名医胡青牛诊视之，青牛曰："此冰蚕寒毒未化，适王为人所伤，致寒毒郁结三阴，卒不可去，唯火蟾可解之。"然火蟾急迫间不可觅。青牛又告以饮人鲜血可保经脉不伤。王叹曰："吾虽不学，亦知天地之大德曰生，岂能为此禽兽行乎？"彭莹玉曰："夷狄，禽兽也。岳武穆曰：'壮志饥餐胡虏肉，笑谈渴饮匈奴血'，饮夷狄血而何伤！"王悦，遂避居哈密力，日啖色目人血。

至正十六年，六大派起义师合攻光明顶，王自哈密力赴援，与五散人同上光明顶。五散人以为本教衰败至此，皆无主故也，力主立王。逍仍不应，周颠固争。逍怒，殴之，竟成混战，皆为少林僧圆真乘隙暗伤，事见圆真传中。后武当张无忌力救王、逍得免，又助王疗伤，驱尽寒毒，王感无忌恩德，遂主立无忌，后果立以为主。王与逍随无忌执掌总坛，为全教主帅。

十七年，王随无忌东征，至武当，败汝阳王劲旅；后入大都，劫汝阳王姬妾以救六派义士。十八年，至少林寺，与救狮王谢逊。未几，无忌辞位，传位于杨逍。王闻，怒曰："吾与逍同为全教主帅，功不在逍下，而逍素无德行，焉能居此大位！"遂决意图之。以五散人为"五福使者"，改五行旗为五环旗，用《洪范》意也。约期于十八年八月八日会于大都，燃圣火而举大会，推王为主。逍闻，以王于哈密力滥杀事示天下，且多诬构，事竟不成。王不甘，出走波斯，诉逍于总教主韩昭。昭幼为婢女，尝侍逍女不悔，多为逍父女所辱，幸为无忌所赎，后波斯人迎以为主，以其圣女后也。昭闻亦怒，然以无忌意，未可明废，但遣秘使至东，嘱周颠等另择贤者立之。颠等不知王在波斯，以为已为杨逍所害，遂商而立吴王。众皆欢悦，逍闻之震怒，欲亲东征，然其众多叛离，寻病卒。天下之大柄遂归太祖矣。

王以总教终不助己，恚怒攻心，病发复饮人血。总教上下稍嫌之，王亦惭恨，遂辞去，远遁泰西佛朗机国。王出没若飞，来去如电，掳人啜血，如鬼如魅。彼国上下皆惊惧，遂有吸血蝙蝠之怪谈，其说至今犹存。王不知薨于何时，然据西人汤若望言，彼邦至今有僵尸吸血，而得不死之说。或王之精魄，尚在人间耶！

洪武五年，周颠特表王之功德于太祖，太祖喟叹良久，曰："一笑诚天下奇男子，恨不得此人而用之，则擒王保保易如反掌尔！"追赠王为哈密王，谥武福，配享太庙。

王妃武氏，闺字青婴，武烈之独女也，尝与烈为陈友谅所锢，后王力救得脱。烈寻卒，武氏无依，王感正阳恩德，遂妻之，生子羽。王出走波斯，而武氏母子为杨逍所获，欲诛之，说不得等力救得免，遂投太祖。太祖以王故待之甚厚，洪武间，羽从蓝玉军北伐有功，封扬州指挥使，遂世居扬州。顺治二年，大清兵南征，王十九世孙德昭殉难。德昭无子，女春芳没入妓寮，遂绝后。

赞曰：明教以下武嗣兴，遂造鸿基，蝠王虽出于微贱，然奇才异能，居功甚伟。其进退若神，腾跃如飞，固并世无二，而援明顶，闯少林，掳徒众而戏剑尼，劫姬人以陷淫奸，大皆人所不能，其神勇也如此。至于其结亲党，抗杨逍，固非无所私心，然适足以挫逍之奸谋，而以大位留归太祖。帝王之兴，必有先驱者资之以成其业，信哉！然掳人饮血，过伤天和，圣贤所不取，宜其绝后。仲尼曰："始作俑者，其无后乎！"此之谓也。

Appendix VI: Urged into the table
附录六：劝进表

[元] 杨逍 撰

属下光明左使者杨逍、白眉鹰王殷天正、青翼蝠王韦一笑等顿首顿首，死罪死罪！属下闻火神御宇，光耀天渊，明王降世，化垂陆海；曰若暨古，圣人传教化于西土，唯我时宪，神尊化肉身于东朝。伏维殿下，体膺上德，运成下武；初生之际，海北有龙光之耀，还国之时，汉南有庆云之生。参道于真武之山，历劫于玄冥之境。坐蝶谷而百花齐放，立昆山而千里开颜。雪中芭蕉，经寒而法体长坚，世外桃源，再生而道心不改。（中谢）

本教自先主中道崩殂，鹰王未几远飞，兄弟阋墙，菁英离散，神器无主，万机空悬。大位既已久虚，圣焰亦垂暗灭。天地闭而贤人隐，正法没而奸邪出。故六派多帮，敢肆犬羊，凌虐光顶。伏维殿下，法王苗裔，医仙传人，行万里而护遗孤，受三掌以拯金旅；圣火厅中，顾视而妖僧远窜，光明顶下，顿悟则心法重光。运一拳而七伤，先败崆峒；破八卦以两仪，再挫昆仑。鹰飞长云，降华山之鹰搏，龙战玄野，破少林之龙爪。抱佳人而夺宝剑，灭绝灭绝，受利刃而挫名手，武当武当。神勇无伦，过贲育而羞关张，侠义盖世，迈朱郭而睨荆聂。虽少康以一旅兴夏，肃宗而匹马昌唐，重阳临华山而群雄顿伏，改之出襄阳则鞑主立毙，岂若殿下德并周孔，武迈禹汤，十年磨剑，越千山而西来，三尺青锋，虽万军而往矣。握乾符而秉坤德，受天命以化人文，夫天下谁能与争哉！（中谢）

自前日光明顶战后，万众归心，无不欣戴，愿为犬马，听从驱策。且鹰狮之胤，唯有殿下。亿兆攸归，岂有他人？天命率道，必将有主，为教主者，非殿下而谁哉？自宋庙既倾，北狄入寇，胡元窃位，神州陆沉，纲常不存，冠履倒置。四海有群飞之象，九州有兵戈之征，天下率兽食人者不知凡几。遗民有恨，欲餐胡虏之肉，苍生无主，皆待明王之出。天下之盼殿下，如大旱之望云霓，实百谷之仰膏雨，是以属下等敢依华夏之义，顺天地之心，昧死以上尊号。愿殿下速正天位，以主圣教，绍百代之大统，成历数之有归。然后虔奉明尊，昭告后土，广发明诏，五旗夕展于日下，大出王师，六军晓征于云间。扬炎黄之威，穷夷狄之伐。狼居山上，渴饮匈奴之血，黄龙府中，庆成一统之功。千载一时，何待蓍龟，此实天与，岂人能授。望殿下以大公为重，勿以小节为先，但效文武之德，岂从夷齐之避。本教定而苍生幸，神人安而天地和，岂不美哉？属下等世受教恩，身荷重遇，敢不尽言！不胜区区之至，谨奉表以闻。（李修正编：《全元文》第二十九册，八百六十七卷）

APPENDIX VII: HEAVENLY SWORD DYNASTIES
附录七：倚天丛考

一、空见真实面目考

《倚天屠龙记》中有一个隐藏得很深的伪君子，深到了绝大多数人都把他当圣人看待的地步。此人地位极高，名声极好，然而本质上却是一个心计深沉、手腕高明的政治人物，对许多重大事件都起了推波助澜的作用。此人是谁？什么，张三丰？这个……我们以后再谈。现在笔者要说的这个人正是少林四大神僧之首：空见大师！

空见在《倚天屠龙记》中从未亲自出场，只是通过几个人的回忆给了读者一个远远的背影。大多数读者对空见的好印象都来自谢逊对他的崇敬，因为此人不但武功神通，而且心地慈悲，为化解谢逊的仇恨不惜被打上十三记七伤拳，以致最后惨死。然而这不过是第一眼的先入为主，故事的真相到了几十回后才隐约透露出来，而且，只是冰山一角。

要还原空见之死的真相，就要将全书中的一些暗线结合起来，重新梳理出事实的因果关系。真相究竟如何，请听说书人一一道来：

话说蒙元入主中原，混一华夏，在此改天换地的大变中，原来的武林势力都被扫得干干净净：什么丐帮、全真教、桃花岛、古墓派，不是灰飞烟灭，或销声匿迹，就是彻底衰败。南宋时期式微已久的少林派没有直接参与抗元斗争，得以保全了实力，在元初的江湖权力真空中迅速脱颖而出。凭借唐宋以来的历史声望，逐渐恢复了武林领袖的地位。到了元朝中期，又涌现出三渡、四空等一批一流高手，成为武林中威望最高的门派。不过话说回来，毕竟今非昔比，天下早已不是少林的天下，武当、峨嵋、昆仑、华山等门派如雨后春笋般冒了出来，光张三丰一个人就足以傲视少林一切高手，所以少林的这个领袖地位，只是名义上的，真正买账的人不多，比起当年全真派都颇有不如。

灭绝师太有言，生平一大志愿是让峨嵋成为天下第一大派，盖过少林、武当。灭绝一介女尼之辈都能有如此志向，何况向来领袖群伦的少林高僧？《倚天屠龙记》中一条隐匿的线索就是少林图谋称霸的历史（笔者将另文阐述），三渡、四空都为少林的霸业殚精竭虑，四处奔走。然而大家都是名门正派，又没有统属关系，公然向武当峨嵋施压名不正言不顺。为了领袖武林，少林必须做出让武林敬服的大事业。如果少林能推翻蒙元，自然是当之无愧的武林领袖。不过少林寺的大和尚有自知之明，知道以自己这点实力纯粹以卵击石，所以从来不敢举起反元的大旗。另一个武林公敌就是人人痛恨的魔教，这个敌人看起来还好对付一点。何况明教本是武林中的势力，其崛起对少林有直接的威胁。所以在《倚天屠龙记》中，少林先是主持发动了轰轰烈烈的围剿明教战役，后又大开志在扬刀立威的屠狮英雄会，都是为了称霸。不过少林和明教结仇远在此之前，早在三十年前的阳顶天时代，就和明教干上了。

当年少林和明教积不相能，以致最后发生三渡围攻明教教主阳顶天的大战，此事表面上看似乎是成昆挑拨的结果，但实际上却是武林中两个最大势力间必然爆发的冲突。成昆不过找准了时机，充当了催化剂的角色。从少林的角度看，成昆本来是正教人士，站在自己一边反对魔教再正常不过，不会疑心是成昆要报私仇。而当年一战之后，少林一败涂地，渡厄一只眼睛被打瞎。成昆在多年间更是鞍前马后地热心奔跑，帮少林方面谋划复仇的大计，终于赢得了少林的信任，许他投身空见门下（"老衲与阳顶天结仇，这成昆为我出了大力，后来他意欲拜老衲为师，老衲向来不收弟子，这才引荐他拜在空见师侄的门下"）。

成昆本是武林中成名的高手，像他这样级别的高手居然带艺投师，此事极不寻常。空见的武功虽然高过成昆，但年龄上大不了几岁，成昆本欲拜在长一辈的渡厄门下，但渡厄不纳，却转而拜空见为师，不免有些屈就。这中间必然有极其惊人的内幕。

"见闻智性"四大神僧,以空见的武功为最高,头脑也最好,居于四人之首。当时掌握实权的渡厄等早已内定将掌门之位传给空见("空见师侄德高艺深,我三人最为眷爱,原期他发扬少林一派武学……")。若非空见意外早死,少林掌门之位断落不到空闻头上。而空见的弟子,武功最高的自然是成昆(圆真)。空见如果成为少林掌门,成昆自然也可以分享少林派中的大权,当个罗汉堂首座、般若堂首座之类毫无问题;空见死后,还有机会继任成为少林方丈。这自然是极其优厚的条件,足以成为成昆帮助少林对付明教的酬劳。而且成昆秘密加入少林,江湖上无人知晓。其理由也在于成昆不在少林的正式编制之内,可以做很多正式的少林弟子不方便做的事,因此暂时需要将其身份保密。这自然是不折不扣的政治交易,背后不知道有多少肮脏龌龊之事。成昆也由此获传少林绝学九阳神功。

在这段时间内,阳顶天暴死,明教大乱。成昆也奸杀了谢逊的妻子,害他家破人亡。谢逊几次复仇,成昆都没杀他,就是要让他多闹出点乱子来。成昆和谢逊之间的恩怨,少林方面最初自然一无所知。直到有一天,江湖上到处出现"成昆杀××"的血案,空见当然又惊又怒,找成昆来质问。成昆此时想必也颇为后悔:明教自从阳顶天死后早已四分五裂,岌岌可危,靠谢逊四处杀人去激起公愤已经用处不大。而且谢逊杀了那么多人,都是留下自己的名号,害得自己东躲西藏,以后如何能见人?如果站出来公开对质,自己奸杀徒妻的丑行也会暴露无疑。无奈之下,只有避重就轻地向师父空见坦白自己的罪行,请空见出头去摆平此事。

空见如果真是处事公允的"神僧",听说此等神人共愤的行径,即使不当场击毙成昆,也应该废其武功,清理门户,然后再去找谢逊说清楚。然而成昆在少林派中参与机密多年,不知道掌握多少少林的把柄,而且对少林还很有用。空见自然不愿因小失大,因为成昆曾杀死徒弟满门这样的小事,就和他彻底翻脸。如果不惩处成昆,那么就必须要对付谢逊。可是问题在于如果暗中杀了谢逊,他做的那些血案就死无对证，到头来都得算到成昆和少林头上。此事确实相当两难，空见暗中监视了谢逊一段时间，却一直没有出手，原因就在于此。

直到谢逊要杀宋远桥，空见这才真的急了。宋远桥一死，张三丰必定要为徒弟报仇，第一步就是要找到成昆。以此人通天彻地之能，在江湖上威望之高，发现成昆和少林的勾结并非难事。到时不但武当、少林两大派要起冲突，少林派也会成为众矢之的，弄不好自己也会身败名裂。因此，空见不得不亲自出来阻止。空见口中一再说："那宋大侠是武当派张真人首徒，你要是害了他，这个祸闯得可实在太大。"其实若无少林与成昆的勾结，最多不过是张三丰杀了成昆或谢逊，有什么大祸可言？关键是像他自己说的"要是害了宋大侠，那成昆确是非出头不行"，这样自己和少林也会被拖下水。空见的说法，正表明他对少林和自己名声扫地、前途尽毁的忧虑。

空见在谢逊面前，绝口不提成昆早已投入自己门下的事实，自然是故作公允的和事佬。若是谢逊得知空见早已收成昆为徒，不过是为自己徒弟说话，又怎会听他调停？空见的理由也很滑稽，一面说成昆早已忏悔，一面又说他没脸见徒弟，不肯出面，试问连出面说清楚都不愿意，谈什么已经忏悔？又以赞许的口吻说成昆暗中纵容且帮助谢逊杀人，所以对谢逊有恩，这算哪门子的慈悲为怀？更离奇的是有这样的说法："你若一念向善，便此罢手，过去之事大家一笔勾销。否则你要找人报仇，难道为你所害那些人的弟子家人，便不想找你报仇吗？"他空见有什么权利替谢逊的所有仇家承诺"过去之事大家一笔勾销"？这话其实是暗示，如果谢逊罢手，少林就会出面设法把此事压下去；如果仍不罢手，就抖出是谢逊杀人的真相，让天下人找谢逊报仇，甚至以除害为名杀了谢逊这个武林公敌。这纯粹是江湖中人的讨价还价，哪有半分高僧大德的心态？

谈到后来，空见提出让谢逊打自己一十三拳，化解恩仇。空见自恃武功远高于谢逊，有金刚不坏体神功护身，让他打十几拳绝无妨碍，不过做个顺水人情。如果空见能预见到自己会被一拳打死，怎么说也不敢提出这个交换条件。况且空见为人精明,还说"倘若打伤了我,老衲便罢手不理此事,尊师自会出来见你",分明是早已埋伏了成昆在一边,万一打斗中出现意外,成昆本人就出来动手。反正"老衲便罢手不理此事",成昆武功又高,当场杀了谢逊也不奇怪。空见万万想不到,以自己的武功,会死在谢逊的拳下。

空见轻轻松松,连接谢逊十几拳,为了试验自己的武功进境,还有意用小腹去接拳,结果吃了点小亏。但如果不出意外,谢逊就是打上二三十拳,空见也不会受什么重伤。不料谢逊突施诡计,假意寻死,空见大吃一惊,立刻来救。因为谢逊一死,死无对证,杀人的罪名就得成昆来承担,还会牵连自己。即使说出真相,旁人也都会认为是自己为了庇护徒弟而杀死谢逊,也是名声尽毁。因此不及多想,必须来救,结果中了谢逊的诡计,一拳正中胸腹之间。

空见受了致命内伤,还弥留了很长时间。此时自然盼望成昆赶紧出来给自己报仇,最好还能救自己一命,结果成昆眼睁睁地看着自己送命,就是不肯出来。空见才明白自己上了大当,自己一代高僧,少林派未来掌门,眼看就要莫名其妙毙命于此,惊怒攻心,更加速了自己的死亡。然而空见对少林忠心耿耿,为了顾及少林派的利益,仍然没有吐露实情,就这么不明不白地挂了。

要知道成昆不出头也有理由,空见早死固然对自己当上少林方丈的图谋不利,然而谢逊杀了未来掌门空见,明教和少林又结下深仇大恨,远非当年渡厄损失一只眼睛可比。少林派首脑人物都知道自己早已秘密投入少林,又怎么会相信是自己杀了师父空见?轻而易举就可以把此仇引到明教头上。这个诱惑对成昆来说实在太大。但若说成昆是有意害死空见,未免过了,成昆也不是神仙,哪能想到武功远超过谢逊的空见会被对方打死?

不过空见临死前,还是吐露了一个重大的机密,即让谢逊去找出屠龙刀中的秘密:"你武功不及他……除非……除非……能找到屠龙刀,找到……找到刀中的秘……"要知这屠龙刀虽然是武林至宝,但是刀中有什么秘密,却是谁也不知道,只是武林中一个古老相传的说法。屠龙刀的事情,谢逊早就知道,但只有听到了空见的话才上了心，自然是空见的说法有权威性。然而，空见在临死前为何特意提到屠龙刀呢？甚至还知道其中的秘密能帮助人提高武功？看来，空见很可能知道刀中的机密所在，至于他是如何知道的，恐怕只有灭绝师太本人才知道其中原委了。

空见死后，少林方面对外宣称是病死，不仅是为了保全空见的颜面，恐怕也是为了掩饰其中的种种见不得光的内幕。谢逊几年后因为寻找屠龙刀而失踪，当年杀人的事也被翻出来成为武林公敌（此事可能就是少林抖出来的），少林方面就跳出来宣称谢逊是杀死空见的凶手。这样做是一石二鸟，不但以受害人的身份出面，可以撇清少林在成昆、谢逊之争中的责任，而且也为夺取屠龙刀制造了借口。当然，敏感人物成昆是再也不能出面了，少林派的称霸阴谋，由此进入下一个阶段。

二、武当七侠夺嫡考

武当七侠，亲如兄弟，《倚天屠龙记》中描绘了他们许多"兄弟般的感情"，但他们并不是亲兄弟，甚至不是结义兄弟，而是武当派的第二代弟子、天下第一高手张三丰的传人。他们之间的关系，并不是纯粹的亲情、友情或义气，而首先是同门关系，处于高于他们的门派中，被门派的规则支配。门派本质上是一个政治体制，必须靠权力机制维系。因此权力关系也无可避免地渗透进了这七位武当派的第二代弟子中，虽然往往只是间接、隐蔽地发挥着作用。而其中根本性的问题就是：谁来继承张三丰的地位？谁将成为武当派第二任掌门人？不管是对有野心还是对没有野心的人，这个问题都很重要，这关系到每一个人的前途和命运。

武当七侠可以分成两组，第一组是从宋远桥到张翠山，他们是张三丰亲授的弟子，和张三丰的关系亲如父子；第二组是殷梨亭、莫声谷，他们虽然也是张三丰的弟子，但是武功是宋远桥等代传的，和师父的关系就比较疏远，而在权力体系中自然处于较下游的位置，基本上是没有继位的希望的。但他们站在哪一方面，对于局势也很有影响。

从第一组来说，最有希望获得衣钵传承的莫过于宋远桥、张翠山二人。宋是首徒，正如帝王有传位给长子的传统一样，武林中也有首徒继位的惯例。因为首徒一般武功较师弟为高，又比较有权威，做掌门人较少争议。何况江湖凶险，武林中人得享遐龄的没有几个，一般都要尽早确定接班人，而这时首徒自然大占优势，令狐冲就是一个例子。一般家族中还有"嫡庶"的分别，师徒之间基本没有这个因素，这时候年龄长幼就成为最重要的标准之一。

当然，传位给谁，一般是掌门人自己的权限，理论上他喜欢传给谁就可以传给谁。但是为了维护本派的稳定，还是要有一定的惯例，否则就容易出乱子。灭绝师太把掌门传给了自己喜欢的小徒弟周芷若，许多大弟子不服，就闹得鸡飞狗跳，如果周芷若不是得到了绝世秘籍，武功大进，这个位置是肯定坐不稳的。一个有智慧的领导人，不可能单纯从自己的喜好出发，而要考虑多方面的因素，选择最佳的继承人，才能把自己的门派发扬光大。张三丰就是这样一个领导人。

张三丰是武当的创始人，武当刚创派的时候，无非是一个老道士收了几个徒弟，还谈不上什么未来。等到过了二三十年，宋大、俞二这些人都成长起来了，开始收自己的弟子了，武当派成了气候，在武林中坐上了第二把交椅，挑选继承人的事情也就提上了议程。其时宋远桥已经有四十来岁，在江湖上相当有声望，其他弟子相对来说就差一点，他自然成为被默认的接班人。

但是问题的复杂性在于，张三丰明显更偏爱五弟子张翠山。故事开始时，张翠山不过二十出头，武功、威望都很一般，当然还不存在继位的现实可能性，但是张三丰当时虽然已经九十岁，却身体康健，精力旺盛，如果能再活十来年（事实上他老人家又活了二十多年），等张翠山到了三十多岁，武功上突飞猛进，再立下一些功劳，地位就会大大提高。而宋远桥已经快六十了，年纪太大也不适合继位，这对宋远桥来说是一个现实的威胁。古往今来，废长立幼的帝王不计其数，更何况宋远桥还没有正式的名分呢？

张翠山失踪后，张三丰一席话透露了自己的心扉："我七个弟子之中，悟性最高，文武双全，惟有翠山。我原盼他能承受我的衣钵……"可见，在张翠山还二十出头时，张三丰就有了传位给他的打算。但当时并未表露，直到张翠山失踪五年，张三丰对他生还已经不抱希望时才明说，可见张三丰是充分考虑到师兄弟之间微妙的关系的。

接着就是俞岱岩残废，张翠山失踪。俞岱岩资质平平，残废与否无关大局，张翠山失踪却从根本上改变了武当的局势。张翠山失踪后，武当的前景如何呢？首先，宋远桥显然大大巩固了其地位，到了十年后张翠山还山，看到宋远桥做道士打扮，处处很有威严。宋明明有妻有子，和张三丰一样打扮成道士根本上就是从一个侧面宣示自己作为武当掌门的法定继承人身份。殷梨亭说："这几年大哥越来越爱做滥好人，江湖上遇到甚么疑难大事，往往便来请大哥出面。"也显示出宋远桥的地位明显高于他们几个，几乎被江湖上公认为武当派的第二代领导人。

但是张三丰此时还没有完全确定宋远桥的掌门弟子身份，他说："我七个弟子之中，悟性最高，文武双全，惟有翠山。我原盼他能承受我的衣钵……"这话其实也就是借失踪的张翠山向弟子们暗示，你们各有各的问题，还不够资格继承我的衣钵。这实际上打压的是被默认将继位的宋远桥，同时也给其他人希望，主要就是俞莲舟。

此时，俞莲舟的武功在七个弟子中是最高的，甚至超过宋远桥，这是他的一个有利条件。书中言道："近年来俞莲舟威名大震，便是昆仑、崆峒这些名门大派的掌门人，名声也尚不及他响亮。"从性格上来说，宋远桥为人宽厚亲和，俞莲舟却古板严厉，书中说："俞莲舟外刚内热，在武当七侠之中最是不苟言笑，几个小师弟对他甚是敬畏，比怕大师兄宋远桥还厉害得多。"俞莲舟这样的性格和宋远桥各有利弊，一个和善谦冲，八面玲珑；一个威严有余，人望不足。派中大多数人不会希望俞莲舟接任掌门，但是一旦接任也镇得住局面，不会有人敢和他作对。此时，除了是大弟子，宋远桥并没有明显胜过俞莲舟的地方。但是宋远桥的势力已经日益巩固，未来掌门的身份已经被江湖上所默认，即使张三丰想传位给其他人，也不得不考虑做出变动对于派内派外的诸多不利影响。

除了这二人外，张松溪武功也不错，为人足智多谋，心机比较重。这样的人聪明是聪明，但是缺乏领袖魅力，只适合做幕僚、副手、出谋划策。而殷、莫两个小弟子呢，不但地位上和前几个人差一截，而且一个优柔寡断，一个脾气火暴，毫无竞争力。这几个人都是不用考虑的。因此，掌门之位的争夺，看来只在宋大、俞二之间，可是此时，张翠山却回来了。

张翠山回山后，离开师门十年，武功落后师兄弟一大截，又和天鹰教的魔女结婚，张三丰居然一一宽容不问，表现出明显的偏爱。联系到前几年张三丰表示自己想传衣钵给张翠山，师兄弟们是略有些不快的："宋远桥等均想：师父对五弟果然厚爱，爱屋及乌，连他岳父这等大魔头，居然也肯下交。"事实上，他们会进一步想到，如果张三丰肯下交殷天正，张翠山的短处就变成了长处，这意味着张翠山有天鹰教的势力作为外援，这对他主掌武当是很有帮助的，宋远桥的地位将再度不保。

但是形势急转直下，不久各大门派趁张三丰寿筵逼迫武当，令张翠山自杀而死，这一潜在的矛盾没有激化就消泯了。张翠山虽然留下了儿子张无忌，但是年纪尚小，又得了绝症，不可能挑战宋远桥的地位。

经过张翠山自杀一事的刺激，又上少林被羞辱了一番，张三丰闭关修炼，不问世事，将掌门之位正式传给宋远桥，这样一来宋远桥事实上接掌了武当掌门，其地位已经是无可动摇，很快就摆明要把掌门之位传给自己的儿子宋青书。张三丰闭关不出，宋氏父子掌握大权，虽然不能说是肆无忌惮，却也没多少顾忌。

这时武当派的上下关系已经有了微妙的不同，以致在光明顶之役中，宋青书堂而皇之地以武当少掌门的身份出现，对殷梨亭等人发号施令。实际上宋远桥虽然是掌门，宋青书虽然有才干，但是他们忘记了，掌门废立，还是张三丰说了算的事情，真正的大权还在张三丰手上。张三丰本人不一定对宋青书反感，但是他对宋氏父子将掌门私相授受也微有不满，会想到只要自己一死，武当派就变成了宋家的私人产业，非宋远桥派系的其他各支很可能被排挤，这对武当的发展是很不利的。

到了光明顶一战，张无忌成就大名，后来又救援武当，立下无人可及的功劳。形势顿时逆转，张三丰把张无忌当亲孙子一样看待，把太极拳、太极剑等绝学倾囊相授，命他当少掌门大有可能。张无忌虽然当了明教教主，再当个武当掌门也很正常（旧版里甚至当了峨嵋掌门）。而和张无忌关系比较亲密的，有小时候照顾过他的俞莲舟和他救过性命，且和明教结成亲家的殷梨亭。宋远桥和张松溪则相对和他关系较疏远。张无忌地位的飞升，也引起了武当内部关系的微妙变动，至少宋氏父子在武当的核心地位已经不存在了：武当远征光明顶的人马被赵敏智擒，宋远桥作为领导是要负相关责任的，张三丰肯定对此不满，和张无忌立下奇功相比，反差更加明显。加上宋青书从全派的宠儿变成二流角色，往常还被少掌门身份约束的一些恶劣品质逐渐暴露出来，引发了和莫声谷的矛盾，结果导致宋氏势力的覆灭。

宋青书偷窥峨嵋派女生寝室，此事可大可小，往大了说是丧德败行、玷污女侠清白，往小了说无非是去找周芷若走错了门，根本不用让人知道。莫声谷发现后却上纲上线，要"清理门户"，本质上还是不满宋氏父子专权、长期积怨的爆发。想来他作为无权无势的小师叔，宋青书这个少掌门一直没把他放在眼里，让他受了不少气。宋青书无论如何是罪不至死的，莫声谷多半也不是想杀了他，而是要把他带回武当，当着所有人的面让宋远桥用门规处置，这样一来宋青书身败名裂，宋远桥也会大受打击。结果宋青书死活不回去，二人大打出手，在陈友谅暗助之下，莫声谷反而被宋青书所杀。

后来，此事被武当四侠知道，宋青书在武当派的政治生命也就断送。加上和陈友谅合谋谋害张三丰的事情，在任何门派都是令人无法容忍的叛逆大罪，此时武当派内部却出现了意味深长的分歧。让我们仔细分析一下事件前后武当诸侠的表现。

一开始，武当四侠到山洞中，还没有发现莫声谷的尸体，宋远桥和张松溪却一搭一唱，莫名其妙地一定要安给张无忌罪名：

只听得宋远桥道："七弟到北路寻觅无忌，似乎已找得了甚么线索，只是他在天津客店中匆匆留下的那八个字，却叫人猜想不透。"张松溪道："'门户有变，亟须清理。'咱们武当门下，难道还会出甚么败类不成？莫非无忌这孩子……"说到这里，便停了话头，语音中似暗藏深忧。殷梨亭道："无忌这孩子决不会做甚么败坏门户之事，那是我信得过的。"张松溪道："我是怕赵敏这妖女太过奸诈恶毒，无忌年少血气方刚，惑于美色，别要似他爹爹一般，闹得身败名裂……"四人不再言语，都长叹了一声。

只听得宋远桥忽然颤声道："四弟，我心中一直藏着一个疑窦，不便出口，若是没讲出来，不免对不起咱们故世了的五弟。"张松溪缓缓地道："大哥是否担心无忌会对七弟忽下毒手？"宋远桥不答。张无忌虽不见他身形，猜想他定是缓缓点了点头。

只听张松溪道："无忌这孩儿本性淳厚，按理说是决计不会的。我只担心七弟脾气太过莽撞，若是逼得无忌急了，令他难于两全，再加上赵敏那妖女安排奸计，从中挑拨是非，那就……那就……唉，人心叵测，世事难于预料，自来英雄难过美人关，只盼无忌在大关头能把持得定才好。"殷梨亭道："大哥，四哥，你们说这些空话，不是杞人忧天么？七弟未必会遇上甚么凶险。"宋远桥道："可是我见到七弟这柄随身的长剑，总是忍不住心惊肉跳，寝食难安。"俞莲舟道："这件事确也费解，咱们练武之人，随身兵刃不会随手乱放，何况此剑是师父所赐，

当真是剑在人在，剑亡人……"说到这个"人"字，蓦地住口，下面这个"亡"字硬生生忍口不言。（第三十二回）

由此可见，宋远桥、张松溪二人是一伙，对张无忌是很不信任的，而殷梨亭、俞莲舟则相对倾向张无忌一边。看来此时，武当已经明显分成了回护和反对张无忌的两派。本质上来说，这不是对张无忌的看法问题，而是是否支持宋远桥父子主持武当的立场问题。可人算不如天算，不久宋青书便东窗事发，宋远桥没法再把脏水泼到张无忌头上，不得不做出姿态要去"追杀"儿子，此时张松溪又奇怪地出来阻止：

张松溪劝道："大哥，青书做出这等大逆不道的事来，武当门中人人容他不得。但清理门户事小，兴复江山事大，咱们可不能因小失大。"宋远桥圆睁双眼，怒道："你……你说清理门户之事还小了？我……我生下这等忤逆儿子……"张松溪道："听那陈友谅之言，丐帮还想假手青书，谋害我等恩师，挟制武林诸大门派，图谋江山。恩师的安危是本门第一大事，天下武林和苍生的祸福，更是第一等的大事。青书这孩儿多行不义，迟早必遭报应。咱们还是商量大事要紧。"宋远桥听他言之有理，恨恨地还剑入鞘，说道："我方寸已乱，便听四弟说罢。"殷梨亭取出金创药来，替他包扎颈中伤处。

张松溪道："丐帮既谋对恩师不利，此刻恩师尚自毫不知情，咱们须得连日连夜赶回武当。这陈友谅虽说要假手于青书，但此等奸徒诡计百出，说不定提早下手，咱们眼前第一要务是维护恩师金躯。恩师年事已高，若再有假少林僧报讯之事，我辈做弟子的万死莫赎。"说着向站在远处的赵敏瞪了一眼，对她派人谋害张三丰之事犹有余愤。

宋远桥背上出了一阵冷汗，颤声道："不错，不错。我急于追杀逆子，竟将恩师的安危置于脑后，真是该死，轻重倒置，实是气得胡涂了。"连叫："快走，

快走！"（同上）

张松溪的理由是很牵强的：张三丰武功出神入化，宋青书只有利用他对自己的信赖才有可能加以暗算。要保护他只要派一个人去告诉他宋青书叛变，一切小心就行了，完全不必要武当诸侠都赶回去守在张三丰身边。再说，如果能生擒或斩杀宋青书，丐帮的阴谋消弭于无形，自然也不用回武当，即使要防备丐帮，也应该先从宋青书下手，通过他搞清楚丐帮图谋的具体内容。张松溪却罔顾事实，颠倒轻重，让大家不去管宋青书，反而一起赶回武当，本质上就是维护宋氏父子。后来又暗示到赵敏头上，更是试图激起武当诸侠同仇敌忾之心而混淆视听了。

宋青书叛变事发，对于宋远桥在武当的势力是极其沉重的打击。宋远桥一时无法应对，只有暂时先回武当稳定局面再说，张松溪的话正好给他提供了一个及时的借口。但是回了武当，问题也无法解决，很明显，只要张三丰一知道此事，宋远桥一派就完了。因此，宋远桥还得想方设法瞒着张三丰，为此想必施加给俞莲舟和殷梨亭不小的压力。此时宋远桥和张松溪绝对不敢离开武当，以防其他人向张三丰告发。后来张无忌大婚，宋远桥不得不奉师命出来，也得拉着俞、殷一起，而让张松溪留在武当山看着。更明显的是后来的屠狮英雄会，宋远桥和张松溪都没有来，只有俞、殷二人被打发出来：

武当派只到了俞莲舟和殷梨亭二人。张无忌上前拜见，请问张三丰安好。俞莲舟悄声问道："你可曾听到青书与陈友谅的讯息？"张无忌将别来情由简略说了，得知陈宋二人并未上武当滋扰，这次宋远桥、张松溪二人所以不至，便是为了在山上护师保观，以防奸谋。俞莲舟又说起宋远桥自亲耳听到独子的逆谋之后，伤心焦急，茶饭不思，身子几乎瘦了一半，却又瞒着师尊，不敢说起此事，恐贻师父之忧。张无忌道："但盼宋师哥迷途知返，即速悔悟，和宋大

师伯父子团圆。"俞莲舟道:"话虽如此,但这逆贼害死莫七弟,可决计饶他不得。"说着恨恨不已。(第三十七回)

宋远桥所谓"恐贻师父之忧"纯属托词,根本上是害怕东窗事发牵连到自己,所以才伤心愁急,日渐消瘦。俞莲舟"恨恨不已",也有对宋远桥的怨愤在内。不久俞莲舟和宋青书比武,出手狠辣,意在取宋青书的性命:

但见俞莲舟双臂一圈一转,使出"六合劲"中的"钻翻""螺旋"二劲,已将宋青书双臂圈住,格格两响,宋青书双臂骨节寸断。俞莲舟喝道:"今日替七弟报仇!"两臂一合,一招"双风贯耳",双拳击在他的左右两耳。这一招绵劲中蓄,宋青书立时头骨碎裂。(第三十八回)

宋青书一残,宋远桥想瞒天过海的打算就此泡汤,宋派大势已去,宋青书被抬上武当,被张三丰亲手击毙,宋远桥势力冰消瓦解。张三丰革除了宋远桥掌门之位,命俞莲舟接任。只是因为宋远桥势力深远,不愿引起大的震动,才没有完全追究他的责任。武当派大权由此落到俞莲舟一系上。

接下去的演变书中没有明写,但是结合历史和前面给出的种种线索,可以推断出一个出人意料的结局:亲张无忌的俞莲舟虽然掌权,但是宋远桥、张松溪的势力仍在,两派矛盾并未因此消解,仍然有一些摩擦。十年后,元亡明兴,政治环境发生了根本的变化。武当对明朝建立应该是立了不少功劳(《英烈传》里多次提到朱元璋得武当山神灵庇佑),同时也有些令明帝猜忌的事情,譬如武当和明教张无忌、杨逍的关系。武当此时不宜再以世俗门派的身份出现,而应该充分宗教化,变成不问世事的道教势力,才能保全自己并获得进一步发展的机会。在这个时候,武当派中一个小角色承担了这个历史性转变的任务,这个人就是全书中从来没有出来过,只是提到过名字的——谷虚子。

APPENDIX | 251

谷虚子是俞岱岩的门下，俞岱岩残废已久，早就退出了掌门之位的竞争，他的门下也只是主持武当作为道观的日常事务，这是其他人的弟子都不愿意干的。武当远征明教之时，真武观中的日常事务就由谷虚子主持。可见从宗教角度来说，他已经是武当的"掌门"了。明朝建立之后，张三丰被明太祖、成祖屡赐殊荣，当然不会不明白皇帝抬举自己的意思，他知道武当只有道教化才是最好的出路，而这时候谷虚子及其手下的清风、明月等道人就成为现成的接班人。而让谷虚子继位对于宋、俞二派来说也都是可以接受的。俞莲舟死后或退位后，各派达成妥协，谷虚子成为第四代武当掌门人。而武当也由此完成了历史性的转型，成为一个真正的以道士为主的道教门派。

三、龙门镖局灭门案真相考

《倚天屠龙记》一开头就写到，武当弟子俞岱岩被害，武当弟子张翠山受师命到临安查探真相。结果刚到龙门镖局就发现全镖局上下都已经死光，只有几个幸存的少林和尚指认他是凶手，说亲眼看到他杀人。张翠山蒙受不白之冤，惊怒交加，却又不知所措。

按一般小说的写法，这起扑朔迷离的事件必然要大书特书，写上几万乃至几十万字：张翠山如何蒙受不白之冤，如何被人人唾弃，如何得到神秘人物相助一步步查明真相，最后找出陷害他的大魔头。可是金庸的手法鬼斧神工，岂是庸手可比，故事到了下一回便真相大白：天鹰教的殷素素亲口承认龙门镖局灭门案是她做的。张翠山也没有把这女魔头绳之以法，二人还互有好感，展开了一段浪漫的爱情故事。后来王盘山大会，谢逊到来，挟持二人到了海外，剧情急转直下，龙门镖局灭门案似乎早已水落石出，也就没人理会了。

可是真相当真仅此而已吗？实际上殷素素的说法破绽很多，仔细读来，不难一一发现，而这些破绽以及文中的蛛丝马迹，却引出一个令人毛骨悚然的幕后真相。

首先，殷素素为什么要杀人？按殷素素的说法，主要还不是因为她曾说过"杀得你满门鸡犬不留"的恐吓的话，而是因为她被打伤之后：

"我回到江南，叫人一看这梅花镖，有人识得是少林派的独门暗器，说道除非是发暗器之人的本门解药，否则毒性难除。临安府除了龙门镖局，还有谁是少林派？于是我夜入镖局，要逼他们给解药，岂知他们不但不给，还埋伏下了人马，我一进门便对我猛下毒手。"（第五回）

殷素素是天鹰教主的女儿，天鹰教紫薇堂堂主，她"叫人一看这梅花镖"，显然对方是天鹰教的属下。从书中其描述看，殷素素回到临安后，肯定和教内有过联系。教主的女儿受伤，讨要解药这种事情，属下们即使不完全包办，也应该跟随左右保护，怎么当时一个人也不出来，任受伤的上司自己去闯龙潭虎穴呢？

在张翠山面前，殷素素号称"昨天晚上在那些少林僧身边又没搜到解药"，但据少林僧人慧风的描述：

"我亲眼见你一掌把慧光师兄推到墙上，将他撞死。我自知不是你这恶贼的敌手，便伏在窗上，只见你直奔后院杀人，接着镖局子的八个人从后院逃了出来，你跟踪追到，伸指一一点毙，直至镖局中满门老少给你杀得精光，你才跃墙出去。"（第四回）

可见殷素素杀人是一个连续的过程，中间并没有搜寻解药的举动。况且，如果真是意在解药，应该将对方制住后加以拷问，以得到尽可能多的信息，而不是先杀了再说，可见殷素素说自己是为了解药才杀人，纯粹是一个幌子。

其次，殷素素有灭龙门镖局满门的能力吗？龙门镖局死亡共七十一口，连带死了好几个少林和尚，其中相当一部分是有武功的。虽然都不是殷素素的对

APPENDIX | 253

手,但是除了几个埋伏的少林僧侣外,一个也没有逃走,未免太奇怪了。对比《笑傲江湖》中福威镖局的灭门案:

"当天晚上,我和小师妹又上福威镖局去察看,只见余观主率领了侯人英、洪人雄等十多个大弟子都已到了。我们怕给青城派的人发觉,站得远远的瞧热闹,眼见他们将局中的镖头和趟子手一个个杀了,镖局派出去求援的众镖头,也都给他们治死了,一具具尸首都送了回来,下的手可也真狠毒。"(第三回)

福威镖局林震南的武功差劲至极,被青城派玩弄于股掌之中,即使这样余沧海也要带着十几个大弟子一起才能保证灭门不出岔子。都大锦是少林派的嫡系弟子,武功不会比林震南差,而殷素素的武功虽不弱,但是显然比不上张翠山,更不能和真正的高手比,加上左臂受了重伤,一条胳膊几乎要废了,怎么可能战斗力那么强呢?何况殷素素擅长用银针,此处杀人者据慧风的描述,却是用指掌杀人,从武功上来说也不对路。"我亲眼见你一掌把慧光师兄推到墙上,将他撞死。"明显是大力气的男人的招式,殷素素有这样的武功造诣吗?难以置信。

最后,殷素素最初说自己看到张翠山衣服好看,于是也去买了一套,这个说法更加不能成立。看到异性衣服好看,最多对对方有钦慕之意,怎么会去买同样的衣服呢?再说为什么在穿上和对方一样的衣服后再去杀人?除了有意栽赃,没有别的解释。

以上疑点说明:第一,将龙门镖局灭门不是偶然的结果,而是蓄意的行为;第二,行为的主体不是,或者不只是殷素素;第三,殷素素确实是有意栽赃给张翠山。

其实,金庸在书中已经交代了一部分的真相,当张翠山问出殷素素栽赃的做法后:

殷素素微笑道："我也不是想陷害你，只是少林、武当，号称当世武学两大宗派，我想要你们两派斗上一斗，且看到底是谁强谁弱？"（第五回）

这些话足以说明，上面的解释是谎言，殷素素的目的就是假扮张翠山，挑拨少林、武当相斗。但这就带来了更多的问题。这么大的事情是一个少女能决定的吗？她难道不怕引火烧身？再说，她挑拨两派相斗的目的又是什么？她能够从中得到什么呢？

结合上面分析的第二点，不难看出，除了殷素素外，必然有其他人参与对龙门镖局的灭门案，以挑起少林、武当两派的争端。这些人的身份，当然只可能是殷素素的天鹰教同人，甚至是她的家人——殷天正和殷野王。也就是说，龙门镖局灭门事件，确实不是殷素素一时的意气，也不是她拿人命当草芥那么简单，而是天鹰教蓄意造成的一个阴谋。那么天鹰教为什么要这么做呢？

当然不可能是纯粹要搞事，"看看谁强谁弱"这么简单。天鹰教这个计划也并非天衣无缝，是要承担一定的风险的。万一被发现后，少林、武当两大势力，足以对天鹰教形成泰山压顶之势，威胁它的生存。我们知道，所谓天鹰教，不过是明教中殷天正一派的分号，真实的力量比明教差得远，在江南的势力也并不牢固。殷天正、李天垣等都是精明的人，不可能为了好玩去冒天下之大不韪。

也不会是出于野心。天鹰教在武林中只是一股较小的势力，如果武当、少林发生火拼，出现权力真空，直接受益者应该是丐帮、明教其他支系或者峨嵋、昆仑、青海等门派。天鹰教即使能分到一些好处也不会太多，不值得如此冒险。天鹰教实际上对大门派还是比较小心翼翼的，像俞岱岩受伤后还护送回武当去，就是明显的例子。

那么真实原因何在呢？我们必须首先从天鹰教的角度去思考问题。

在俞岱岩争夺屠龙刀的过程中，已经有疑似少林派的人参与。而殷素素在武当山上又碰到了"少林"的高手，亲眼看到他们将俞岱岩掳走。天鹰教方面当然做梦也想不到还有个金刚门的存在,他们会认为:少林派志在屠龙刀,并且通过拷问俞岱岩,很可能已经知道了屠龙刀在自己手上。

凑巧的是,这个时候少林有不少僧徒南下支援龙门镖局。对于天鹰教来说,这就建构起一条完整的因果链:少林从俞岱岩口中问出了屠龙刀在自己手中,于是派人前来夺刀,并且以龙门镖局为据点。天鹰教自然知道少林的厉害,自己羽翼未丰,还不是对手,因此会判断自己已经处于十分危急的情况下,不惜铤而走险。

在这种情况下,最好的对策,就是筹划这次龙门镖局灭门案:利用这次事件中武当弟子也牵涉其中,来挑拨本来就互有心病的少林和武当相斗。当然,这样重大的决定,能够拍板的只有一个人——教主殷天正。

整个事件可能都是殷天正精心策划的:张翠山、俞莲舟和莫声谷一进入东部,他就已经知晓。俞、莫二人共同行动,特别是俞莲舟江湖经验丰富,不好控制,本来如果他们先到临安会比较麻烦一点,但是却出了蹊跷之事:

俞莲舟叹了口气道:"这是阴错阳差,原也怪不得你。那日师父派我和七弟赶赴临安,保护龙门镖局,但行至江西上饶,遇上了一件大不平事,我俩无法不出手,终于耽搁了几日,救了十余个无辜之人的性命,待得赶到临安,龙门镖局的案子已然发了。"(第九回)

这件突然出现的"大不平事"很可能是殷天正紧急安排的事端,以拦住二人。另一方面则派女儿到临安,准备对付单枪匹马的张翠山。而他本人当时很可能也在临安。

张翠山4月30日傍晚到达临安,找了落脚的地方,换了件衣服,晚上前去龙门镖局探路,而殷素素趁这个时间差假扮他制造了灭门惨案。其实,即使张翠山当时立即前往龙门镖局,因为武当、少林的微妙关系,又因为俞岱岩的问题,双方也很容易出摩擦。此后几天天鹰教仍然可以找到机会下手。但张翠山的举动,却是中了天鹰教的下怀。

在龙门镖局假扮张翠山杀人的,不只是殷素素,可能还有殷野王、李天垣,殷天正也可能在暗中主持。以慧风等少林僧侣的武功水平,即使殷天正在他们也不可能发现。即使是张翠山也不可能发现殷天正。但假设殷天正在场,就不难解释为什么几十个人在短时间内死得一干二净。几个逃走的少林僧侣显然是有意放的证人。

因此,以上的推测可能就是龙门镖局灭门惨案的真实情况。殷素素事后对张翠山自然不会说实话,而是都揽在自己身上。为了讨要解药而一时激愤杀人,总比全家一起上,蓄意制造血海阴谋以栽赃嫁祸更能引起张翠山的同情。但真相是否仅此而已呢?恐怕更令人毛骨悚然的还在后面。

假冒张翠山杀人并不难办,难办的是如何把这个罪名坐实。张翠山不是哑巴,自己会说话。人家是名门子弟,在江湖上名声又好,要让天下相信是张翠山杀人很有些难度。纵然几个少林弟子当时惊慌失措不辨是非,事后也可能会想:为什么张翠山第二次来自报家门的时候并没有杀我们?在两大派的主持下,几个人当面一对质,"有人假扮"的结论不难得出。如果查出是天鹰教的所为,两大派肯定会联合起来对付殷天正,这样一来就麻烦大了。

为此有两个办法,一是把张翠山也杀了,死无对证。可是杀张翠山容易,却不可能栽赃到少林头上(当时在临安的少林和尚武功比他差得远),仍然会留下不利于自己的线索。另一个办法是干脆拉拢张翠山,让他站到自己一边来。这样一来等于拖武当下水,对天鹰教来说是一箭双雕。但是张翠山明明被自己陷害,又怎么可能和自己合作呢?

所以殷天正打出了他的王牌:殷素素。用如花似玉的女儿做诱饵,才能让张翠山上钩,进而如果可能的话,把武当拉拢到自己这边来。

殷素素在张翠山面前似乎不过是一个时而娇憨、时而蛮横的"野蛮女友",

APPENDIX | 257

但这并非她的真实面目。从在王盘山她对昆仑派两剑客的挑拨中可以看出，她对男人的心理十分熟悉，能够将他们玩弄于股掌之上。当殷素素的挑拨忘了形，引起了张翠山的不满，她又及时发现，和张翠山谈论《庄子》："殷素素聪明伶俐，有意要讨好他，两人自是谈得十分投机，久而忘倦，并肩坐在石上，不知时光之过。"（第五回）可见殷素素情商极高，张翠山这种初出茅庐的小伙子根本不是对手，很快就被迷得五迷三道。二人后来一到冰火岛，殷素素当晚就自荐枕席，"始有洞房春暖之乐"，可见也并非任盈盈那样的害羞处女。

殷素素有意挑逗张翠山的情节其实非常明显，她从一开始就以相同装束在张翠山面前出现，引起他的好奇。当张翠山发现她是女子的时候又约他见面。张翠山决意去见她，其实已经是被她所吸引，还自欺欺人地说："我但当持之以礼，跟她一见又有何妨？"只要张翠山肯来，殷素素的情挑就已经成功了一步。

第二天在六合塔见面，殷素素又是出口成章，又是展示书画，唯恐对方不知道自己是个才女。显然是早已打听到"银钩铁划"张翠山爱好文学、书法，投其所好。张翠山的师兄弟好像对这些都没什么爱好，好不容易碰到一个红粉知己，自然越来越为之倾倒。

但是关键的两步，还在于"疗伤"和"扬刀"这两件事。

请注意书中另一个细节：殷素素中了镖毒，除了用解药治疗外，也可以用内功逼出来。后者就是张翠山的做法，让殷素素很快恢复了健康。在武侠小说的设定中，这个道理应该非常浅显，殷素素和天鹰教的人没有理由不知道。殷天正的内功比张翠山不知道高多少，她受了伤理应赶紧去找老爸救命，为什么还要冒着手臂废掉的危险独自留在临安等张翠山找来呢？就算她算定了张翠山会找来，也不可能确定张翠山一定会救她吧？

唯一的可能是，殷素素知道，自己的手臂根本就不会有事。即使张翠山不肯救她，回头找老爸也不会有问题。

在王盘山上和谢逊见面后，殷素素说过："并不是殷教主失算，乃是他另有要事，分身乏术。"这就告诉我们，殷素素回到江南后，和殷天正肯定有过直接、间接的联系。殷天正得知女儿受伤，不赶紧派人去接应救护，反而任她自己东奔西跑，这是为什么呢？

真相只有一个：殷天正、殷素素父女有意利用殷素素的伤来激起张翠山的怜惜之情，对他进行色诱。

不要说在武当山上没见过几个女人的张翠山，各位男性读者，当你们看到殷素素这样一个如花似玉的少女手臂上中了毒镖，马上就要废的情况下，有谁心中不会产生强烈的心痛和怜爱之情呢？而中间发小姐脾气故意自残，更是让天下男儿都不得不低头的妙招。在这种情况下，如果你是张翠山，会果断地把她当成杀人凶手加以处置呢，还是想先治病救人再说呢？一旦把她治好了之后，对方再吴侬软语地几句"张五哥"一叫，你还好意思翻脸吗？所以"疗伤"是进行色诱计划的关键，这一步成功了，整个计划就成功了一半。

当然这个计划是机密中的机密，只有少数高层能够知道。像舟子、常金鹏之类是不可能与闻机密的，所以当碰到常金鹏后，他以为张翠山在害殷素素，跳出来阻止，双方误会一场。好在这些人的武功比张翠山差得远，不会影响整个计划。

下一步就是将张翠山带到王盘山的"扬刀立威大会"。这也是一步令人拍案叫绝的妙棋：

殷素素冷冷地道："他们要去瞧瞧屠龙刀吗？只怕是眼热起意……"张翠山听到"屠龙刀"三字，心中一凛，只听殷素素又道："嗯，昆仑派的人物倒是不可小觑了。我手臂上的轻伤算不了甚么，这么着，咱们也去瞧瞧热闹，说不定须得给白坛主助一臂之力。"转头向张翠山道："张五侠，咱们就此别过，我坐常坛主的船，你坐我的船回临安去罢！你武当派犯不着牵连在内。"

张翠山道："我三师哥之伤，似与屠龙刀有关，详情如何，还请殷姑娘见示。"殷素素道:"这中间的细微曲折之处,我也不大了然,他日还是亲自问你三师哥罢!"

张翠山见她不肯说,心知再问也是徒然,暗想:"伤我三哥之人,其意在于屠龙宝刀。常坛主说要在王盘山扬刀立威,似乎屠龙刀是在他们手中,那些恶贼倘若得讯,定会赶去。"说道:"发射这三枚梅花小镖的道士,你说会不会也上王盘山去呢?"

殷素素抿嘴一笑,却不答他的问话,说道:"你定要去赶这份热闹,咱们便一块儿去罢!"(第五回)

张翠山是为了追查俞岱岩的事到临安来,此事和屠龙刀有莫大的关系。听到有这个会,自然是非去不可的。殷素素欲擒故纵,让他回临安去,还说"你武当派犯不着牵连在内",恰恰是要张翠山自己提出前往,主动把武当派"牵连在内"。张翠山自然不会想到,这样一来,就进一步掉进了天鹰教的陷阱中。

在王盘山上,天鹰教方面对张翠山十分热情,差不多把他当成了上门女婿。虽然张翠山也设法和天鹰教保持一些距离,表明自己中立的立场,但伸手不打笑脸人,何况他本来对殷素素已经暗生情愫了呢?他和殷素素之间较亲密的关系是人人都看得见的。这传递给与会者一个明确的信息:武当的张五侠,是我们这边的人。这当然在天鹰教的算计之中。

因此也可以理解,为什么王盘山大会上殷天正"另有要事,分身乏术",而李天垣和殷野王也不见踪影,让殷素素去做最高主持人。如果殷天正等人在场的话,再对张翠山过分亲热,就显得有失身份、体统,也会让张翠山怀疑天鹰教为何无事献殷勤。而让张翠山本来就心仪的殷素素去主持,殷素素又对他十分亲昵,甚至拉他到自己身边来坐。这种小儿女态就显得比较自然,而不知不觉中,就已经把他拉到了大会的半个主持者的地位上来,从此再也脱不了干系。

如果谢逊不出现,事情会演变呢?直接的结果是血气方刚的张翠山很快成为殷素素的入幕之宾，之前龙门镖局惨案自然要说也说不出口。既不能承认是自己干的，也不能吐露是自己心爱的女人的杰作，而只能拼命帮天鹰教遮掩，成为谁也说不清的悬案。而各门各派回中原后，张翠山和殷素素的暧昧关系也会传遍天下。这样有两种可能的结果：一是武当也被拖下水，成为天鹰教的同盟，这是有可能的，后来张三丰也说过想结交殷天正；二是张翠山被开除出武当，而加入天鹰教，这样殷天正凭空多了一个得力的助手，而武当多半也会念及香火之情，不会过分为难天鹰教。无论如何，这些事情可能要闹上好几年时间，而天鹰教就有充分的时间准备应对少林可能的进攻，并且去参透屠龙刀的秘密了。

指出张翠山和殷素素患难与共的浪漫爱情其实是精心策划的阴谋的产物，不免大煞风景。不过真正的爱情永远只能生长在现实的土壤中，即使小说中的爱情，也必须生长在小说中的现实之上。龙门镖局的几十个死者的鲜血大概不会浇灌出不食人间烟火的空谷幽兰，而只能浇灌出诡异而凄厉的血罂粟来。不过，张翠山夫妇的感情仍然是真实的。对于张翠山来说，即使知道了真相，面对确实悔过了而又为他自杀的妻子，最终大概也会原谅吧。

四、殷野王武功考

殷野王在《倚天屠龙记》中是主角张无忌的舅舅，出场不多不少，却几乎没怎么出手。他的武功如何虽然不能详知，但是做一番探究却也很有趣。

小说中借助旁人之口，对殷野王的武功极尽吹嘘：

殷素素问道："我爹爹身子好吧？"李天垣道："很好，很好！只有比从前更加精神健旺。"殷素素又问："我哥哥好吧？"李天垣道："很好！令兄近年武功突飞猛进，做师叔的早已望尘莫及，实是惭愧得紧。"殷素素微笑道："师叔又来跟我们晚辈说笑了。"李天垣正色道："这可不是说笑，连你爹爹也赞他青

出于蓝,你说厉害不厉害?"(第九回)

他"殷野王"三字一出口,旁观众人登时起了哄。殷野王的名声,这二十年来在江湖上着实响亮,武林中人多说他武功之高,跟他父亲白眉鹰王殷天正实已差不了多少,他是天鹰教天微堂堂主,权位仅次于教主。(第十八回)

这些说法有多少分量呢? 天鹰教摆明了是家族企业,李天垣虽然是师叔,也进不了核心圈子,对殷家兄妹当然要极尽奉承。至于一般的下属更是搞不清楚堂主武功究竟有多高,只是想当然地认为既然是大高手殷天正的独子,武功一定很高。这样口耳相传,殷野王就成了当世高手。因此,殷野王也以高手自居,见到灭绝师太也毫不畏惧,要代张无忌接她第三掌。说明殷野王对自己的定位是等于或高于灭绝师太,这已经和他老爸是一个级别的了。

殷野王的实际武功水平如何呢? 殷野王在书中出手不多,不过却出场得很早,第三回中在船上和俞岱岩过招的就是此君。他和妹妹一起多次施暗算,让俞岱岩中毒受伤,可即使这样还是被俞岱岩打得落花流水,最后甚至被中毒的俞岱岩一掌击昏,掉进钱塘江里:

俞岱岩右掌击出,盛怒之下,这一掌使了十成力。两人双掌相交,砰的一声,舱中人向后飞出,喀喇喇声响,撞毁不少桌椅等物……那人吃了一惊,臂上使力,待要将刀挺举起来,只觉劲风扑面,半截断锚直击过来。这一下威猛凌厉,决难抵挡,当下双足使劲。一个筋斗,倒翻入江……那人虽然避开了断锚的横扫,但俞岱岩右手那一掌却终于没有让过,这一掌正按在他小腹之上,但觉五脏六腑一齐翻转,扑通一声跌入潮水之中,已是人事不知。(第三回)

诚然俞岱岩的年龄比张翠山大十岁左右,但是张翠山的悟性远高过俞岱岩,这是张三丰亲口说的。二人武功应该在伯仲之间。可是当时殷野王比他们至少要差了一个档次以上，而殷野王的年龄应该比张翠山略大或差不多。俞岱岩如果不出意外，苦练二十年，也未必能到鹰王、狮王的境界，殷野王悟性更比不上张翠山，要"青出于蓝"，恐怕不是那么容易。

二十年后，殷野王的实际战斗力如何呢？在光明顶下和灭绝师太没有打成，但不久后和成昆一战，结果一死一伤，当然成昆是假死，可野王是真伤，而且马上失去了战斗力，可见伤势不轻。而此时成昆历经和明教高手的血战，早已身负重伤："圆真手指一热，全身功劲如欲散去，再加重伤之余。平时功力已剩不了一成……"（第十九回）

成昆的功力剩下不到一成，不要说是殷天正、灭绝级别的高手，就是周颠之流也可以轻松打败他（不要忘记，冷谦和没有受伤的成昆都斗了十几招）。即使这样，殷野王还被打得灰头土脸，自己受伤不轻，失去战斗力。而成昆有意装死，多半还没出全力。可见殷野王的武功着实不堪一击，二十年来几乎没有进步。说慕容复是名不副实多少有点委屈他，可殷野王却是货真价实的欺世盗名。倘若当日和灭绝全力比拼，恐怕一掌就得送命。说到底，这位天鹰教大少爷不过是一个自以为是的纨绔子弟而已。

张无忌为人糊涂，听来听去还真以为舅舅武功高明，可以和外公相比。所以后来斗三渡还想请殷野王出手。知子莫若父，殷天正没等张无忌把话说完，赶紧揽到自己头上，大概也是知道自己的宝贝儿子武功平平，远不是对方的对手吧。

五、小龙女身世考[01]

《神雕侠侣》中的女主人公小龙女一向被认为是无父无母的孤儿，因为被林朝英的丫鬟收养而成为古墓派传人。其实大大不然，她的父母是谁，书中虽

---

01 本文内容与《倚天屠龙记》关联不大，不过灵感却来自《倚天屠龙记》卷首的那一阕词，故列入"倚天丛考"系列。

无明文，却有许多或隐或显的线索可以钩沉发隐。就让我们随着金庸先生的叙述，来探究一番武林中的这一段秘辛。首先，最重要的材料，当然是小龙女作为弃婴被收养的经过：

丘处机道："这姓龙的女子名字叫作甚么，外人自然无从得知，那些邪魔外道都叫她小龙女，咱们也就这般称呼她罢。十八年前的一天夜里，重阳宫外突然有婴儿啼哭之声，宫中弟子出去察看，见包袱中裹着一个婴儿，放在地下。重阳宫要收养这婴儿自是极不方便，可是出家人慈悲为本，却也不能置之不理，那时掌教师兄和我都不在山上，众弟子正没做理会处，一个中年妇人突然从山后过来，说道：'这孩子可怜，待我收留了她罢！'众弟子正是求之不得，当下将婴儿交给了她。后来马师兄与我回宫，他们说起此事，讲到那中年妇人的形貌打扮，我们才知是居于活死人墓中的那个丫鬟。她与我们全真七子曾见过几面，但从未说过话。两家虽然相隔极近，只因上辈的这些纠葛，当真是鸡犬相闻，却老死不相往来。我们听过算了，也就没放在心上。"（第四回）

此事表面看上去只是普通的弃婴事件，但是整个叙述中有若干细节却十分可疑。

第一，全真教弟子听到重阳宫外有婴儿啼哭声，出去看才发现了襁褓中的小龙女。也就是说，有人把一个婴儿直接放在重阳宫门外，至少相距不会太远。但是重阳宫不是普通的道观，在终南山上，是当代武林最大门派的总部，声势比当时的少林寺还高，并且和当时的蒙古朝廷关系紧张，从山上到山下即使不是戒备森严，也应该有人担任警戒，又怎么可能让人轻易接近宫门呢？如果半夜三更能让普通人带着孩子来到山顶观外而不加察觉，那么换几个武林高手，不是能够轻易杀进重阳宫了吗？纵然马钰、丘处机等人不在，全真教的实力也不至于如此之弱。由此可见，能够接近重阳宫门放下孩子的，必定是武林高手，还可能对终南山重阳宫附近的地形十分熟悉。

如果我们同意这个弃婴者是武林高手，问题就来了。首先，如果是弃婴，肯定是自己无法抚养只好偷偷扔下孩子让别人收养。真是武林高手，无论白道黑道，就算是丐帮，也会有很多门路，不可能走投无路到这个地步，就算放到农村大妈家给点银子让人代养也不为难。此人有什么理由要把自己的孩子无缘无故扔在重阳宫门口呢？假如说不是自己的孩子，是仇家的孩子，直接杀了也好，送到妓院门口也好，或者像九难一样自己养大了让她去杀亲生父母也好，都可以理解。为什么会冒险把孩子放在道观门口呢？唯一的解释是，这个孩子和重阳宫里的人有特定的联系。

第二，半夜三更的时候，全真教人士刚发现孩子，林朝英的丫鬟就跑过来自告奋勇要收养这个孩子。如果说是巧合，则未免太巧。要知道两派几十年都不往来，这个古墓派第二代传人怎么会在深夜里无缘无故到重阳宫门口去散步呢？如果说是听到婴儿的啼哭才赶过来，那她的听力未免也太好了。要知道，根据文中叙述，从重阳宫到古墓有好几里的距离，古墓又在地下，丫鬟掌门这个时候应该在地底下睡得正香，怎么可能听到重阳宫门口小孩的啼哭呢？小孩的啼哭声再大，丫鬟掌门的武功再高也不可能。如果这么远的距离都能听到，那么只要在古墓里一坐，重阳宫里说话、念经的声音不都能听到了？断无此理。因而可以推断，丫鬟掌门的到来绝非巧合，她来就是为了收养这个孩子。

第三，收养婴儿的困难，主要不是男人、女人的问题，是奶水的问题。后来李莫愁带了几天郭襄，就被搞得疲于奔命，主要就是没有奶。小龙女被带回古墓，山上山下的交通也不方便，古墓里也不好养牛养羊，奶水问题怎么解决呢？丫鬟掌门和孙婆婆照理说都没有奶，难道每天都下山去买牛奶？还是把小龙女寄养在山下农家呢？这些办法虽然可行，但都不方便，最大的可能，就是这位丫鬟掌门自己有奶可以奶大孩子。

说到现在，结论已经相当明朗了：小龙女就是丫鬟掌门的私生女。但是问题又来了：如果小龙女的母亲就是丫鬟掌门，这个孩子的父亲是谁？为什么要把孩子放在重阳宫门口再兜一圈跑过去收养呢？

这个问题在《神雕侠侣》里很难找到启发，但是在《倚天屠龙记》的一开始，金庸却给了我们再明确不过的提示：

"春游浩荡，是年年寒食，梨花时节。白锦无纹香烂漫，玉树琼苞堆雪。静夜沉沉，浮光霭霭，冷浸溶溶月。人间天上，烂银霞照通彻。

"浑似姑射真人，天姿灵秀，意气殊高洁。万蕊参差谁信道，不与群芳同列。浩气清英，仙才卓荦，下土难分别。瑶台归去，洞天方看清绝。"

作这一首《无俗念》词的，乃南宋末年一位武学名家，有道之士。此人姓丘，名处机，道号长春子，名列全真七子之一，是全真教中出类拔萃的人物。《词品》评论此词道："长春，世之所谓仙人也，而词之清拔如此。"

这首词诵的似是梨花，其实词中真意却是赞美一位身穿白衣的美貌少女，说她"浑似姑射真人，天姿灵秀，意气殊高洁"，又说她"浩气清英，仙才卓荦"，"不与群芳同列"。词中所颂这美女，乃古墓派传人小龙女。她一生爱穿白衣，当真如风拂玉树，雪裹琼苞，兼之生性清冷，实当得起"冷浸溶溶月"的形容，以"无俗念"三字赠之，可说十分贴切。长春子丘处机和她在终南山上比邻而居，当年一见，便写下这首词来。(《倚天屠龙记》第一回）

这段话给我们留下的线索非常丰富，值得仔细分析：

首先，丘处机虽然写诗词，但不是李后主或柳永那种风流才子，真的写梨花也罢了，无端端怎么会赞美一个年龄比自己小很多的青春少女呢？而且是一见之后，大为惊艳，马上写下这首词。还说什么"浑似姑射真人，天姿灵秀，意气殊高洁"。小龙女就算容貌清丽，性情清冷，也不过是有七情六欲的凡人，不至于让一位熟读道经的"有道之士"当作"姑射真人"，"仙才卓荦"。这首词要是血气方刚的尹志平写的也罢了，出自一代宗师丘处机的手就令人奇怪了。

当然，丘处机如果说像尹志平一样暗恋小龙女也说得通，虽然说当时已经七老八十，可见爱美之心，人皆有之，不分年龄大小。但无论怎么暗恋，也该是有分寸的人，怎么会像毛头小伙子一样写诗写词落人话柄？再说，词中虽然对小龙女赞美到极点，却也不像有男女之情。

其次，丘处机初遇小龙女是什么时候呢？虽然在小龙女很萝莉的时候见过一面，但毕竟太小，人还没有长开。应该不是那个时候，而是小龙女成年后在重阳宫大闹的那次，《神雕》中有详细的描述：

忽听铮的一响，手上剧震，却是一枚铜钱从墙外飞入，将半截断剑击在地下。他内力深厚，要从他手中将剑击落，真是谈何容易？郝大通一凛，从这钱镖打剑的功夫，已知是师兄丘处机到了，抬起头来，叫道："丘师哥，小弟无能，辱及我教，你瞧着办罢。"只听墙外一人纵声长笑，说道："胜负乃是常事，若是打个败仗就得抹脖子，你师哥再有十八颗脑袋也都割完啦。"人随身至，丘处机手持长剑，从墙外跃了进来。

他生性最是豪爽不过，厌烦多闹虚文，长剑挺出，刺向小龙女手臂，说道："全真门下丘处机向高邻讨教。"小龙女道："你这老道倒也爽快。"左掌伸出，又已抓住丘处机的长剑。郝大通大急叫："师哥，留神！"但为时已经不及，小龙女手上使劲，丘处机力透剑锋，二人手劲对手劲，喀喇一响，长剑又断。但小龙女也是震得手臂酸麻，胸口隐隐作痛。只这一招之间，她已知丘处机的武功远在郝大通之上，自己的"玉女心经"未曾练成，实是胜他不得，当下将断剑往地下一掷，左手夹着孙婆婆的尸身，右手抱起杨过，双足一登，身子腾空而起，轻飘飘的从墙头飞了出去。（第五回）

从文中的描述看，丘处机和小龙女只是打了个照面，脸能看清楚就很不错了。小龙女一闪即逝，而丘处机一见之后，便写下这首词来，未免不合人情。要知道当时的小龙女和丘处机是敌对关系，差点逼死他师弟郝大通，丘处机怎么会写词赞美自己的敌人呢？给师兄弟和弟子知道了会怎么想？再说两人不过打了个照面，就算丘处机觉得她美貌无伦，又怎么能对"天姿灵秀，意气殊高洁"这些性格气质有所了解？如果说他在暗中偷看了小龙女前面的表现，倒还有可能。

小龙女缓缓转过头来，向群道脸上逐一望去。除了郝大通内功深湛、心神宁定之外，其余众道士见到她澄如秋水、寒似玄冰的眼光，都不禁心中打了个突。（第五回）

由此我们所知道的事实是：十八年前的夜里，某匿名高手将孩子放在重阳宫门口，丫鬟掌门又突然奇怪地出现，将孩子带走并养大。而十八年后，这个长大了的孩子再度出现在重阳宫，全真教者宿丘处机一见之下激动不已，不顾对方和自己的敌对关系，当天就写下了一首赞美她的《无俗念》。

到了这一步，小龙女的身世已经很明显：她的母亲是丫鬟掌门，父亲是丘处机。

从书中分析，这两人之间有没有可能呢？大有可能。从年龄上来讲，小龙女比杨过大三四岁，她出生之时，应该是郭靖还在蒙古放羊，黄蓉还没离开桃花岛的时期，那时候丫鬟掌门和丘处机都是中年人。丘处机不用说，丫鬟掌门虽然人到中年，要生个孩子也不为奇。

从两家的渊源上来说，丘处机虽然竭力撇清说双方并没有来往，但是毕竟上一代有那么多恩怨纠葛，下一代有往来也不奇怪。丘处机虽然自称不过和她们见过几面，但对丫鬟掌门的形貌打扮了如指掌，听人一说就知道是她。这份熟悉就很蹊跷。

从双方自身来说，林朝英死于王重阳之前，那时候丫鬟掌门最多二十来岁，正是青春寂寞的时候，后来到了三四十岁，更是那个狼虎之年，生理和心理的需要都很迫切。古墓派虽然号称是姑娘派，其实林朝英固然对男子钟情，李莫愁、小龙女也是二十岁不到就跟男人下了山，至于孙婆婆多半也是早年有过婚姻，丫鬟掌门又怎能例外？

再说丘道长，虽然武功不是特别高，也算一流身手，而且江湖地位显著，宗教上的学术水平也很高，诗词歌赋也玩得转，论起综合素质除了黄药师就是他。一个中年成功人士，仰慕他的女弟子不知有多少，偏偏又因为教规束缚而不能有女人陪伴。一个干柴，一个烈火，一旦有机会相处，怎能不熊熊燃烧起来？二人的结合实在再正常不过。

小龙女的身世一旦水落石出，很多问题都迎刃而解：

首先，小龙女的姓氏"龙"字是怎么来的？最简单的推断，当然是她的父亲或母亲姓龙，但是如上文所说，她的父母一定是武林高手。龙姓不是很常见的姓氏（读者可以随便想三个以上龙姓名人试试），全武林姓龙的高手恐怕任何时代都不会超过三个。即使不是武林高手，是终南山附近的乡民，恐怕姓龙的也不多。如果她的父母真是要弃婴，不可能给女儿起自己的姓氏。否则还怕别人不知道是自己扔的孩子吗？

那么龙姓会不会是丫鬟掌门的姓氏呢？这也不对，丫鬟掌门和小龙女的公开关系是师徒，不是母女，如果要给小龙女起自己的姓氏，那么不论二人真正关系是什么，都应该收小龙女做女儿，又怎么还会保持师徒关系呢？何况瓜田李下，为了古墓派的清誉，越是真正的母女越不能同姓，否则万一传出去不是坏了古墓派的名声？

那么"龙"字的含义是什么呢？龙实际上不是一个姓，而是一个代号，代表她父亲的身份。当然这个代号不能那么容易被人看穿，否则后患无穷。这个

APPENDIX | 269

"龙"字应该就是代表全真教最大的支派"龙门派"，其创始人众所周知就是丘处机。有人或许说，全真教时期，各支派没有分化，应该还没有龙门派的名目，但是丘处机在王重阳死后在龙门山隐居多年是史有明文的事情，这个龙门山既然远离重阳宫，就可能成为丘处机和丫鬟掌门的幽会场所。很可能在山上留下了丘处机和丫鬟掌门美好或遗憾的回忆，所以她才会给女儿取"龙"姓，以纪念这一段缘分。

其次，为什么小龙女会被扔在重阳宫外面？为什么丘处机当时又不在？可以推断，两人幽会一段时间后，丫鬟掌门有了身孕，中年怀胎，这辈子唯一的骨血，自然要把孩子生下来。丘处机此时已是全真教领袖，生怕自己身败名裂，可能劝过丫鬟掌门打胎，丫鬟掌门不听，两人发生矛盾。丘处机怕事，索性在丫鬟掌门生产期远远躲开。丫鬟掌门久久不见丘处机，自己辛辛苦苦生孩子，一怒之下，把孩子放在重阳宫门口，暗中监视，就是想逼丘出头，看他对自己女儿态度如何，后来发现丘不在重阳宫，只得把孩子抱回去，以收养的名义自己抚养。丘处机回来后，知道自己已经当了爸爸，也无可奈何了。二人此后有没有继续不伦关系不得而知，但不久丫鬟掌门就收了李莫愁做徒弟，小龙女也渐渐懂事，二人的关系大概也就断了。

第三，为什么丫鬟掌门也和林朝英一样，对男人，特别是全真教的道士如此憎恨，还这么教导徒弟？单纯说是林朝英的影响未免不够，毕竟思春是女人的天性，不至于为了小姐的遭遇就一辈子不想男人。大家想想，秦红棉教导女儿十几年要恨男人，木婉清还不是对段誉一见倾心？再说林朝英和王重阳二人不能在一起，也不是男方单方面的责任。丫鬟掌门似乎比小姐师父有更悲惨的遭遇，才会对男人如此深恶痛绝：

杨过问道："咱们祖师婆婆好恨王重阳么？"小龙女道："不错。"杨过道："我也恨他，干么不把他的画像毁了，却留在这里？"小龙女道："我也不知道，只

听师父与孙婆婆说,天下男子就没一个好人。"(第五回)

既然是天下男子没一个好人,那伤害她们的自然也不只是王重阳一个了。丫鬟掌门之所以憎恨王重阳,多半还是因为他是丘处机的师父吧。

第四,小龙女十八岁生日,为什么全真教要不惜一切代价为小龙女出头挡住来犯的邪魔外道呢?显然也是丘处机护女心切。丘处机所说的"我们"如何如何关心小龙女,如何送吃的、送水,如何担心敌人滋扰,其实说的无非是"我"。重阳宫一战后,还怕女儿打不过霍都等人,千方百计给郭靖讲故事,带郭靖去古墓外助阵,也可以说是父女天性了。

第五,小龙女闯重阳宫那次,丘处机可能早就到了,但是一直埋伏着不肯出来,就是因为两人关系特殊,不便出手,只在暗中看了女儿半天。最后郝大通要自杀,丘处机怕女儿闯大祸,不得不出手相救,其实还是在帮小龙女,把她吓走了。最后看到小龙女逃了也不追,显然是要息事宁人。事后,他无法平息内心激动的情绪,赋词一首,托名是写梨花,实际上是描写自己女儿的出类拔萃,让他十分感触。

有人可能会提出反对意见:既然丘处机如此爱这个私生女,何以后来在小龙女要杀尹志平的时候,丘处机要出手重创小龙女呢?其实事情不是这样的,我们来看原文:

丘处机在一旁瞧着,眼见爱徒死于非命,心中痛如刀割,只是事起仓猝,不及救援。小龙女第一剑,还可说是由于法王之故,但第二剑却是存心出手。

他丝毫不知这中间的原委曲折,这半年中日思夜想,多半尽是如何抵挡小龙女的招数,而近一个月中更是除此之外再无别念。他既认定小龙女是本教大敌,又决然想不到尹志平会自愿舍身救她,眼见她挺剑又刺,当即纵身而前,左手五指在她腕上一拂,右掌向她面门直击过去。丘处机的武功在全真七子之

中向居第一，这一下情急发招，掌力雄浑已极。（第二十六回）

其实郝大通误杀孙婆婆只是小过节。丘处机真正认定"小龙女是本教大敌"的理由，还是怕小龙女的身世和自己抛下她们母女的劣迹被揭发。他不知道小龙女究竟知道多少自己的身世，就算丫鬟掌门临死没有来得及说，也可能留下什么书信，指不定什么时候就会被翻出来。因此怂恿几个师兄弟闭关修炼武功以防万一。结果怕什么来什么，自己一出关，就看到小龙女杀气腾腾地杀了尹志平，他哪里能想到尹志平搞了自己女儿，自然会认定是真相暴露，小龙女来找自己报仇，尹志平不过是代师受过，所以才会情急出手。而即使此时，丘处机出手还是很有分寸，并没有用杀招。所以小龙女和全真五子斗了良久也不落下风，后来虽然中了致命的招数，但也纯属偶然，主要是看到了杨过而分心，并非丘处机存心加害：

突然之间，小龙女一声大叫，双颊全无血色，呛啷、呛啷两声，手中双剑落地，呆呆地望着青松畔的那丛玫瑰，叫道："过儿，当真是你吗？"

便在此时，法王金轮迎面砸去，全真五子那招"七星聚会"却自后心击了上来。这一招本是抵御尼摩星而发，但那天竺矮子吃过这招的苦头，不敢硬接，身子向左闪避，这一招的劲力便都递到了小龙女背心。（同上）

后来，当得知尹志平的劣迹后，丘处机肯定恨死了这个逆徒玷污自己女儿的清白，和小龙女之间的一点过节也极力要解开，当杨过和小龙女在全真教的时候，面对双方的冲突，诸多回护。

丘处机举手喝道："且住！"二十一柄长剑剑光闪烁，每一柄剑的剑尖离杨、龙二人身周各距数寸，停住不动。丘处机道："龙姑娘、杨过，你我的先辈师尊相互原有极深渊源。我全真教今日倚多为胜，赢了也不光彩，何况龙姑娘又已身负重伤。自古道冤家宜解不宜结,两位便此请回。往日过节,不论谁是谁非,自今一笔勾销如何?"

……

丘处机叫道:"众弟子小心,不可伤了他二人性命!"语音洪亮,虽在数百人呐喊叫嚷声中,各人仍是听得清清楚楚。众弟子追向殿后,大声呼喊:"捉住叛教的小贼!""小贼亵渎祖师爷圣像,别让他走了!""快快,你们到东边兜截!""长春真人吩咐,不可伤他二人性命!"

……

到得藏经阁前,只见数百名弟子在阁前大声呼噪,却无人敢上楼去。丘处机朗声叫道:"杨、龙二位,咱们大家过往不咎,化敌为友如何?"过了一会,不闻阁上有何声息。丘处机又道:"龙姑娘身上有伤,请下来共同设法医治。敝教门下弟子决不敢对两位无礼。丘某行走江湖数十年,从无片言只语失信于人。"半晌过去,仍是声息全无。(第二十七、二十八回)

虽然丘处机说的话听起来冠冕堂皇,并没有表现出特别的回护,但是这些话不出自向来仁和宽厚的马钰,或者王处一等人,而出自脾气暴躁、心胸也不怎么广阔的丘处机,还是很令人奇怪的。当然,一旦我们知道了小龙女就是他的女儿,也就不奇怪了。丘处机此时当然最担心女儿的伤势。

关于小龙女的身世,其余的佐证尚多,例如丫鬟掌门对小龙女的偏爱,未必就是李莫愁无中生有。很可能是她太偏爱小龙女,才让李莫愁一怒下山,在此就不分析了。

小龙女的师父被欧阳锋所打伤,不久死去,没有来得及告诉女儿她真正的身世。丘处机呢,虽然和小龙女见过几次面,终也无法开口,后来得知小龙女病重难愈,忽然失踪,自己也一病不起。熬了十六年,到了快百岁的时候,听说小龙女又出现了,一时高兴过度就死了。而小龙女身世之谜,也至此长埋地下。

虽然我辈后人能够依据史实做出推理，但其中实情究竟如何，中间还有多少曲折秘密，也终不能起古人于地下而问之。只得姑妄言之，姑妄听之也。

六、雁门关之战真相考

《天龙八部》中的雁门关大战是全书最重要的情节之一，也引发出之后的一系列事件，如萧峰任丐帮帮主又被逐出丐帮、慕容博之装死、阿朱之死等。但是对此战向来也存有一些疑问，有些人甚至认为作者在这里有很大的BUG。主要的问题有三个：

1. 慕容博通报假军情，想挑起汉辽高手厮杀，从中渔利，为何最后却没有半点效果，自己还被迫装死？

2. 慕容博究竟死于何时？如果死于雁门关大战后不久，那么慕容复的年纪不会比乔峰小，甚至应该大很多，因为慕容复是亲自给父亲下葬的，而这又显然和书中所说的矛盾。

3. 马夫人诬陷段正淳是带头大哥，但是段正淳当时最多不过十八九岁，怎么可能担当此大任？这个拙劣的谎言如何能够骗倒萧峰？

笔者认为，这三个疑问在《天龙八部》都可以找到满意的解答，并没有任何漏洞，但需要进一步加强理解。

先说第一个问题：萧远山对雁门关二十一个高手都是秒杀的优势。这一点慕容博肯定知道，所以才会让中原豪杰去送死。但是他的计划出了很大的偏差。偏差在哪里呢？我们看书中的原文：

1. "三十年前，中原豪杰接到讯息，说契丹国有大批武士要来偷袭少林寺，想将寺中秘藏数百年的武功图谱，一举夺去。"

解读：根据消息，契丹国出动的是大批武士，不是大批武林高手，也不是军队。契丹的武功比汉人低了不知道多少，否则何必还要去偷少林的武学？这些精锐武士,战斗力最多也是第二流的,无法和中原一流高手争锋,人数也不至于多得离谱。他们有可能取胜,关键在"偷袭"二字上,如果光明正大地来打,不会是中原武林的对手。但是既然偷袭的事已经曝光,那么偷袭也就很难了。

2. "我们以事在紧急,不及详加计议,听说这些契丹武士要道经雁门,一面派人通知少林寺严加戒备,各人立即兼程赶去,要在雁门关外迎击,纵不能尽数将之歼灭,也要令他们的奸谋难以得逞。"

解读:消息是从慕容博那里传来的,慕容博通知了中原豪杰契丹武士进犯的时间、路线,这个消息肯定来源不清,破绽不少,所以慕容博故意在事前没几天才通知,让大家没有"详加计议",仔细思考其中问题的时间,就急忙赶往雁门关。但是中原的一流高手也都是通知到了的。慕容博的目的,就在于让中原高手去和萧远山拼个你死我活,最好全部死光,这样的话,在中原武林就会造成很大的权力真空,而武功中原第一的慕容博,便可以名正言顺地成为武林领袖。

3. "当时大伙儿分成数起,赶赴雁门关。我和这位仁兄(智光指赵钱孙),都是在第一批。我们这批共是二十一人,带头的大哥年纪并不大,比我还小着好几岁,可是他武功卓绝,在武林中又地位尊崇,因此大伙推他带头,一齐奉他的号令行事。这批人中丐帮汪帮主,万胜刀王维义王老英雄,地绝剑黄山鹤云道长,都是当时武林中第一流的高手。那时老衲尚未出家,混迹于群雄之间,其实万分配不上,只不过报国杀敌,不敢后人,有一分力,就出一分力罢了。这位仁兄,当时的武功就比老衲高得多,现今更加不必说了。"

解读:现在我们看明白问题主要出在哪里了:"当时大伙儿分成数起,赶赴雁门关。"所谓数起,至少是三批以上。假定一共五批,那就是一百多人,而第一批只有二十一个人。好汉不敌人多,聚贤庄一战,萧峰在群雄围殴之下,也几乎丧命。如果雁门关一百多人一齐上,那么结果肯定完全不同。死的人肯定要多好几倍,而萧远山也可能死于群雄围歼之下。但问题是,赴援的中原高手分成了好几批,萧远山只和第一批人交过手。就算把第一批人全部杀光了,对中原武林的实力也没有不可弥补的损害。这显然是慕容博始料未及的。

再看这一批人的组成中,"这批人中丐帮汪帮主,万胜刀王维义王老英雄,地绝剑黄山鹤云道长,都是当时武林中第一流的高手。"换句话说,就是其他的都不是一流高手。加上带头大哥玄慈,真正的一流高手不过四五个人。其他什么"铁塔方大雄",什么"江西杜氏三雄",显然都只是二三流的角色。连智光和尚也承认自己武功不高,是来凑数的。是不是其他就没有一流高手了呢?不是,只是在别的批次里。而其中武功最高的两人,玄慈和汪剑通,又都安然无恙地回到中原。可见这一战虽然惊心动魄,但实际上对中原武林的损耗非常小。

那么中原高手为什么不如慕容博所希望的那样一起去雁门关拦截,而要分成好几批呢?其中一个重要原因就是轻敌。如上文分析的,契丹武士人数虽多,但武功不会太高,一般情况下,有四五个一流高手,带着十几个二流高手,已经完全可以应付了,谁知道会碰上萧远山这样的大煞星?

另一个原因更加微妙:就是要抢功劳。在天龙时代,宋辽纷争,武林高手之所以为人敬仰,往往就是因为杀敌立功。如丐帮几个长老之所以得居大位,都是因为对辽、西夏作战有功。后来游坦之上少林挑战,要当武林盟主,主要的借口也是为了抵御大辽、西夏的入侵。这次拦截敌人,虽然是一场重大的战役,但我在暗,敌在明,我武功高,敌武功弱,我方已经占了七八分赢面,可以说非常轻松就能立下一场大功,大家自然都想抢头功,形成了很微妙的局面。哪些人能立下这场功劳,可以说就有了主宰日后武林的机会。当时武林中的两大领袖:汪剑通和玄慈当然是要打头阵,但同时也要排挤其他一些实力相当的高手,并提携拥戴自己的小弟。最名正言顺的借口,莫过于实行为了稳妥起见,分成数批前赴雁门关的战略。

按照玄慈等的设想,此战获胜后,随即返回少林,当时少林寺已经聚集了一大批前来应援的武林高手,形成了事实上的一次武林大会,而玄慈、汪剑通等寥寥几人立有殊勋，很容易就会被群雄拥戴，荣任武林盟主，号令群雄，莫敢不从了。反过来，如果说大家一起上，人人都有功劳，那等于是每个人都没有特别的功劳，玄慈等要号令武林，就难以令人信服。

而按照慕容博的计划，他此时的武功已经是中原第一，除了萧远山之外没有敌手。之所以在武林中号召力不强，主要是他个人的威望仍然有限，还压不住少林、丐帮等历史悠久、声望卓著的门派、帮会。按他的设想，玄慈、汪剑通等高手全部在雁门关毙命之后，中原武林群龙无首，他就可以在少林寺大会上现身，以为玄慈等报仇为旗号，凭借绝世武功压倒群雄，成为武林盟主，然后率中原群雄与辽国争锋，从而掀起真正的大波澜。可惜，由于第一中原武林实力损耗很小，第二玄慈等意外平安归来，他的计划也就无法实施了。这样看来，慕容博的计划本身并没有差错，只是因为玄慈等争权夺利的私心反而导致了出人意料的结果，保全了中原武林。

第二，再谈慕容博装死一事，许多读者会以为慕容博是雁门关一战后不久就装死的，实际上不然，书中的讲法十分微妙：

> 玄慈道："慕容老施主，我和你多年交好，素来敬重你的为人。那日你向我告知此事，老衲自是深信不疑。其后误杀了好人，老衲可再也见你不到了。后来听到你因病去世了，老衲好生痛悼，一直只道你当时和老衲一般，也是误信人言，酿成无意的错失，心中内疚，以致英年早逝，哪知道……唉！"

"其后误杀了好人，老衲可再也见你不到了"一句说明慕容博当时躲了起来，并不是已经挂了。"后来听到你因病去世了"是后来的事，可能是十年八年之后甚至更晚。玄慈和慕容博一度交好，但雁门关一战后慕容博便无影无踪。玄慈不一定能看出是慕容博捣鬼，多半会认为慕容博是"误信人言，酿成无意的错失",不好意思再和自己见面。他误信慕容博之言,此事对他自己也很丢脸,当然不愿意再提起,所以也不会仔细查找慕容博的下落,过了十来年听说慕容博死了,大概只有如释重负的感觉。顺便说一句,玄慈这个人非常虚伪,从他对叶二娘的态度上就看得出来,先始乱终弃,复任由她在外面胡作非为,并不是什么了不起的高僧大德。赵钱孙、单正、智光等为了保护他——送命,他也不站出来说话,又怎会下力气去找慕容博的下落?虽然说找到慕容博有助于撇清他自己的关系,但是他觉得慕容博也可能只是"误信人言",和他自己没什么区别。玄慈曾经派玄悲去姑苏问慕容博误传消息的事情,看来也没有问出什么破绽,至少玄慈当时毫无疑心。即使有疑心,慕容博和玄慈也是一根绳子上的蚂蚱,玄慈断不敢把事情抖出来。

玄慈最后吐露真相,是在少室山上,被萧远山揭发出自己与叶二娘的丑事,知道自己已经身败名裂,才想赶快拉慕容博下水。否则,他本应该一知道慕容博没有死,就上前兴师问罪的。这更可见慕容博毫无必要为了玄慈追究责任而装死。

慕容博显然是在慕容复已经有相当年龄后再装死的。至于他为什么要装死,书中并没有明说原因,只是描写了慕容复的想法,这是做不得准的。笔者认为,慕容世家要兴复燕国,必然要进行很多秘密的联络造反活动,而慕容博已经名头很大,再做这些勾当未免不太方便,又没有信任的人可以代劳。所以不如装死,由慕容复在江湖上抛头露面,行侠仗义,再由慕容博在暗中杀人作恶,为儿子保驾护航,是很好的办法。

最后说康敏诬陷段正淳是带头大哥的问题。这是不是一个很笨的计策呢?不然,首先智光已经说了,"带头的大哥年纪并不大,比我还小着好几岁"。虽然三十年前,段正淳未必有二十岁,似乎也太小了,但是萧峰之前没有见过段正淳,当然无从判断他的年纪,即使是见过之后,如非深交,也不容易知道对方的确切年纪。武林中人驻颜有术的很多。《笑傲江湖》中的岳不群快六十岁了,看起来不也只有四十多吗?

　　再说武功问题。段正淳的武功虽然远不如萧峰,但是也算是江湖上的一流高手。何况康敏为了圆谎,更说得明白:"听说这位段王爷那时年纪虽轻,但武功高强,为人又极仁义。他在大理国一人之下,万人之上,视钱财有如粪土,不用别人开口,几千几百两银子随手便送给朋友。你想中原武人不由他来带头,却又有谁?"这个说法合情合理。段正淳武功未必能力压群雄,但是潇洒多金,有的是钱,这可比武功好更难能可贵,加上地位尊崇,完全有能力成为一群中原豪杰的领袖。韦小宝不就是靠有银票,让一大群武林高手围着他团团转吗?所以说康敏称段正淳为带头大哥,并没有明显的破绽。而康敏不知道的是,萧峰和段誉有过较量,更加深信段正淳武功卓绝,足以杀死玄苦等高手:"段誉明明不会武功,内功便已如此了得,那大对头段正淳是大理段氏的首脑之一,比之段誉,想必更加厉害十倍,这父母大仇,如何能报?"

　　按康敏的想法,萧峰认定了段正淳是带头大哥,见面一言不合就立即动手,几掌过去段正淳就没命了。等到萧峰察觉段正淳武功远较设想中为低,已经太晚了。问题是萧峰见到段正淳后,并没有立即出手,而是好整以暇地看了他和段延庆的一场大战。即使这样也没有察觉段正淳的武功不可能轻易杀死那么一流高手,这未免是他的一个大疏忽。但是唯独有这个疏忽,才更加合理:从萧峰的角度看,他一直以为段正淳的武功远比段誉为高,所以深以为忧。一旦发现段正淳武功远不如自己,当然大喜过望,觉得终于可以报仇了,而报仇之后,就可以和阿朱去过快活的日子。在这种压力陡然消失和复仇心理暴涨之下,造成了萧峰思维上暂时的盲点,他巴不得相信段正淳就是凶手,让他好迅速了结心愿,所以连这么明显的破绽也没有觉察。加上他不愿意明言,造成了问答上的误会,更让他无暇细思段正淳武功高低上的破绽,就贸然提出青石桥之约,从而酿成了他人生的重大悲剧。

REFERENCES

基本参考文献：

[元] 脱脱等：
《宋史》，北京：中华书局，1977。

[明] 宋濂等：
《元史》，北京：中华书局，1976。

[清] 张廷玉等：
《明史》，北京：中华书局，1974。

杨讷、陈高华主编：
《元代农民战争史料汇编》（上中下），北京：中华书局，1985。

[清] 于敏中等编：
《日下旧闻考》，北京：北京古籍出版社，1983。

[明] 施耐庵：
《水浒传》，北京：人民文学出版社，1990。

佚名：
《英烈传》，上海：上海古籍出版社，1981。

查良镛：
《金庸作品集》，北京：三联书店，1994。
—— 《越女剑》
（Sword of A Maiden in the Yue Kingdom）
—— 《飞狐外传》
（The Youth of the Flying Fox）
—— 《雪山飞狐》
（Fox Flying over Snowy Montains）
—— 《连城诀》
（A Secret, like a City）
—— 《天龙八部》
（Wars between Heavenly Gods and Dragons）
—— 《射雕英雄传》
（The Condor—Shooting Heroes: A Biography）
—— 《白马啸西风》
（Crying White Horse, Gone with the Wind）

——《鹿鼎记》
（The Legend of Duke Ludinius）
——《笑傲江湖》
（The Smiling, Proud Wanderer）
——《书剑恩仇录》
（The Case of the Book and the Sword）
——《神雕侠侣》
（Romance of the Divine Condor）
——《侠客行》
（A Travel of the Knight）
——《倚天屠龙记》
（The Heavenly Sword and the Dragon Saber）
——《碧血剑》
（A Sword of Green Blood）
——《鸳鸯刀》
（The Daggers of Love）

研究著作：
傅海波、崔瑞德主编：
《剑桥中国辽西夏金元史》，史卫民等译，北京：中国社会科学出版社，1998。
牟复礼、崔瑞德主编：
《剑桥中国明代史》，张书生等译，北京：中国社会科学出版社，1992。
韩儒林主编：
《元朝史》（上下），北京：人民出版社，1986。
周良霄、顾菊英：
《元史》，上海：上海人民出版社，2003。
陈山：
《中国武侠史》，上海：上海三联书店，1992。
谭松林主编：
《中国秘密社会》（七卷），福州：福建人民出版社，2002。
陈垣：
《陈垣学术论文集》第一辑，北京：中华书局，1980。
林悟殊：
《摩尼教及其东渐》，北京：中华书局，1987。
吴晗：
《吴晗史学论著选集》，第二卷。
吴晗：
《朱元璋传》，北京：人民出版社，1985。